CW01183820

Reiseberichte

von
Ingeborg Treml

Bibliografische Information der Deutschen Nationalbibliothek: Die Deutsche Nationalbibliothek verzeichnet diese Publikation in der Deutschen Nationalbibliografie; detaillierte bibliografische Daten sind im Internet über dnb.dnb.de abrufbar.

Die automatisierte Analyse des Werkes, um daraus Informationen insbesondere über Muster, Trends und Korrelationen gemäß §44b UrhG („Text und Data Mining") zu gewinnen, ist untersagt.

© 2024 Ingeborg Treml

Layout und Satz: Maria Karwinsky
www.verlagsallianz.de

Coverfoto sowie alle Fotos in diesem Buch:
Ingeborg Treml

Verlag: BoD · Books on Demand GmbH,
In de Tarpen 42, 22848 Norderstedt
Druck: Libri Plureos GmbH, Friedensallee 273,
22763 Hamburg

ISBN: 978-3-7597-7045-5

Inhaltsverzeichnis

Eine Reise in den Iran   7

Reise zu den Kapverdischen Inseln   39

Armenien-Georgien   83

Fahrt in die Normandie nach Portbail   142

Grönland   171

Eine Reise in den Iran
30.01.-09.02. 2017

Heute soll es also losgehen, das Abenteuer: ich fahre für eine gute Woche in den Iran, das ehemalige Persien, das mir aus meiner Kindheit noch mit Namen wie Schah Reza Pahlawi, Soraya und später Farah Diba und dem legendären Pfauenthron wie ein Märchen aus Tausendundeiner Nacht in Erinnerung geblieben ist.

Am Nachmittag soll die Maschine der Qatar Airways in München abfliegen, die uns nach Doha bringt. „Uns" stimmt nur bedingt, denn ich kenne niemanden von der Gruppe, die sich erst in Shiraz nach dem Passieren der Zollkontrolle formieren wird. Das Flugzeug startet mit mindestens 30 Minuten Verspätung. Reine Flugzeit sind etwa fünf Stunden, dann Umsteigen, Warten und neuerlicher Flug. Als wir in Shiraz von unserem Reiseleiter empfangen werden, fehlen zwei Leute – wir sollen 26 Personen sein. Das Ehepaar ist ohne Visum im Pass angekommen und muss es nun auf dem Flughafen eintragen lassen. Sie sind nicht die einzigen, daher müssen sie längere Zeit warten und der Rest der Gruppe auch. Nach ca. 1 ½ Stunden stoßen auch diese zwei zu uns und entschuldigen sich für die Unannehmlichkeiten. Hier ist es schon früher Morgen, denn es besteht ein Zeitunterschied von 2 ½ Stunden zwischen Deutschland und dem Iran.

Wir werden mit einem Bus ins Hotel Kharim Khan gebracht, wo wir zwei Stunden schlafen dürfen, bevor wir ins Hotel nebenan zum Frühstück gehen; in unserem gibt es kein Essen. Bevor ich mich ins frische Bett lege, will ich mich aber duschen nach den 24 Stunden, die ich unterwegs war – ich fühle mich total verschwitzt und schmutzig.

IRAN

Das Bad sieht westlich aus, es sind kleine Proben fürs Duschen und Haarewaschen da, sogar eine Zahnbürste mit Zahncreme. Als ich fertig bin, will ich nach dem Badetuch greifen – doch nirgendwo sehe ich ein winziges Handtüchlein! Na toll, jetzt kann ich wahrscheinlich – nass wie ich bin und unbedeckt – die Rezeption anrufen, damit mir jemand möglichst schnell ein Handtuch bringt! Aber trotz der Müdigkeit und daraus folgender geistiger Trägheit ist mir, als hätte ich beim Hereinkommen ins Zimmer irgendwo eins gesehen.

Also öffne ich mal sämtliche Schranktüren – ja! Da liegen zwei verschweißte Beutel mit einem Bade- und einem Handtuch. Auch Hausschuhe hat man für jeden bereit gestellt. Wie gut, dass ich nicht angerufen habe.

Nach einem kurzen Schlummer stürme ich los ins Hotel nebenan – schon gespannt auf das, was man uns zum Frühstück reichen wird – bis mir dort bewusst wird: ich habe meinen Schal für den Kopf vergessen. Tatsächlich sollen wir Frauen unser Haupt immer bedecken, so wie es auch die Einheimischen tun. Erster Fauxpas! Ich sehe eine andere Touristengruppe aus dem asiatischen Raum – es stellt sich heraus, dass sie aus Malaysia ist: diese Frauen tragen brav ihre Kopfbedeckung. Nun, ab sofort werde ich auch dran denken!

Was gibt es denn Schönes am Buffet? Ich öffne die Deckel der warmen Speisen und sehe außer gekochten Eiern und Rührei mit Pilzen nichts Bekanntes. Es stehen Schilder da – in Farsi (der persischen Sprache) und Englisch, aber bei den iranischen Gerichten hilft das wenig. Ich nehme also einen Schlag von einer graubraunen Suppe mit Linsen – das andere Zeug macht mich erst recht nicht an – etwas Fladenbrot dazu und setze mich allein an einen Tisch, denn offenbar bin ich die erste aus unserer Gruppe. Die Suppe ist zähflüssig wie Schleim, schmeckt mir auch

nicht, aber ich würge sie mit einem Stück des labbrigen Fladens hinunter und schwöre mir, sie sofort von meinem Speisezettel zu streichen. An Brot gibt es noch Baguette-Stücke und Toast. Ein Limo-artiger süßer Saft soll wohl den europäischen Orangensaft ersetzen - ich muss ihn mit Mineralwasser mixen, damit ich keinen Zuckerschock kriege. Außerdem stehen da Teller mit Schafskäse, Tomaten- und Gurkenscheiben herum, Joghurt pur und mit Frucht, Butter, Marmelade, u.a. Karotten-Marmelade, die in erster Linie süß und nicht nach Möhren schmeckt. Der Kaffee ist sehr dünn – alles in allem haut mich dieses Frühstück nicht gerade um vor Begeisterung. Anschließend gewährt uns Ehsan, unser deutschsprachiger Führer, (bis zum Schluss kann ich mir seinen Namen nicht merken und nenne ihn „Karim" – was allerdings zur Folge hat, dass er sich nicht angesprochen fühlt) noch eine kleine Schlafpause. Erst als einer der Österreicher sagt, er denke bei dem Namen an „Eckzahn", gehts bei mir auch.

Dann wollen wir alle Geld wechseln: „Karim" hat auf der Fahrt vom Flughafen schon gemeint, wir sollten erst mal 50 € umtauschen. Dabei werden alle von uns zum Millionär: wir bekommen für schlappe 50 € sagenhafte 1.850,000 Rial! Das Umrechnen wird allerdings kompliziert: 37 000 Rial entsprechen ungefähr einem Euro. Um überhaupt klarzukommen, nehmen wir die Zahl 35 000 Rial für einen Euro. Leicht erschwert wird die Sache mit dem Geld dadurch, dass es eine zweite Währung gibt, nämlich Toman, die zwei Nullen weniger enthält. Im Basar z.B. sollten wir uns erkundigen, ob die angeschriebenen Zahlen Rial oder Toman seien. Im Verhältnis zu Deutschland ist zwar alles, was wir in einem kleinen Laden kaufen wie Obst, Kekse, Wasser, Nüsse, oder eine Tasse Tee in einem traditionellen Haus, äußerst billig – eine Tasse Tee 30 ct; eine große Flasche Wasser 30 ct., aber in den besseren Geschäften oder für Kunsthandwerk, Teppiche etc. braucht man ähnlich viel wie bei uns. Da wir Halbpension gebucht haben, müssen wir uns also um die Restaurant-Frage nicht kümmern. Mittags sind wir meistens zu Fuß oder mit dem Bus unterwegs, dafür besorgt sich jeder Proviant in kleinen Läden oder geht in der gewährten Freizeit in ein Café, wo es nach europäischer Sitte auch schon Latte Macchiato oder Cappuccino gibt. Fast immer wird auch eine dunkle Schokoladentorte oder Quarkkuchen angeboten, die mir weniger süß vorkommen als in Deutschland.

In einem Café wie auch in unserem Hotel in Teheran fällt uns auf den Tischen etwas auf: da steht eine kleine Pyramide wie aus Marmor – welchen Zweck hat denn die? Auf ihr steht auch in Englisch, dass man damit den Kellner herbeirufen kann. Man muss nur auf die Spitze drücken, dann schrillt es, im Kellner-Bereich leuchtet eine Nummer auf (die des Tisches), und schon kommt einer geflitzt. Sehr praktisch!

In einem orientalischen Land gibt es für uns Europäer fast immer ein Problem: die Toiletten. Es gibt kein Papier (man sollte viele Tempotücher bereit halten), es ist immer ein Schlauch zum Abspritzen und Nachspülen da, weshalb oft der Boden überschwemmt ist, und es gibt das berühmte Loch mit den Fußabtritten. Fast überall waren sehr viele Toilettenkabinen und zum Glück auch meistens eine Schüssel (Verhältnis 8:1) zu finden – nur im äußersten Notfall nahm ich den Abtritt. Meine größte Angst war schon vor der Reise, ich könnte Durchfall bekommen - vielleicht wegen des fremden Essens. Und tatsächlich hatte unser Bus auch keine eingebaute Toilette. Zum Glück schien keiner je eine nötig gehabt zu haben. Wir Frauen haben uns oft gefragt, wie wohl die richtig mit Tschador oder Burka verhüllten Frauen mit ihren bodenlangen Gewändern in diesen WCs zurechtkommen.

Unser erster Ausflug führt uns in Shiraz zum Eram-Garten, der eher den Namen Park verdient hat. In einem Buch wird er beschrieben als eine Idylle aus Rosenfeldern und Orangenhainen – Rosen gibt es im Januar nicht, aber Stiefmütterchen blühen, und die Orangenbäume tragen Früchte. Auf die Frage „Warum habt ihr dann nicht eine andere Jahreszeit für die Reise genommen?" würde ich antworten: „Bei 40° oder gar 45° mit Kopfbedeckung herumzulaufen, ohne kurzärmlige Sachen anziehen zu dürfen, wäre nicht mein Fall, ganz abgesehen von dem Durst, den man hätte". Die ideale Reisezeit ist wohl März/April, denn im Hochsommer können die Blumen auch nicht überleben.

In diesem Park hatten wir ca. eine Stunde Freizeit und trafen Schülerinnen und ältere Iraner. Da ging das Erstaunliche schon los – viele aus unserer Gruppe wurden auf Englisch angesprochen, wo wir herkämen, wie es uns im Iran gefalle; man hieß uns willkommen. Obwohl alle aus der Gruppe weitgereist waren und viele unterschiedliche Länder kennengelernt hatten, war das ziemlich neu für uns.

Manche wollten uns knipsen oder mit uns fotografiert werden - plötzlich waren wir die „Affen im Zoo". Auch ich wurde während meines Umherstreifens von einem jungen Mann angesprochen und sollte mit einem älteren Herrn auf ein Bild. Der ging mir bis kurz über den Nabel, weshalb wir beide uns dann setzen sollten. Es waren noch ein älterer Mann und eine Frau dabei, die alle von der Sonne dunkel gebräunt waren und viele Falten hatten – sie hatten zeitlebens wohl viel im Freien gearbeitet. Die Frau sah eigentlich wie eine Roma aus, sie war auch anders angezogen als die anderen Iranerinnen. Auf meine Frage, wo sie herkämen, antwortete der junge Mann, der als einziger Englisch sprach und das nicht immer verständlich, sie seien hier zu Besuch und kämen aus einem anderen Teil des Landes. Zum Schluss legte mir die Frau noch einen schwarzen Tschador um und wieder wurde geknipst.

Selbst dort hat jeder ein *smartphone*, mit dem eifrig fotografiert und telefoniert wird.

In diesem Park konnte man erste Souvenirs erstehen und Postkarten kaufen, allerdings keine Marken. Aber ich habe sowieso die Absicht, die Karten erst in Deutschland abzuschicken, da sie dann mit Sicherheit nach einem Tag beim Empfänger ankommen. Meine schlechten Erfahrungen aus Indien und Albanien, wo Dutzende von Postkarten nie zum Adressaten gelangten, machen mich vorsichtig.

Wir fahren danach zurück ins Hotel, Ehsan gibt uns ein bisschen Zeit zur „Restaurierung", die ich zu einem Obsteinkauf nutze. Auch dort staune ich über den niedrigen Preis für Äpfel, Orangen und Bananen.

Gegen Abend fahren wir zum Hafiz-Mausoleum, das dem berühmten persischen Dichter gewidmet ist. Bevor wir in das weitläufige Gelände kommen, halten uns mehrere Männer auf und lassen von ihren Kanarienvögeln ein gefaltetes Stück Papier aus einem Kästchen ziehen, auf dem irgendein Spruch auf Farsi steht – dafür wollen sie ein bisschen Geld. Inzwischen ist es langsam dunkel geworden, und das ganze Gelände wird beleuchtet. Die Malereien an den Wänden, die Gewölbe, die immer wieder anders gestaltet sind – alles erscheint bei diesem Licht unwirklich. Man fühlt sich wie in einem Traum.

Bevor uns der Bus ins Hotel bringt, möchte unser Führer, dass wir uns gegenseitig vorstellen. Ich denk mir noch: ‚Wenn sich 26 Leute vorstellen, was bleibt da schon hängen', aber es ist recht interessant. Auf diese Weise erfahren wir, dass ein Schweizer Paar dabei ist und ca. die Hälfte der anderen aus Österreich kommt. Allein reisen vier Damen, eine davon bin ich, die andere kommt aus Erlangen, eine aus Linz und eine aus Wien, die ich später die Schreck-

*Abb. oben:
Eram-Garten*

*Abb. links:
Hafiz-Mau-
soleum*

schraube taufen werde; sie weiß viel, war auch vor x Jahren schon im Iran, meint aber, ihr Wissen so hinausplärren zu müssen, dass selbst der Guide manchmal verstummt. Aus Österreich kommt auch eine Oma mit ihrer Enkelin (zw. 20 und 30), die einen Führer in Buchform dabei hat (zu mir hat man im Buchhandel gesagt, es gäbe nichts, weil der Iran kein Touristenland sei) und auch ganz eifrig darin liest. Sicher hat sie sich zuhause schon vorbereitet – dieser Streber! ;-)

An diesem Abend ist noch keine Halbpension dabei, daher gibt uns Ehsan ein paar Tipps, wo wir essen können. Unweit vom Hotel befindet sich ein sehr kleines einheimisches Restaurant mit fünf Tischen, wo jeweils vier Personen Platz haben. Die Speisekarte ist auf Farsi und auf Englisch geschrieben, da wissen wir zumindest, aus welchen Zutaten unser Abendessen besteht. Ich bestelle Lamm mit Bohnen; als das Gericht kommt, wird der Saft als Suppe in einen Teller gegossen, der Rest vom Kellner zerstampft (Fleisch und Gemüse), dazu gibt es Fladenbrot und einen Teller voll frischer Kräuter. Es schmeckt ausgezeichnet.

Trotz des späten Abendessens schlafe ich diese erste Nacht im Iran sehr gut.

Nach dem Frühstück nebenan beginnt der heutige Tag mit einer Fahrt zum Koran-Tor in Shiraz. Etwas weiter oben steht die Attrappe einer Muslimin in Tschador mit ausgeschnittenem Gesicht und eines Herren in altmodischem Frack, hinter die man sich stellen kann, um so fotografiert zu werden. Das wollen einige aus unserer Gruppe, ich natürlich auch. Es erstaunt mich, so etwas hier zu finden, ich hätte gemeint, das würde ihre religiösen Gefühle verletzen. So etwas kenne ich eher aus verschiedenen Bärwurzereien im Bayerischen Wald – da heißt es dann „die lustige Oma/Opa"; so heißen auch die Schnäpse.

Wir fahren weiter zur Spiegelmoschee Ali Ibne Hamze Shrine, wo wir alle die Schuhe ausziehen müssen, aber die Frauen brauchen zusätzlich einen Tschador mit Kapuze. Woher nehmen? Ein freundlicher Helfer teilt eingeschweißte (wieder mal) Päckchen mit geblümten Umhängen aus. Es wird gewitzelt, ob die Ehemänner ihre Frauen noch erkennen – die Stimmung ist gut, und unser Ehsan fotografiert seine Gruppe fleißig. Als wir das Gebäude betreten, haut es uns fast um; eine solche Pracht, Decken und Wände, alles ist mit kleinen Spiegelstücken komplett bedeckt. Durch die Lampen erscheinen die verschiedenen Seiten in unterschiedlichem Licht, und auf den Fotos sehen manche Flächen grün aus. Wir sehen einen Beter, der vor sich einen kleinen Stein liegen hat, man kann sie beim Eingang nehmen. Sie dienen der Konzentration auf das Gebet – daher lässt sich der Mann auch durch unsere Gruppe nicht stören.

Heute ist das Wetter nicht so schön, es ist grau und nieselt leicht. Wir besichtigen die Zitadelle und gehen dann in den riesigen Basar. Erst bleiben wir zusammen, weil Ehsan uns verschiedene Gewürze zeigen will und dolmetschen muss, denn viele Frauen entschließen sich zum Safran-Kauf. Auch Weihrauch wird genommen. Anschließend bekommen wir Freizeit. Viele Cafés gibt es in der Umgebung nicht, daher ist es kein Wunder,

dass sich einige aus der Gruppe im selben einfinden und Kaffee oder Tee trinken und dazu ein Stück Schokoladenkuchen essen. Diesen gibt es praktisch in jedem Café – egal in welcher Stadt wir sind.

Ich treffe die Frau aus Linz, sie trägt ein sehr schönes Kopftuch in schwarz und zeigt ein rotes aus dem gleichen glänzenden Material. Ich habe drei verschiedene Loops und Schals dabei, aber alles ist mir zu warm, und der leichtere rutscht mir immer vom Kopf. Ich erkundige mich, wo sie ihre gekauft hat und gehe zurück in den Basar. Der Verkäufer will mir aber einen Tschador andrehen, obwohl ich ihm zeige, dass ich nur ein Hedschab (Kopftuch) will. Am nächsten Stand finde ich einen langen schwarzen Schal mit Schriftzeichen in Farsi an den Enden, die sich golden vom Stoff abheben. Ich probiere ihn aus und kaufe ihn – er kostet etwa 5,25 €. Anschließend mache ich mich auf den Rückweg zum Hotel über die Rodaki Street. Als ich nicht mehr recht weiter weiß, steht Ehsan urplötzlich vor mir; ich frage ihn – und stelle fest, dass ich nur noch die Straße nach rechts weitergehen muss. Ich habe sie nicht erkannt, weil ich sie zum ersten Mal von der anderen Richtung her sehe.

In einem offenen Obst- und Gemüseladen kaufe ich zwei Bananen, einige Orangen und drei Äpfel für einen Spottpreis. Die will ich auf Ausflüge mitnehmen. Es bleibt die Zeit, um mich ein bisschen hinzulegen – ich finde es toll, dass man nicht dauernd unter Strom steht.

Um 18 Uhr ist Sammeln angesagt, es geht eine kleine Strecke zu Fuß zum Restaurant fürs Abendessen. Es gibt ein Buffet, und ich muss natürlich von fast allem eine Kostprobe nehmen, das Getränk ist und bleibt kostenloses Mineralwasser in Plastikflaschen; man könnte nur Cola oder Fanta stattdessen haben oder „Zitronenbier" (schmeckt wie Radler).

Diese Nacht schlafe ich nicht so gut; trotz des Fußmarsches zurück ist mein Bauch zu voll, um zur Ruhe zu kommen.

Am nächsten Morgen verlassen wir das Hotel in Shiraz in Richtung Persepolis. Dort erwarten uns bei strahlendem Sonnenschein, aber beißender Kälte die Säulen- und Statuen-Reste des Darius-Palastes. Das Ganze erinnert an die Akropolis in Athen, ist aber viel weitläufiger. Wir sehen das Zeichen für Zarathustra (Farrevahar) – einen König, der als Kopf auf den Schwingen eines großen Vogels thront und einen Ring in der Hand hat. In einem Relief sind Scharen von Besuchern zu sehen, die zum König pilgern und ihm Geschenke aus ihren Landesteilen mitgebracht haben.

Rings um das flache Land stehen Berge, die teilweise schneebedeckt sind. Wenige Kilometer weiter befindet sich Rostam, wo vier Felsengräber in den Stein gehauen sind. Der Wind bläst uns schier davon. Dort, wo die Busse halten, steht ein Mann mit einem braunen und einem weißen Kamel – will man ein Foto, muss man ein paar Rial bezahlen.

Auf der Weiterfahrt kündigt uns Ehsan einen Stopp in einem kleinen Restaurant an der Straße an: Hans lädt tatsächlich die Gruppe von 26 Leuten zum Mittagessen ein, was er zwar bei seiner Ankunft schon behauptet hat, ich und wahrscheinlich alle anderen aber als Witz aufgefasst haben. Er will sich dadurch entschuldigen für die eineinhalb Stunden, die wir nach der Landung auf ihn und seine Frau warten mussten, weil sie kein Visum hatten und es am Flugplatz nachholen mussten. Es gibt wieder ein Buffet mit vielen Köstlichkeiten, die man probieren muss. Dieses Mal nehme ich ein „lemon beer" - das schmeckt gut nach dem vielen Mineralwasser.

IRAN

Beim nächsten WC-Stop finden sich nur noch die arabischen Klos mit Loch in der Mitte – eigentlich ist das selten: in den allermeisten Fällen gelingt es mir, wenigstens EINE Schüssel zu finden.

Die Dunkelheit kommt ganz plötzlich, draußen vor den Scheiben des Reisebusses zieht ein kleiner Sandsturm auf; das Land ist sehr flach und wüstenähnlich mit ein bisschen Gestrüpp.

Unser Tagesziel ist Yazd – bevor wir ins Hotel fahren, müssen wir zum Abendessen. Das Restaurant ist eines von der traditionellen Sorte, die Einheimischen sitzen im Schneidersitz auf einem großen erhöhten Podest, haben ein rundes Tuch in der Mitte und essen aus Schalen, die darauf stehen, meist mit den Fingern. Gottseidank gibt es für uns Stühle und Tische – wie hätte ich mich in den Schneidersitz begeben sollen und noch schlimmer: wie aufstehen? Das Essen ist gut wie immer, und schließlich kommen wir im Hotel Safaieh an, das recht chic aussieht - in unserem Reiseplan hieß es, „Dads Hotel" wäre das Ziel. Das stört die Wiener Dame so, dass sie den armen Ehsan anfährt: „In unserem Reiseplan steht aber was anderes." Ehsan: „In meinem steht Safaieh Hotel." „Das hätte man uns wenigstens sagen müssen." Ehsan schaut ganz verschüchtert, und da platzt mir der Kragen; ich sage scharf zu ihr: „Was wollen Sie denn, wir haben doch ein Dach über dem Kopf, und wie es scheint, ein gutes, vielleicht besser als das andere." „Das wird sich erst noch herausstellen" antwortet die andere spitz in breitestem Wienerisch. Ich mag ihre Art, dem Führer dazwischen zu quatschen und alles besser zu wissen, nicht. Im Übrigen glaubt sie wohl, sie müsse die ganze Truppe belehren, denn sie redet so laut, dass man mithören muss.

Es gibt ein Haupthaus und ein zweistöckiges Ringhaus im Garten – dort ist unsere Gruppe untergebracht.

Auf diese Weise machen wir jeden Tag einen kleinen Spaziergang zum und vom Frühstück. Es gibt ein reichhaltiges Buffet mit Schafskäse, Quark und Joghurtvariationen, Oliven, Eier in mehreren Formen – Kaffee gibt es nur als Nescafé-Beutel, Teesorten ebenso. Obwohl ich bis dato einen Instant-Kaffee gemieden habe, schmeckt mir der erste Versuch mit Milch und ohne Zucker besser als erwartet. Auch anderen aus der Reisegruppe geht es so.

In der Nacht hat es wirklich geschneit – Ehsan sagte, das komme alle zehn Jahre einmal vor. Wir fahren zur Stadt Yazd hinaus zu den „Türmen des Schweigens".

Die „Türme des Schweigens" in Yazd

Der Wind wirft uns fast um, als wir aussteigen, und er ist gemein kalt. Unser Führer will eigentlich das Programm ändern und später am Tag zurückkommen, wenn das Wetter vielleicht besser geworden ist. Aber da hat er nicht mit der Zähigkeit der Truppe gerechnet – fast alle entscheiden sich für „jetzt". Also gehen wir los – das Ziel liegt auf einer Anhöhe, und da es leicht schneit, hat Ehsan Bedenken, es könnte glatt sein und einer stürzen. Der Weg schlängelt

IRAN

sich den Berg hinauf – wie immer bin ich nach kurzer Zeit die letzte (abgesehen von drei oder vier Leuten, die im Bus geblieben sind). Aber ich mache Pausen und schaffe es schließlich. Oben ist eine ebene Fläche, die von einer runden Mauer umschlossen ist, in der Mitte des Platzes befindet sich ein kreisrundes Loch. Die Türme des Schweigens sind die einstige Ruhestätte der Menschen nach dem Tod. Den Anhängern von Zarathustra war eine Erdbestattung nicht erlaubt oder eine Verbrennung – die Leichen wurden auf den Türmen abgelegt, wo die Raubvögel sie fraßen. Ich fragte, warum das Loch da sei – Ehsan: *Vielleicht für die Knochen.* Ich: *Ach, wussten die Geier, wo sie den Abfall hinwerfen sollten?*

Heutzutage haben die Muslime eine Erdbestattung, erklärt er uns.

Klappernd vor Kälte steigen wir in den Bus, um zum Feuertempel zu fahren. Dort sei das Feuer 1400 Jahre lang nicht erloschen. Während unserer Besichtigung kommt ein weiß gekleideter Priester mit Mundschutz und stochert hinter einer Glaswand in dem Feuer herum. Bei leichtem Nieselregen gelangen wir zur Freitagsmoschee, die sehr hohe Türme hat. Zu Fuß wandern wir durch die engen Gässchen der Altstadt und frieren uns halbtot. Man kann sich kaum vorstellen, dass hinter den uralt wirkenden Türen aus Holz in den Häuschen aus Lehm und Stroh Menschen wohnen. Und doch rattert ab und an ein Moped an uns vorbei, dem wir schnell ausweichen müssen. Ehsan macht uns darauf aufmerksam, dass an einer Tür zwei Türklopfer sind: ein leichter und ein schwerer. Er erklärt uns den Sinn dahinter: ein männlicher Besucher muss mit dem lauten klopfen; dann weiß die Frau im Haus, sie muss sich zurückziehen oder mit einem Kopftuch bedecken, ein fremder Mann kommt. Klopft es dagegen leicht, ist es eine Frau – kein Problem.

Unser Guide erzählt uns, dass das Wasser von den Bergen durch Kanalsysteme nach Yazd geleitet wurde; es gab schon früher Zisternen mit Trinkwasser und Windtürme, „damit das Wasser nicht *stinkte*" - wir müssen lachen und Ehsan sagt: „*stunkte*"; jetzt brechen wir in schallendes Gelächter aus. Aber man muss sagen, dass Ehsan ausgezeichnet Deutsch spricht, nicht einmal mit Akzent.

Durch den eisigen Wind, der durch die Gassen fegt, frieren wir schrecklich und bitten Ehsan, das nächste Café zum Aufwärmen anzusteuern. Er kennt ein schönes, wo auch alle Platz finden und sich was Warmes zum Trinken bestellen. Manche essen ein Stück Schokoladentorte dazu, andere lieber eine warme Suppe. Ich probiere auch mal die Torte und dazu einen Cappuccino – neben der Torte steht auf meinem Teller KISS aus Kakaopulver, bei anderen sind Herzen drauf. Ich nehme nachher noch einen Minz-Tee, in dem immer richtige Blätter schwimmen, genauso wie ich es einmal in Marokko erlebt habe. Das Beste ist der Preis: umgerechnet zahle ich 4,50€ für alles.

Der Besuch bei einem Teppichhändler steht als nächstes auf dem Programm. Aber zuerst steigen wir bis zum Flachdach des Hauses hoch und genießen die wunderbare Aussicht auf Yazd. Zurück im Laden erklärt uns der Besitzer den Flor, die Machart und die Muster der Teppiche und breitet eine Unmenge in allen Größen aus, während wir an einem schwarzen Tee nippen. Ein Seidenteppich gefällt mir sehr gut – er ist nicht groß, kostet aber 220€ und würde sehr gut zu meinem blauen Teppich aus Indien passen. Diesmal könnte ich ihn sogar direkt mitnehmen. Da ich noch genügend Cash habe, kann ich ihn bar bezahlen. Ich wollte mir doch gar nichts kaufen! Bestimmt sechs Leute machen ebenfalls einen Deal. Erstaunlich!

Wir fahren zu einem großen Platz mit Springbrunnen – daneben sind Süßwaren-Geschäfte; eigentlich sollte es nur

Iran

Mein neuer Teppich - ob er wohl fliegen kann?

Vor der Amir Chakmak Moschee im Zentrum von Yazd

ein Fotostopp sein, aber einige kaufen Schachteln voller Süßigkeiten und verteilen sie im Bus.

Im Hotel angekommen erkundige ich mich nach einem Business Center, wo man einen PC benutzen kann. Über ein Passwort kommt man ins Internet – man muss nur die Schrift ändern, falls gerade ein Einheimischer drin war und Farsi benutzt hat. Ich finde eine Mail von Franz vor, was mich total erstaunt – er vermisst mich! Wahrscheinlich ist er ewig an den Zeilen gesessen - weiß ich doch, wie ungern und langsam er so was macht. Er stellt mir u.a. Fragen zur Ankunftszeit in Plattling, und ich schreibe zurück, aber keine neue Mail, sondern drücke auf „Antworten" - ein schwerer Fehler, wie sich später herausstellen wird.

Der Abend wird mit einem Buffet beschlossen, heute können wir sogar im Hotel bleiben.

Am nächsten Morgen heißt es nach dem Frühstück Abschied nehmen von der Stadt Yazd; auf dem langen Weg nach Isfahan wird als erstes die Lehmziegelstadt Meybod angefahren. Zunächst können wir die Zitadelle aus der Sassanidenzeit (den ältesten Lehmziegelbau im Iran) nicht besteigen; es werden Aufnahmen durch Drohnen in der Luft gemacht. Wir erfahren, dass der internationale Kongress der Fremdenführer die Ursache dafür ist.

Ein Mann spricht jemanden aus unserer Gruppe an, die Frau zuckt mit den Achseln (sie kann nicht Englisch), da frage ich ihn, ob ich helfen kann. Wir wechseln ein paar Sätze auf Englisch, dann sagt er, ich solle stehen bleiben, er käme gleich zurück. Er schleppt eine sehr junge schwarz gekleidete Frau an, die mir eine Menge Fragen stellt. Sogleich trete ich ins Fettnäpfchen, denn ich frage: „Is this your father?" Antwort: „No, my husband!" Ui, das ist mir peinlich.

Iran

Ich bemerke, dass der Mann mir ständig sein Handy vor die Nase hält und kapiere, dass ich interviewt werde. Deswegen frage ich sie am Ende, ob sie wohl Journalistin sei. Tatsächlich. Die Fragen zielten vor allem darauf ab, ob wir das erste Mal im Iran seien, woher wir kämen, wie es uns gefalle, und am Schluss hieß sie uns – wie viele andere – herzlich willkommen.

Wegen dieser Veranstaltung für die Fremdenführer aus aller Welt war eine Tafel im Hof aufgebaut, wo es Süßigkeiten, Tee, Getränke und andere Köstlichkeiten wie Gebäck und saftige Datteln gibt. Ein Teller mit etwas Weißem erregt meine Aufmerksamkeit: es ist wie Flaum, und als ich es probiere, schmeckt es süß – Zuckerwatte auf iranisch. Statt einem Gespinst wie auf unseren Jahrmärkten war es dort wie kleine Federn. Ein Mann nahm eine Handvoll davon und stopfte die Masse in einen Plastikbecher, drehte ihn um, und heraus kam ein kleiner Zuckerwatte-Kuchen.

Bei strahlendem Wetter fahren wir ein Stückchen weiter zur Karawanserei; der große Brunnen im Innenhof ist geschmückt mit Fahnen aus der ganzen Welt. Rings herum sind kleine Geschäfte mit Handwerksarbeiten, Teppichen, Leinenartikeln und Taschen gruppiert – einige Frauen aus unserer Gruppe decken sich dort mit bunten Schals ein.

Auf der Weiterfahrt sehen wir das schneebedeckte Löwengebirge und kommen an der Stadt Nain vorbei, die zur Zeit der Seidenstraße große Bedeutung hatte.

Die Strecke führt durch eine sehr karge Landschaft – außer ein paar Sträuchern und kleinen Büschen gibt es nur Staub. Als wir an einer Tankstelle einen Stopp machen, renne ich schnell raus – ohne Anorak oder Kopftuch (es war so sonnig, dass ich glaubte, ich könne darauf verzichten – und das zweite habe ich total vergessen in der Eile).

Nur im T-Shirt war mir affenkalt, und dann fand ich die Toiletten nicht auf Anhieb.

In der Tanke besorgen wir uns alle ein paar Knusperriegel, und als ich zum Bus zurücklaufe, fährt gerade ein Auto von den Zapfsäulen weg, in dem vier Leute sitzen. Sie schauen mich an und winken (denke ich), fröhlich winke ich zurück. Erst dann fällt mir auf: die deuten doch auf den Kopf – aha, sie bemängeln mein fehlendes Kopftuch; ich zucke mit den Achseln und zeige auf den Bus. Aber sie meinen es nicht böse, denn sie lachen dabei.

Bei strahlendem Wetter geht die Fahrt weiter nach Isfahan.

Es ist erst Nachmittag, daher fahren wir, bevor wir die neuen Hotelzimmer beziehen, ins armenische Viertel. Die Kirche „Josef von Arimatäa" besticht durch wunderschöne Gemälde an den Wänden und den Decken. Aber der Strom ist ausgefallen, daher werden die Fotos sehr dunkel. Ehsan meint, es werde nicht lange dauern, bis er wieder da ist. Inzwischen sollen wir ins Museum gehen, in dem auch über den Genozid der Armenier Zeugnis abgelegt wird. Als wir es verlassen, geht tatsächlich das Licht in der Kirche wieder, und jetzt strahlen die Gemälde um vieles heller.

Dann fahren wir in das vorgesehene Hotel Sheik Bahaei, die Koffer werden ausgeladen, und wir können uns kurz das Zimmer anschauen. Zu Fuß gehen wir zum Restaurant für das Abendessen. Wir laufen über die Brücke mit den 32 Bögen, inzwischen ist es dunkel geworden. Das Restaurant wirkt wie ein Palast. Es gibt nur Vor- und Nachspeisen in Buffet-Form, der Hauptgang wird auf dem Tisch serviert: eine Platte mit paniertem Fisch und Geflügel, Gemüse und Reis.

Auf dem Rückweg ins Hotel spricht mich plötzlich ein Mädchen an: sie will alles Mögliche wissen, schaut sich dabei immer wieder um – ich frage sie, warum. Da meint sie: „Dahinten geht mein Mann." Ich drehe mich auch um, und er lächelt, also hat er wohl nichts dagegen. Auf meine

Frage hin antwortet sie, dass sie 22 Jahre alt ist. Sie ist so begeistert wie ein Kind – es ist rührend. Als sie in die andere Richtung gehen muss, wünscht sie unserer Gruppe noch einen schönen Aufenthalt.

Zum Frühstück dürfen wir in diesem Hotel „aufs Dach". Es erinnert mich an ein Hotel in Israel, wo auch der Frühstücksraum auf dem Flachdach war, die Wände waren zur Hälfte verglast, wodurch man einen grandiosen Blick auf die Stadt und die umliegenden Berge hatte – genau wie hier.

Das Wetter ist wieder prächtig. Die erste Station ist an diesem Vormittag der 40-Säulen-Palast, der aber nur 20 Säulen zählt. Preisfrage: „Warum heißt er 40-Säulenpalast"? Irgendeiner aus der Gruppe weiß es – die Säulen werden im Wasser vor dem Palast gespiegelt. Schließlich spiele die Zahl „40" immer eine besondere Rolle (40 Tage Fastenzeit, die 40 Tage Jesu' in der Wüste) – ein Österreicher (der Humorist unter uns) fügt hinzu: „40-Stunden-Woche".

Die Säulen sind aus Zedernholz; das Innere des Palastes besteht aus vielen Wandgemälden. Alle haben ein historisches Ereignis zum Thema, das uns Ehsan erklärt. Es ist ein großer Park dabei – ich sehe ein Schild zu einem Teehaus. Eigentlich denke ich, dass andere auch herkommen, aber ich bleibe allein mit drei alten Männern und bestelle mir ein Kännchen schwarzen Tee, das 30 000 Rial kostet (also 80 ct). Er ist frisch aufgebrüht, und ich muss zu einer bestimmten Zeit am Tor sein; es bleibt mir nichts anderes übrig als die Hälfte des heißen Gebräus stehen zu lassen. Auf dem Weg zum Tor komme ich an einer Hütte vorbei, in der junge Mädchen hellgrüne Kügelchen auf Kupferteller kleben (als Deko, zumeist auf den Rand). Sie haben auch die fertigen Krüge, Teller oder Vasen da stehen – da

In mühsamer Handarbeit werden die Teller bemalt

ist der Stein plötzlich dunkelgrün mit schwarzem Rand. Auf meine Frage antwortet eine, dass die Veränderung durch das Polieren zustande komme – ich dachte, es würde vielleicht geschmolzen.

Mit dem Bus begeben wir uns in den „Untergrund" - wir müssen schnell aussteigen und kämpfen uns durch die Abgase zu einer Treppe vor, die zur Freitagsmoschee führt. Es handelt sich um einen viereckigen Ziegelbau, der riesige Ausmaße hat, in der Mitte befindet sich ein großer freier Platz. Ehsan erzählt von den Sassaniden und den Safaviden - woraufhin ein Österreicher die ‚Hämorrhoiden' hinzufügt.

Nach einer kurzen Busfahrt steigen wir am größten Platz des Iran aus (9 ha), dem Meidan-e Naghsh-e Jahan. Meidan heißen anscheinend alle Hauptplätze einer großen Stadt im arabischen Raum. Das ist schon ein überwältigender Anblick: die gelb-blaue Kuppel der Königsmoschee, die schlanken Türme, eine Rasenfläche und Springbrunnen in der Mitte. Zu beiden Seiten des Platzes verläuft der Basar. Wir bekommen ca. vier Stunden Freizeit; als erstes suche ich ein Café. Es ist winzig, die Preise für einen Cappuccino sind nicht so günstig wie sonst, drin ist kein Platz und draußen ist es kühl. Toilette gibt es auch keine. Also marschiere ich ein bisschen mit meinem Coffee-to-go in der Hand an diversen Schaufenstern im Innenhof vorbei und bleibe vor der Auslage eines „Antiquitäten"-Lädchens stehen. Ein älterer Mann winkt mich hinein, ich betrete das Geschäft und schaue mich um. Es ist nur Platz für einen Stuhl, dazu ein Schreibtisch, der Raum ist „crammed" - gerammelt voll mit Sachen aller Art. Ganz hübsch finde ich kleine bemalte Bilder mit persischen Frauen, wo man ein Türchen öffnen kann, hinter dem ein Spiegel zum Vorschein kommt. Ich suche mir ein solches für 20 € aus, in Rial wären es 800 000 gewesen. Ich will aber die Rial für kleine Einkäufe wie Wasser, Obst und Kekse aufheben. Den ganzen riesigen Platz entlang verläuft ein Basar aus richtigen Läden; man kann dahinter im Schatten oder davor in der Sonne gehen. Es ist alles da - von Süßigkeiten (z.B. Dattelschnüre, die über die ganze Eingangstür laufen, oder türkischer Honig) über fein ziseliertes Silber, Schals und Tücher, handgemachte Taschen, Kleidung, Schuhe bis zu Bildern. Ich setze mich auf eine Bank in die Sonne und beobachte die Szenerie im Freien. Dort kann man auch eine Kutsche mit Pferd mieten, mit der man rund um den ganzen Platz chauffiert wird. Der jeweilige Fahrer treibt den Gaul ziemlich an, so dass die Kutsche in gefährlichem Tempo um die Kurven biegt.

Dann schlendere ich die andere Seite des Platzes entlang, bis ich ziemlich k.o. bin. Es dauert immer noch lange, bis die Gruppe sich trifft. Daher gehe ich in das Geschäft des alten Mannes zurück, von dem ich das Bild mit Spiegel ge-

kauft habe. Mit ihm kann man sich ganz gut auf Englisch unterhalten, das habe ich vorher schon festgestellt. Ich frage ihn, wo er das gelernt hat. Er meint, durch die Touristen. Er bietet mir seinen einzigen Stuhl an, als ich sage, dass ich ziemlich erschöpft bin. Wir unterhalten uns über alles Mögliche: er hat viele Kinder (elf oder zwölf), die schon aus dem Haus sind, aber alle leben in der Nähe und am Wochenende kommen sie bei den Eltern zusammen. Mit nur zwei Töchtern kann ich da nicht punkten. Als ich ihn nach seinem Alter frage, sagt er, er wäre 70 – ich hätte ihn viel älter geschätzt. Jeden Tag öffnet er sein kleines Lädchen von 10 bis 19 Uhr, aber ich kann mir nicht vorstellen, dass er viel verkauft.

Nach einer halben Stunde im Warmen verabschiede ich mich und begebe mich auf Toilettensuche. Die Richtung hat er mir angegeben.

Was mir in diesem Land besonders auffällt, ist, dass kaum ein Händler oder ein Kellner uns Touristen in einen Laden oder ein Restaurant scheuchen will. Da habe ich schon anderes erlebt.

Nach dem Toilettenbesuch ist immer noch viel zu viel Zeit übrig, aber draußen ist es inzwischen kalt geworden. Also schlendere ich wenigstens im Basar-Inneren an den Geschäften entlang, die sich rechts und links neben einem Fußweg befinden. Ich bleibe vor der Auslage eines Malers stehen, der mir schon vorher aufgefallen ist. Er fertigt Miniaturbilder an mit wunderschönen Motiven aus der persischen Geschichte. Die Preise sind erstaunlicherweise nicht besonders hoch. Es gibt auch Aquarellbilder im Schaufenster. Ich stehe so lange herum, bis er an die Tür kommt und mich hereinbittet. Auch er spricht sehr gut Englisch und erklärt mir, dass er fünf Jahre an der Akademie studiert hat, um diese Fertigkeit zu erlernen, und jetzt selber seit vielen Jahren dort unterrichtet. Er bedeutet mir, dass die Preise in Dollar angeschrieben sind. Ich hatte mich gewundert, warum manche Bildchen nicht auf einem rechteckigen Hintergrund gemalt sind, sondern auf einem asymmetrischen, der auf einer Seite eine Rundung beschreibt. Als er mir erklärt, dass das weiße Material ein Kamel-Knochen ist, bin ich sehr überrascht. So etwas muss ich haben. Ich kaufe ein Bild, auf dem eine Tänzerin zu sehen ist, für 10 Euro. Auch der Rahmen ist Handarbeit – er sieht aus wie eine Einlegearbeit; darüber werde ich später noch Genaueres erfahren.

Um 17 Uhr 30 ist endlich die Zeit des Treffens gekommen – alle sind da.

Ehsan hat uns für den Abend eine Überraschung versprochen, und wir gehen als erstes zu einem - Miniaturmaler! Der bietet großzügig 30% Ermäßigung an, aber seine Bilder fangen ungefähr bei 80 Dollar an. Er lässt uns bei der Entstehung einer solchen Miniaturzeichnung über die Schulter schauen (bei 27 Leuten, die sich in einem kleinen Laden zusammendrängen, ist das gar nicht so einfach). Das Muster des Rahmens setzt sich aus kleinen Stäben oder Stangen in verschiedenen Farben zusammen, die eng aneinander liegen und dann schichtweise abgeschnitten werden. Das kleine Bild, das er mit Bleistift gezeichnet hat, stellt den berühmten Dichter Hafiz dar. Er schenkt es der ältesten Person in der Reisegruppe.

Vor dem Abendessen hat unser Führer noch eine zweite Überraschung parat: er bringt uns in ein Hotel, das 400 Jahre alt ist, aber total renoviert wurde. Dort findet ein Teil des internationalen Kongresses der *tour guides* statt. In der Empfangshalle wimmelt es von Leuten, meist junge Menschen – die iranischen Mädchen tragen eine Hose und eine bordeaux-rote Tunika darüber mit einer passenden Borte; sie sehen damit sehr hübsch aus. Ihr Kopftuch hat einen warmen Gelbton.

Wir dürfen in den Innenhof gehen, der wie ein Park gestaltet ist mit Gras, Springbrunnen und Sitzgelegenheiten. Das Hotel ist sehr groß, wie ein Vierkanthof gebaut, und die Zimmer kosten entsprechend viel pro Nacht. Durch die inzwischen vollständige Dunkelheit kann man den klaren Sternenhimmel umso besser sehen.

Wir gehen zu Fuß ins Hotel zurück – plötzlich kommen uns drei junge Männer mit lachendem Gesicht entgegen; einer davon kommt mir bekannt vor, ich habe aber keine Ahnung, woher. Er steuert auf mich zu, macht eine „give-me-five"- Hand und klatscht sie gegen meine. Ich bin etwas irritiert und frage: „Do I know you?" Er lacht und geht weiter mit seinen Kumpels. Wahnsinn, die Leute hier!

Am nächsten Morgen brechen wir zu unserer letzten Station, nämlich der Hauptstadt Teheran, auf.

Wir müssen mit den Koffern ein Stück zu Fuß zum Bus gehen, da er nicht direkt am Hotel parken kann. Bevor er sich versieht, muss der Busfahrer schon eine Strafe zahlen, weil er länger als erlaubt wegen des Koffereinladens stehen geblieben ist – Null-komma-nichts waren Polizisten da.

Um 8 Uhr ist Abfahrt. Es geht vorbei am schneebedeckten Falkengebirge nach Abyaneh, dem „roten" Dorf mitten in den Bergen. Rot deshalb, weil es aus dem Material der umliegenden Landschaft gebaut worden ist. Dieses Dorf hat eine 2500-Jahre alte Geschichte, und seine Altstadt wurde 1975 in die Liste der nationalen Denkmäler aufgenommen. Dort gibt es eine eigene Tracht, einen Dialekt, der sonst nirgendwo mehr gesprochen wird, und eigene Bräuche. Das „rote" Dorf schmiegt sich wie ein Nest an den Berghang gegenüber einem hohen Gebirge. In einer Beschreibung steht: „Das Dorf ist wie ein Museum, in dem das Leben weitergeht." Unser Ehsan hat uns bereits im Bus darauf aufmerksam gemacht, dass die Leute dort versuchen werden, Dinge zu verkaufen wie getrocknete Apfelscheiben, Aprikosen, Kräuter oder Süßigkeiten. Der Preis dafür wird höher sein als woanders, aber was haben diese Leute überhaupt an Einkommen? Ein Paar in hiesiger Tracht bietet allerlei feil: ich nehme eine Tüte Aprikosen mit; die sind säuerlich und verursachen keinen Durst. Alles sieht hier sehr rückständig aus – ich würde gern mal hinter die Türen schauen, denn ich kann mir nicht vorstellen, wie man hier lebt. Eine Grundschule scheint es zu geben, ansonsten ist hier weit und breit nichts. Angeblich kämen einheimische Sommerfrischler her, wenn es in der Stadt unerträglich heiß wird – in den Bergen ist die Luft kühler und nicht mit Abgasen belastet.

Die Fahrt geht weiter nach Kashan, der Heimat des Rosenwassers. Überall werden dort Tinkturen, Cremes und Parfüms aus Rosenwasser hergestellt und verkauft. Schon beim Vorbeigehen an den Läden sprühen uns junge Männer das Parfüm auf die Hand, um zu demonstrieren, wie gut es riecht.

Hinter hohen Mauern liegt in diesem Ort auch ein berühmter Park: Fin-Garten genannt. Steinerne Wasserleitungen bringen das kostbare Nass kilometerweit her, um alles blühen zu lassen, nur leider nicht zu dieser Jahreszeit. Ehsan hat uns die vier Kennzeichen eines persischen Parks genannt: Wasser, Sonne, Symmetrie und Grünflächen.

Ebenfalls in der Nähe liegt das Abasi-Haus, der palastähnliche Prunkbau eines reichen Händlers aus der Vergangenheit. Er ist zweistöckig und besteht aus mehreren Gebäudeteilen mit Innenhöfen. Davor ist ein Brunnen, dessen Wasseroberfläche gefroren ist.

Als wir uns langsam wieder zum Bus begeben, hat ein „fahrender Italiener" (der aus dem Iran stammt) eine „Kaffeestube" aufgemacht: im hinteren Teil seines VW-Busses hat er eine komplette Kaffeemaschinerie: er produziert

Cappuccino, Latte, Espresso und nimmt sich trotz des Ansturms die Zeit, auf jeden Milchschaum ein Blattmuster zu zaubern. Während die Sonne scheint, ist es ohne Wind direkt frühlingshaft warm.

Nun müssen wir noch die letzten Kilometer nach Teheran zurücklegen. Wie Ehsan vorausgesagt hat, erreichen wir die Stadt zur *rush hour*. Der Verkehr ist Irrsinn, es ist stockdunkel, die Autos stehen Stoßstange an Stoßstange und dazwischen schlängeln sich motorisierte Zweiräder mit oft lebensgefährlichen Manövern. Apropos lebensgefährlich: irgendwann unterwegs, als wir aussteigen sollten, stehe ich auf der letzten Stufe des Busses und will den Fuß auf die Straße setzen, als von rechts, d.h. direkt vor mir, ein Motorrad vorbeischießt – wäre ich eine Sekunde früher dran gewesen, hätte er mich umgenietet! Verkehrsordnung gibt es hier keine. Selbst ein Fußgängerüberweg ist nur Dekoration, man sollte sich nie darauf verlassen, dass die Autos stehen bleiben. Wie in anderen großen Städten gilt: einfach drauflos marschieren, die Hand heben, dann bremsen die Autos ab.

Irgendwann erreichen wir das letzte Hotel der Reise namens Eskan – im Gegensatz zu den anderen dreien ist es modern gestaltet.

Nach der Ankunft im Zimmer stecke ich wie immer die Schlüsselkarte zum Licht-Anmachen in den vorgesehenen Schlitz. Regelmäßig wird es nach einer Minute dunkel. Das nervt, besonders im Bad. Da muss ich wohl die Rezeption anrufen. Ein Mann kommt vorbei, er steckt die Karte rein, das Licht geht an. Ich zeige ihm, dass er warten soll, aber das dämliche Licht geht jetzt nicht mehr aus! Peinlich!

Dann will ich die Klimaanlage ausschalten – wo ist denn das Kästchen dafür? Ums Verrecken finde ich nichts, aber mit dem Gebläse werde ich später nicht schlafen können. Also wieder anrufen! Der Mann kommt, macht die Schranktür in der Ecke zu, die ich offen gelassen hatte – dahinter ist es. Ich schäme mich in Grund und Boden – das mir, der Weitgereisten!

Zum Abendessen müssen wir nur eine kurze Strecke gehen. Wir kommen in das bisher merkwürdigste Lokal, denn es sieht aus wie eine Bahnhofshalle. Wir sitzen im oberen Stock, alle in einer langen Reihe am Tisch. Es ist recht kühl, denn der Teil, in dem wir sitzen, ist zur warmen Jahreszeit offen; jetzt ist eine Plane darüber gespannt. Schon von draußen sehen wir das Angebot: Pizza, Burger, Veggie. Aber ganz so schlimm wird's dann doch nicht: erst bekommen alle die obligatorische Flasche Mineralwasser, schön eisgekühlt, dann gibt es ein Glas Zuckerlimo, anschließend ein Tablett voller Schälchen mit einem ganzen Menü. Suppe, Salat, Joghurt mit Gurke, drei Brocken Fleisch, Reis und Nachtisch, der wie Grieß-Pudding aussieht und schmeckt.

In diesem Hotel hat man mir ein Einzelzimmer gegeben – einmal war es ein Vierbett-Zimmer – und ich schlafe zur Abwechslung mal sehr gut. Nach den schlechten Nächten hole ich den Schlaf im Bus nach, bei dem Geschaukel kann ich schlummern wie ein Baby. Allerdings kriege ich vieles nicht mit, was Ehsan auf der Fahrt erzählt. Auch kein Drama, ich würde es ja sowieso vergessen.

Hier gibt es zum zweiten Mal während der Reise öffentliches Internet - das nutze ich gern. Ich gebe an meinen Freundeskreis die letzten Meldungen vor der Heimreise durch.

Am Morgen dürfen wir länger schlafen, die Abfahrt zum Sommerpalast des Schahs Reza Pahlawi in den Norden Teherans ist erst um 10 Uhr geplant. Zunächst besichtigen wir den „grünen Palast" – denn er ist außen grün gestri-

chen. Es gibt eine Unmenge Zimmer – wie in einem Museum. Dann geht es bergab zum „weißen Palast" - Außenfarbe weiß. Irgendwie komme ich mir komisch vor, wenn ich in die Zimmer hineinsehe, schließlich ist es noch gar nicht soooo lange her, dass der Schah und seine Familie darin gelebt haben. Sind wir allesamt „Voyeure"?

Neben der Außentreppe steht eine merkwürdige Skulptur: zwei riesige Stiefel. Eine Schulklasse nutzt sie als Fotomotiv und gruppiert sich drum herum. Selbst diese Kinder heißen uns auf Englisch willkommen.

Weiter geht es zum Golestan-Palast. Die Fassade ist in den typisch persischen Farben gehalten: gelb, rosa und blau. Innen sieht man Spiegelsäle und eine Nachbildung des Pfauenthrons, auf dem Reza Pahlawi und sein Vater gekrönt wurden. Auch ein Duplikat von Farah Dibas Krönungsthron ist da.

Nach den Besichtigungen bekommen wir eine Freizeit für Tee/Kaffee und Kuchen. Es gibt nur ein einziges Kellerlokal auf dem Areal, in dem nicht sehr viele Platz haben, denn andere Besucher essen zu Mittag. Aber einen Teil der Unseren schreckt die Kühle draußen nicht. Um 16 Uhr müssen wir ins Hotel zurück, sonst steht uns ein neuerlicher Stau bevor.

Das Abschiedsessen gibt es glücklicherweise früh im eigenen Hotel, nämlich um 18 Uhr. Im Angebot sind Gemüsesuppe, Fisch, Hähnchen, Lamm oder Gemüse, dazu Reis. Ich wähle das Lamm und gehe nach dem Essen bald zu Bett. Viele haben es während der Reise schon bedauert, dass es keinen Wein und kein Bier gibt, denn sie würden sich gern am Abend noch ein bisschen zusammensetzen. Bei Mineralwasser oder Tee gefällt es ihnen nicht.

Am nächsten Morgen sitze ich von 7:15 bis 8:30 allein beim Frühstück, nur ein paar persische Gäste sind da, fast alles Männer. Ich wundere mich: Wo bleiben die anderen?

IRAN

Können die heute so gut schlafen? Dann, als ich fast schon gehen will, tauchen die ersten auf. Ich lege mich noch mal ins Bett, in der Hoffnung, noch ein bisschen schlafen zu können, aber leider wird es nichts mit meiner Siesta. Von vielen habe ich gehört, dass sie ein Taxi nehmen wollen zum Fernsehturm oder sonst wohin, aber ich will die Reise ruhig ausklingen lassen und gehe nur in der Umgebung spazieren. Ich stürze mich zum letzten Mal ins Getümmel, indem ich mehrfach todesmutig die Straße überquere. In einem *illy* trinke ich einen Cappuccino – dort gäbe es auch abgepackte Sandwiches – die sehe ich zum ersten Mal im Iran. An einer Straßenecke mache ich die letzten Fotos: Mütter mit ihren Schulkindern kaufen Fladenbrot, das ganz frisch aus dem Backofen kommt. Für die Kinder gibt es welches in Herzform. Manche Käufer nehmen ganze Brot-Stapel mit nach Hause.

Erst kurz vor dem vereinbarten Termin um 14 Uhr verlasse ich mein Zimmer mit dem ganzen Gepäck. Den Koffer kann man abgeben, die Umhängetasche, in der alle Souvenirs sind, auch der Seidenteppich und die im voraus geschriebenen Karten, behalte ich bei mir. So verbringe ich lesend die restliche Zeit bis zur Abholung zum Flughafen im Hotel, wo ich mir noch einen Cappuccino gönne und dann eine Kanne Tee. Ich treffe auf Brigitte und Willi aus Österreich – wir Frauen führen ein längeres, intensives Gespräch.

Um 17 Uhr 45 bringt uns der Bus zum Flughafen von Teheran. Bis Doha fliegen alle gemeinsam, erst dann trennen sich die Wege der Deutschen, Österreicher und Schweizer. Dieser Flug ist länger als Doha - Shiraz, weil Teheran viel nördlicher liegt. In Doha geht alles ziemlich schnell, man kann sich gar nicht mehr von allen verabschieden, weil jeder auf der Suche nach seinem Anschluss - Gate ist. Allerdings müssen die Wien-Fliegenden sehr viel länger warten als wir (Münchner); wir dürfen in zwei Stunden weiter, sie erst in neun. Hier entledigen sich alle Frauen ihrer Schals und Kopftücher. Das führt manchmal zu einem „Aha"-Erlebnis, schließlich haben wir uns noch nie „ganz oben ohne" gesehen.

Im neuen Flieger sitze ich neben einer jungen Frau, deren Bein geschient ist - oben im Gepäckträger sind zwei Krücken. Sie sitzt leicht quer, denn der mittlere Sitz bleibt frei. Im Grunde genommen kommen wir erst kurz vor der Landung in München ins Gespräch, als ich sie frage, ob ich ihr helfen soll. Sie lehnt ab und meint, das würden die Stewardessen schon machen. Ich frage noch, ob ihr das Pech mit dem Bein im Urlaub passiert ist. „Ja, in Neuseeland. Ich sitze schon 14 Stunden im Flugzeug." Du meine Güte! Im Flughafengebäude wird sie an mir vorbei gefahren. Ich rufe ihr noch zu: „Sehen Sie, jetzt sind Sie sogar früher dran." Ich weiß nicht, ob sie mich gehört hat. Übrigens sind wir eine halbe Stunde früher als vorgesehen gelandet. Es ist erst ½ 7. An der Gepäckausgabe sehe ich Anita und Peter aus Oberbayern und das Paar aus der Nähe von Hallein. Ich mache noch schnell ein Abschiedsfoto, dann kommt mein Koffer, und ich gehe durch die Passkontrolle. Draußen sehe ich plötzlich ein bekanntes Gesicht. Ich brauche einen Moment, um die Person einzuordnen. Es ist Frau Dr. Höllein, meine Hausärztin. Sie sieht mich genauso fragend an, und wir gehen aufeinander zu. „Ja, wo kommen Sie denn her?" fragt sie. Ich: „Aus dem Iran." Sie: „Was? Ich hole meine Tochter ab – die kommt aus Neuseeland. Ich hab sie drinnen schon gesehen." „Etwa die Dame, die auf Krücken geht? Neben der bin ich die ganze Zeit gesessen." „Nein, so ein Zufall."

Dann gehe ich raus und suche vergebens die Bushaltestelle von 635, dem Bus nach Freising. Ich muss tatsächlich jemanden fragen, weil ich ganz woanders aus dem Flughafen herausgekommen bin als sonst. Alles klappt vorzüglich, ich erwische sogar einen früheren Zug und kann um 9 Uhr in Plattling sein.

Auf dem Weg dorthin im Zug gibt's noch Ärger, denn als Franz mich in seiner Mail nach der Ankunftszeit gefragt hatte, habe ich auf „antworten" geklickt, und ihm geschrieben, dass ich ihn im Zug anrufen werde. Er solle sein Telefon ans Bett legen, falls er noch nicht so früh auf wäre. Aber weil es keine neue Mail war und im Betreff noch seiner stand, hat er sie nicht als solche erkannt und daher den Inhalt nicht gelesen. Das weiß ich zu dem Zeitpunkt aber nicht. Ich versuche also, ihn anzurufen, es läutet durch, aber keiner geht ran. Wie war das 2010 nach der Rückkehr aus China? Seltsame Duplizität! Nach mehreren Versuchen finde ich mich mit dem Gedanken ab, dass ich ein Taxi nehmen muss. Kurz vor meiner Ankunft in Plattling ruft er zurück. „Hast Du eben angerufen?" Ich bin sauer und sage: „Ich nehme mir dann ein Taxi, denn ich komme gleich an." Er: „Nein, ich bin sofort da."

Als ich aus dem Zug steige, biegt er gerade um die Ecke...

REISE ZU DEN KAPVERDISCHEN INSELN
16. - 29.09.2018

Meine Abreise auf die Kapverden ist für Sonntag, den 16.9. vom Franz-Josef-Strauss-Flughafen in München vorgesehen, Zeit: 13 Uhr 35.

Ich werde einen Tag früher fahren und die Nacht bei meiner „Münchner" Tochter verbringen. Damit wir beide etwas vom Samstag haben, nehme ich ein Taxi zum Bahnhof Regen und dann schon den Zug um 8 Uhr 08. Als ich an ihrer Wohnung klingle, ist es halb elf.

Zusammen gehen wir am Nachmittag in die Innenstadt und nehmen unser Mittagessen im *eat-aly* ein – eine Pizza, was sonst? Da wir es uns gut gehen lassen wollen, besuchen wir kurz danach auch noch das Café Rischart und gönnen uns im 1. Stock einen Cappuccino mit Zwetschgendatschi – dazu haben wir den Blick auf das Rathaus und die Fußgängerzone gratis.

Da auf der S 8-Linie zum Flughafen wieder mal Probleme sind, und man nicht direkt hinfahren kann, begleitet mich meine Tochter nach Moosach, von dort geht die S 1 nach Freising – der hintere Teil der Bahn geht zum Terminal 2 durch. Vollautomatisches Einchecken ist angesagt, d.h. Gepäckaufgabe und Einchecken muss man selber machen. Als ich am Display hantiere, sieht es so aus, als ob das Gepäck direkt zu den Kapverden durchgeht. Das will ich nicht, denn die erste Nacht ist ja in Lissabon, ich habe auch kein kleines Handgepäck für die Übernachtung dabei, sondern Aufladestecker und mein Medikamentendepot im Rucksack. Ich frage einen Angestellten, ob ich den Koffer nicht bis Lissabon aufgeben kann. Er: „Nein"

KAPVERDEN

- dabei hatte es im Prospekt geheißen, man könne beides, entweder Koffer durch und nur Übernachtungshandgepäck oder Koffer nur bis Lissabon und am nächsten Tag bis zu den Kapverden einchecken. Ich sage: „Dann habe ich ja nicht mal einen Schlafanzug." Er (der Schlaumeier, der nicht mal richtig Deutsch spricht): „Ja, da kann man nicht helfen." Also öffne ich den Koffer und nehme meinen Pyjama und mein Waschzeug heraus, stopfe beides in den Rucksack – was schwierig genug ist – und checke den Koffer dann ein. Und siehe da: plötzlich erscheint auf dem Display die Wahlmöglichkeit: Lissabon oder Sao Vicente. Ich nehme trotzdem Lissabon – denn die Frage war für mich ‚Wer holt den Koffer vom Band, wenn ich gar nicht dort bin?' - mache den Koffer aber nicht mehr auf, denn ich bin sowieso schon am Schwitzen. Er wiegt wie immer um die 14 Kilo.

Ich gehe zum Security Check, lange Schlange. Als ich dran bin, macht die Dame meinen Waschbeutel auf: darin sind 200 ml Sonnenmilch (hab extra die größere Menge eingepackt), 150 ml meiner Totes-Meer-Creme, die ich zur Körperpflege brauche, weil ich eine andere nicht vertrage, und noch ein paar schöne Sachen. „Das müssen wir konfiszieren" - mich trifft der Schlag. In der Körpercreme befindet sich nur noch die Hälfte des Gesamtinhalts, was deutlich zu sehen ist. Ich versuche, zu verhandeln. Sie holt sogar eine andere, vielleicht ihre Vorgesetzte, aber die bleibt hart: „Vorschrift ist Vorschrift – Sie können höchstens zu Drogeriemarkt gehen, da gibt es kleinere Behälter, dann können Sie etwas umfüllen." Ja, bin ich bescheuert, dass ich jetzt noch mal rausgehe und mich neu anstelle – da ist ja der Flieger inzwischen weg.

Also lasse ich wegwerfen. Außer den beiden genannten Sachen trifft es nichts, denn die anderen Fläschchen fassen nur 100 ml, und das ist ja erlaubt. Im Kopf notiere ich mir:

„Als erstes musst Du Dir dort neue Sonnencreme besorgen!!" Ich bin schon auf 180, bevor die Reise überhaupt los geht.

Der Abflug ist eine volle Stunde später, da die Maschine von Lissabon in Verzug ist. Es dauert ungefähr drei Stunden bis zur Hauptstadt Portugals, es gibt Getränke und eine belegte Semmel – sie ist gekühlt und geschmacksneutral – mein lieber Mann!

Wir werden von Lili und Daniela (Reisebüro-*guides*) in Empfang genommen und auf zwei Gruppen verteilt, da wir 42 Leutchen sind. Schon am Flughafen übermannt mich der Durst, und ich kaufe bei „Paul", dem französischen Gourmet-Bäcker, ein 0,5 l - Fläschchen für sage und schreibe 2,80 €. Etwas später sehe ich ein Angebot: zwei dieser Fläschchen für 3 €. Das Glück scheint voll auf meiner Seite zu sein bei dieser Reise.

Als ich aus dem Bus aussteige, merke ich, dass meine Uhr stehen geblieben ist. Als ob ich so etwas geahnt hätte, war ich drauf und dran, zuhause eine zweite einzupacken, weil ja mal die Batterie leer sein könnte, hab es dann aber unterlassen. Wer macht mir jetzt eine neue Batterie rein? Zunächst mal schüttle ich den Chronometer, und er fängt wieder an zu laufen. Aber bei all den Zeitverschiebungen, Weckzeiten usw. - was ist, wenn das Ding plötzlich wieder stehen bleibt?

Als nächstes bringe ich meinen Koffer, der wegen seiner bunten Stempel unverkennbar aus der Masse heraussticht, in das Hotel am Rande Lissabons aufs Zimmer und merke dort, dass er sich ganz schwer lenken lässt, ja sogar kippt. Ich hatte doch auf der letzten Flugreise bereits bemerkt, dass eins der vier Räder gestaucht worden war, warum musste ich ausgerechnet den wieder hernehmen, wo wir sieben Flüge haben würden (na klar, wegen der Auffälligkeit).

KAPVERDEN

Das Zimmer ist ein Doppelzimmer, wie überall in den verschiedenen Hotels, was mir viel Raum bietet, es hat einen Wasserkocher (finde ich immer ein Plus) – alles passt.

Immer noch ahnungslos öffne ich den Koffer und da sehe ich, dass das 4. Rad nun komplett fehlt, und ein handteller-großes Stück Hartplastik an der Stelle herausgerissen ist. Eine dünne Schaumstoffschicht zeigt sich, mein Gepäck schimmert schon durch – ich fass es nicht – soo wird der Koffer diese Flüge nicht überstehen. Ich überlege, was ich machen kann. Wir sollten uns nur frisch machen und dann zum Abendessen kommen. Ich spreche gleich unseren *„guide"* („Führer" klingt immer so nach *Adolf*) an und erkläre mein Missgeschick. „Ja, das hätten Sie gleich am Flughafen monieren müssen – einmal heraußen geht es nicht mehr." Das leuchtet mir ein, aber da hatte ich es ja noch nicht entdeckt! Ich sage, ich bräuchte irgendeine Tesafilm-Rolle, um das Loch zu überkleben – wohlgemerkt: es ist 18:45 OZ (eine Stunde früher als bei uns). Man verweist mich an einen „China-Laden" gleich neben dem Hotel, die „alles" hätten. Also tigere ich los – ich muss um das ganze Gebäude herumlaufen, soll aber um 19 Uhr zum Essen zurück sein. Als erstes sehe ich Koffer, z.T. für 50 € – aber ich kann ja keine zwei mitnehmen, und wenn ich umpacke, wo entsorge ich den alten? Also will ich starkes Tesa-Band. Ich frage an der Kasse nach: Die Dame kann nur Chinesisch und Portugiesisch – das kann ich aber nicht. Sie deutet nach hinten: soll das heißen, da ist einer, der Englisch kann? Ich versuche es. Der scheint mich aber auch nicht zu verstehen; ich spreche eine Kundin an, ob sie des Englischen mächtig ist. JAA! Sie versteht, was ich will, und übersetzt es dem Chinesen; dieser führt uns umher, findet nicht das Richtige – ich gebe die Hoffnung langsam auf, bis plötzlich eine Wand mit Klebebändern auftaucht. Er gibt mir eine riesige Rolle, mit der ich den ganzen Koffer hätte verschweißen können – ich frage „strong?" „Yes, strong." Trotzdem gehe ich die diversen Klebebänder nochmal durch und entscheide mich gegen ihn für ein Band mit Rillen unten drauf, denn auf dem glatten Plastik könnte sich die ganze Chose vielleicht insgesamt lösen - so eine Art Widerhaken ist sicher nicht schlecht. An der Kasse steht eine Familie vor mir, die mehrere Sachen eingekauft hat – ich hüpfe von einem Fuß auf den anderen, denn es ist schon nach 19 Uhr. Ich eile zurück ins Hotel, da kommt mir Lili am Eingang entgegen – sie suchen mich bereits. Ja, schneller gings wirklich nicht.

Es gibt einen Begrüßungstrunk und dann das Abendessen. Danach werden zwei Ausflüge angeboten, die man gleich buchen kann – später nicht mehr. Einer wird auf der Badeinsel Sal sein, den nehme ich, denn das ist eine willkommene Unterbrechung in den abschließenden Strandtagen. Und man kann sich für eine Wanderung einschreiben lassen auf der Insel Santiago – 4 km, ca. 2 Stunden, Schwierigkeitsgrad „leicht" - na, das schaffe ich doch. Beides zusammen für 100 €.

Auf meinem Zimmer repariere ich den malträtierten Koffer. Ich stopfe eine Serviette und ein Taschentuch in das Loch und überklebe das Ganze kreuz und quer nach oben, unten, seitlich, vorwärts, rückwärts – ich hoffe, es hält.

Auf dem Wecker, den ich im Rucksack mitgenommen hatte, möchte ich die Weckzeit für morgen eingeben - was muss ich sehen: es fehlt das schwarze Schräubchen, das die Uhr- und Weckzeit einstellt. Oh nein – was habe ich denn jetzt noch für eine sichere Zeit? Portugal und die ganze blöde Reise können mir den Buckel runterrutschen! Ich schütte meinen gesamten Rucksackinhalt auf das weiße Betttuch – man glaubt es kaum, das schwarze Schräubchen findet sich und ist nicht mal gebrochen. Ich kann es aufstecken und Zeit und Weckfunktion richtig stellen.

KAPVERDEN

Sicherheitshalber erbitte ich noch einen Weckruf der Rezeption.

Um 5 Uhr 10 müssen wir aufstehen, bis 6 Uhr gefrühstückt haben und um 6:45 abfahren wegen des Berufsverkehrs, der danach einsetzt.

Trotz aller Widrigkeiten und Aufregungen des Tages schlafe ich schnell ein und gut durch.

Um ja nicht zu verschlafen, habe ich mich dreifach abgesichert: Weckruf vom Hotel, Handy gestellt und Wecker. Das Handy klingelt als erstes, ich stehe auf, wasche mich und ärgere mich schon, dass kein Anruf von der Rezeption kommt. Dann schau ich endlich auf meine Armbanduhr: es ist hier 3 Uhr 20! Mit der Zeitumstellung habe ich mich vertan – na dann schnell nochmal ins Bett. Bei der richtigen Weckzeit kommt auch der Hotel-Anruf.

So, heute wird sich zeigen, ob das chinesische Klebeband was taugt – mein Albtraum wäre, meine Dessous fliegen einzeln auf dem Gepäckband daher.

Als ich fälschlicherweise aufgestanden bin, habe ich mir gleich eine Tasse Kaffee gemacht, der jetzt erkaltet ist und gut trinkbar.

Um 6 Uhr dürfen wir in den Frühstücksraum: Das Büfett bietet alles Mögliche, auch Croissants und Vanille-Blätterteig-Törtchen (soll eine Spezialität sein) gibt es. Wie immer sind die Teilnehmer pünktlich, bringen ihre Koffer – sofern sie sie nicht nach Sao Vicente durchgecheckt haben – zum Bus, und wir können abfahren. Das sanfte Schaukeln des Busses lässt mich einschlafen, und als er vor dem Flughafen hält, weiß ich gar nicht, was los ist. Eine Teilnehmerin sagt aber, sie hätte mich jetzt geweckt, wenn ich nicht aufgewacht wäre. Es gibt doch nette Menschen!

Das Durchschnittsalter der Truppe ist um die 80, würde ich schätzen. Ein junges und ein mittleres Paar sind dabei, dann bin ich die nächste. Man muss sich wundern, wer da alles noch so beschwerliche Reisen auf sich nimmt: einer geht mit Stock, eine andere mit Krücken – in jedem Flughafenbereich lässt sie sich mit dem Rollstuhl chauffieren, ihr Mann begleitet sie dann in einem extra Kleinbus – die weiß, wie es geht, denn beim Essenfassen kann sie ohne Krücke und Stock prima laufen.

Meine zwei Flaschen Wasservorrat muss ich vor der Kontrolle in den Koffer zwängen – wer weiß, wann es wieder was zu kaufen gibt. Sowohl hier als auch vor der Damen-Toilette ist eine Riesen-Schlange: anstehen, warten – das wird symptomatisch sein für diese Reise, nur weiß ich das jetzt noch nicht. Immerhin geht's gleich mit dem Boarding los – sie lassen erst die Passagiere für den hinteren Flugzeugteil rein, dann die anderen.

Als ich während des Fluges mal das WC aufsuche, sehe ich, dass weiter hinten zwei freie Plätze sind und setze mich um, so dass ein Platz neben mir leer bleibt. Der andere Nachbar vorher hat sich so breit gemacht, dass ich mich kaum rühren konnte. Es war der Mann der Frau mit Krücken, von dem sie erzählt hat, dass er fast blind wäre und Hilfe beim Essen bräuchte – in keinem unserer Hotels habe ich gesehen, dass sie ihm was zurecht geschnitten hätte! Das Mittagessen ist eine Art Gulasch, das teilweise schlecht zu kauen ist – ich frage mich, ob die das bei der Freibank kaufen – als Dessert gibt es einen Wackelpudding in grün oder rot (dazu muss man wissen, dass dies die Farben der TAP – der portugiesischen Fluglinie – sind). So ein Pampe hab ich seit Kindertagen nicht mehr gegessen.

Nach etwa vier Stunden landen wir – es sieht aus wie in der Wüste und ist genauso heiß. Ein sehr starker Wind weht, und gleich geht es ab zur Stadtrundfahrt, die Koffer werden separat ins Hotel gebracht. A propos, mein Dreibeiner hat den Flug prima überstanden! Wir fahren in zwei

Kapverden

Gruppen: jede mit ca. 20 Teilnehmern in einem Kleinbus, dazu ein Kreole, der Englisch spricht, und ein Deutscher, der übersetzt. Wir kommen nach Mindelo, wo u.a. eine Nachbildung des *Torre de Belém* (Turm) von Lissabon steht. Dort ist der Hafen und in der Nähe ein überdachter Markt. Wir steigen aber nur kurz aus, um Wasser und Sonnencreme zu kaufen. Als ich danach suche, treffe ich auf eine andere Frau, der die Sicherheitskontrolle ebenso übel mitgespielt hat wie mir – ihre Sonnenmilch wurde weggeworfen. Ich nehme auch noch eine Olivencreme, um für die Totes-Meer-Lotion Ersatz zu haben. Für alles soll ich ca. 15 € zahlen – ich kann es gar nicht glauben. Aber außer dem Wasser sind die Produkte importiert und deswegen teurer als bei uns.

Nun geht es den Berg hinauf, den Monte Verde, wo der Bus bis auf 300 m holpert – ja, die Straße besteht wie viele andere aus Kopfsteinpflaster, das angeblich noch von den Sklaven gelegt wurde. Weiter dürfen wir nicht, weil es einen Steinschlag gegeben hat. Da oben hat sich der Wind zu einem Sturm ausgewachsen – man muss sich fest dagegen stemmen. Die Aussicht ist großartig – Täler, die ineinander verschachtelt sind, liegen unter uns, auf der anderen Seite sieht man das Meer mit seinen Schaumkronen.

Der nächste Anlaufpunkt ist Salamansa direkt am Meer. Wegen des starkes Windes kann man hier *kite surfing* betreiben. Ein junger Mann lässt es sich gerade von einem Kreolen zeigen, aber er muss noch üben, wenn das was werden soll. Kleine Kinder kommen angerannt und möchten uns Muscheln als Souvenir verkaufen. Übrigens gibt es auf den Kapverden eine eigene Währung, nicht den Euro wie in Portugal; sie nennt sich *escudos*. Man kann sogar kleine Beträge mit Euro-Scheinen bezahlen, dann bekommt man *escudos* als Restgeld – auf diese Weise musste ich praktisch nie Geld umtauschen. Wertmäßig sind 110 *escudos* ein Euro. Manche geben den Kindern Kekse oder Süßigkeiten, sofern sie welche dabei haben, oder auch eine Münze.

Gerade hier am Strand gibt es sehr viele streunende Hunde, aber sie tun nichts und betteln auch nicht.

Weiter geht es mit dem Bus nach Calhau. Am Strand sind einige hübsche Häuser mit buntem Anstrich, aber es scheint niemand dort zu wohnen – überhaupt wirkt der Ort wie ausgestorben. Die Sonne brennt herab, am Ufer sind einige ebenfalls knallbunte Fischerboote vertäut; wir hören, dass die Fischer oft zur gegenüberliegenden, unbewohnten Insel fahren, sich den Proviant und Wasser für einige Tage mitnehmen und erst mit ihrem Fang zurückkommen. Dort wäre auch ein Unterstand für die Nächte. Ja, diesen Eindruck gewinnen wir gleich am ersten Tag: das Leben ist hart hier – den Leuten wird nichts geschenkt. So hatte ich mir das eigentlich nicht vorgestellt.

Auf einem Grundstück sind zwei Riesenschildkröten in einem kleinen Becken untergebracht, die verletzt sind –

KAPVERDEN

aber sie haben wenig Platz. Daneben steht ein Bottich mit drei Minis – die haben genug Raum.

Schließlich fährt uns der Bus ins Hotel – auch hier bilden wir zwei Gruppen: die eine bleibt in einem Stadthotel, unsere ist am Strand mit Meeresrauschen, großem Balkon und Kühlschrank (himmlisch – das wird in den nächsten Tagen das wichtigste Gerät sein, wenigstens für mich). Diese Anlage ist etwas weitläufig, zum Restaurant muss man ein Stück gehen, die Rezeption ist in einem anderen Gebäude; wir scheinen die einzigen Gäste zu sein. Da ich die Halbpension mit gebucht habe (wie gut – es gibt nichts in der Nähe außer einer sog. Bar und Privathäusern), trifft man sich zum Abendessen (Büffet), das sehr gut ist, was ich wiederum nicht erwartet hatte. Es gibt immer Flaschen mit Wasser auf dem Tisch, die man gratis nach bekommen kann, denn das Wasser aus dem Hahn soll man nicht trinken. Ich kaufe mir ein kleines Bier, um den Schlaf zu unterstützen, schalte im Zimmer die Klima-Anlage ein und merke um 4 Uhr, dass mir kalt ist. Die Klima-Anlage läuft noch – ja dann!

Am Abend wollte ich erkunden, ob von der Hotelanlage aus ein Zugang zum Meer war, fand aber keinen – inzwischen war es auch dunkel.

Da eine meiner Töchter für drei Wochen auf Hochzeitsreise in Kanada ist, verkehre ich hauptsächlich durch *sms* mit der anderen, die von Sonntag an eine Woche in Paris sein wird – arbeitsmäßig. Keine Treml-Frau zuhause! Nach deren letzter Nachricht blendet sich mein Handy aus – alles schwarz; es lässt sich nicht mehr einschalten, reagiert nicht auf was ich auch probiere – nächste Katastrophe. Wenn ich mich nicht mehr melden kann, drehen die Töchter ja durch und meinen, die Haie hätten mich gefressen. Da muss ich mir was überlegen.

Dieser erste Tag hat uns die große Hitze gezeigt, die Schwüle und den Wind, der die Temperaturen erträglich macht. So werden auch während der Fahrt sämtliche Fenster ein Stück weit geöffnet, und der Durchzug hat wirklich keinen krank gemacht. Was uns verblüffte, waren die Fliegen, etwas kleiner als unsere Stubenfliegen, die unverschämt übers Essen krochen, sich auf oder in Gläser stürzten und nur weg gewedelt werden konnten. Da wäre ein Fächer nicht schlecht gewesen! Glücklicherweise haben sie nicht gestochen.

Für alle Fälle gebe ich wieder einen Weckruf in Auftrag.

Um ½ 6 klingelt der Wecker – diesmal richtig. Der Weckruf des Hotels dagegen kommt nicht. Später sehe ich auch, warum: denn als ich an dem kleinen Gebäude vorbei gehe, wo die Rezeption – was für ein großes Wort – untergebracht ist, ist niemand da. Eine andere Reiseteilnehmerin bestätigt mir diese Erfahrung.

Frühstück gibt es ab 6:15 – labbrige Semmeln und Hörnchen, seltsame Marmelade, Orangensaft, der eher wie Limo schmeckt, und einen schwachen Kaffee.

Wir sitzen etwa so am Tisch wie gestern, und ich habe mir gedacht, das „mittelalterliche" Paar mir gegenüber wäre eventuell imstande, mir mit dem Handy zu helfen. Ich spreche den Mann an und erkläre ihm mein Problem – ich hatte auch schon probiert, das Handy zu öffnen, um nach der *sim* - Karte zu schauen, aber ich fand den Zugang nicht. Er findet die Stelle, wo das Ding aufgeht, nimmt die Karte raus und wischt sie ab. Danach steckt er sie wieder rein. Keine Reaktion – er macht es noch einmal, und das Handy blinzelt, erlischt aber gleich darauf erneut. Wir haben die gleiche Idee: ich muss es mal an den Akku hängen, vielleicht geht's ja dann wieder. Und wirklich: nach einigen Minuten „Saft" von der Steckdose geht das Display an. Was für eine Erleichterung! Ich bin wieder mit der Welt verbunden!

KAPVERDEN

Der Kleinbus bringt die Gruppe nach Mindelo, wo die Fähre nach Sant'Antao ausläuft. Das Wetter könnte nicht besser sein; klar und sonnig, dennoch verteilt ein Mannschaftsmitglied Spuck-Tüten aus Plastik. Das Meer ist ruhig, aber man glaubt nicht, wie man trotzdem beim Gehen hin - und herfällt. Ich sehe, dass es eine „Bordküche" gibt, d.h. man kann einen Kaffee haben oder Wasser; ich will mir auch einen Espresso genehmigen, um fit zu sein für den Tag und falle beinah ein paar jungen Männern (kaffeebraunen) auf den Schoß – ja mei, es waren eben da grad keine Frauen! Wir befinden uns auf dem offenen Oberdeck, unten gäbe es auch einen Raum mit Fenstern.

Den Kaffee trinke ich lieber gleich, um nicht alles zu verschütten, und auf dem Rückweg zu meinem Platz komme ich wieder ins Trudeln – „Ja, Sie haben es auf die jungen Männer abgesehen" muss ich mir da anhören – erst, als sie selber aufstehen, z.B. zum Fotografieren, merken sie, dass das Laufen gar nicht so einfach ist. Wir legen in Porto Novo an, wo uns gleich das pralle Leben empfängt: Frauen bieten alles Mögliche feil: Gebackenes (das meistens trieft vor Fett), Ziegenkäse, Obst, hauptsächlich Essbares. Mit unserem Bus tuckern wir wieder über Kopfsteinpflaster hinauf zum Cova de Paúl, einem kreisrunden, riesigen Vulkankessel, der für den Ackerbau genutzt wird. Durch die umliegenden Wände wird er vom Wind geschützt, aber die Bauern müssen zu Fuß hinab- und hinaufsteigen, da unten kein Haus ist – das dauert ca. zwei Stunden, erfahren wir. Als wir dort oben halt machen - wir sind jetzt auf 1300 Metern - haben wir einen wunderbaren Blick hinunter, kurz darauf überzieht Nebel das Gebiet. Aber das Wetter ändert sich sehr schnell, wenn es eben azurblau war, kann es im nächsten Moment völlig grau sein und umgekehrt.

Sant'Antao wird „die grüne Insel" genannt: wir sehen Akazienbäume, Agaven, einige wenige Ziegen, immer sehr kurz an einem Pflock angebunden, ein paar Esel, eine Kuh. Alles weit von jeglicher Behausung entfernt und meist in der prallen Sonne. Die bunten Häuschen, die man im Urlaubsprospekt gesehen hat, gibt es, aber meist ist nur die Fassade grellbunt gestrichen, der Rest besteht aus grauen Betonklötzen. Wenn man mal einen Blick hineinwerfen kann, sieht man nichts – höchstens einen Tisch; ob jung oder alt: alle sitzen sie im Schatten vor dem Haus und benutzen es wahrscheinlich nur als Schlafstätte. Wir erfahren, dass sehr viele Leute arbeitslos sind, ja sogar nicht mal genug für drei Mahlzeiten pro Tag haben. Unser *guide*, der einige Jahre in Amerika war, aber von den Kapverden stammt, ist trotzdem sehr stolz auf sein Land: er sagt, die Leute helfen sich untereinander, wenn einer mal nichts hat, lädt ihn der Nachbar ein und umgekehrt.

Wir halten als nächstes in Corda, wo aus Sisal Seile hergestellt wurden, mit denen z.B. Körbe mit Waren vom unteren Dorf nach oben befördert wurden.

Die Fahrt führt an steilen Abhängen entlang, unter überhängenden Felsen sowie roter Erde, die durch nichts gesichert ist, man kann immer nur beten, dass die Bremsen des Busses funktionieren, so wie es da über Serpentinen hinunter geht.

Wieder auf Meereshöhe erwartet uns Ribeira Grande – wir bekommen ca. eine halbe Stunde Freizeit – ich will in einer „Bar" was trinken und nehme frisch gepressten Papaya-Saft. Der schmeckt mir, so wie der Saft vom Johannisbrotbaum, der säuerlich ist und den Durst in Zaum hält (gibt's beim Frühstück) und Hibiskus-Saft. Und ständig brauche ich Wasser, Wasser, Wasser, am besten eisgekühlt.

In diesem Ort schaue ich kurz in die Kirche – die meisten Leute sind katholisch (aus der Zeit der portugiesischen Kolonialherrschaft), es gibt aber auch Anhänger anderer Religionen, was völlig problemlos ist.

KAPVERDEN

Natürlich ist Portugiesisch die Amtssprache, dazu gibt es noch zwei kreolische Sprachen, die angeblich recht verschieden sind. Auch wenn ich nicht Portugiesisch spreche, kann man mithilfe des Spanischen viel lesen bzw. verstehen.

Zurück zu unserem Tag auf Sant'Antao: Zum Mittagessen halten wir in Ponta do Sol – bereits unterwegs hat der *guide* gefragt, ob wir ein typisch kreolisches Essen haben wollen für 10 €, das er vorbestellen kann. Etwa die Hälfte der Gruppe nimmt das Angebot an. Es gibt wirklich viel Verschiedenes zu probieren: Bohnengemüse, Süßkartoffeln, Reis, Maniok (finde ich zu trocken), einen sog. Cerealfisch (ähnlich wie Thunfisch), Hähnchen, gelbe Rüben und Kraut: alles kommt auf großen Platten und sieht einladend aus. Dazu werden 1,5 l Wasser-Flaschen auf den Tisch gestellt und als Dessert noch ein „flan au caramel" (Karamellpudding) serviert. Nur Bier, Wein oder andere Getränke muss man extra bezahlen. Zunächst war ich der Meinung, auf dieser Insel wäre die Fliegenplage geringer, aber denkste: beim Mittagessen hatten wir sie überall, selbst auf mein Glas Bier waren sie erpicht.

Wir haben noch etwas Zeit, und da der Hafen nahe beim Restaurant liegt, sehe ich mich da mal um. Kaffeebraune Kinder springen in das Wasser vom Uferbecken, während nebenan auf der Kaimauer die frisch gefangenen Fische geschuppt und zerlegt werden. Zum Verkauf wird der Fisch – meistens kaufen die Leute einen ganzen Plastikbeutel voll kleinerer Exemplare – auf rostige Blechwaagen gelegt und mit uralten Gewichten austariert. Alle wirken fröhlich, sind farbenfroh gekleidet trotz des Schmutzes ringsum, den Gestank nicht mitgerechnet. Ich sehe Mädchen mit wunderschön geflochtenen Frisuren und frage, ob ich sie fotografieren darf – die Mutter (?) nickt - mit Gestik kommt man überall weiter.

Fischer auf Sant'Antao

Der Besuch einer Schnapsbrennerei mit Verkostung (aber hallo! – ohne wäre das nur der halbe Spaß) steht als nächstes auf dem Programm. Auch hier steht das Wort „Schnapsbrennerei" in keinem Verhältnis zu dem, was wir uns darunter vorstellen bzw. dem, was wir dort sehen. Auf dem Weg dorthin kommen wir durch Zuckerrohrfelder, die mehrmals im Jahr geerntet werden. Die Presse wurde früher von Eseln betrieben (zwei Esel mit Joch, die im Kreis laufen und das Rohr ausquetschen), heute geht das elektrisch. Danach wird die Pampe erhitzt, gefiltert und so weiter. Ich habe nicht immer den Ausführungen gelauscht, weil ich mehrere Jungs mit zwei kleinen Hunden möglichst unauffällig knipsen wollte. Jeder von uns darf einen klaren Schnaps, dann einen „alten" (länger gelagerten und somit weicheren) und einen süßen (mit Honig) probieren, und man kann sich mit Flaschen davon eindecken. Außerdem gibt es Marmelade – die muss ich probieren, und so kaufe

KAPVERDEN

ich Mispel-Marmelade (die zuhause probiert vorwiegend süß schmeckt); auch einen Schnaps nehme ich als Souvenir mit - damit unterstützt man die hiesige Bevölkerung anstatt einen Supermarkt – falls es so etwas gibt.

Schließlich geht es zurück auf die 17 Uhr-Fähre. Als ich auf Deck anlange, steht eine Menschenmenge im Kreis um etwas herum. Was ist denn da los? Als ich näher komme, sehe ich einen alten Mann auf den Planken liegen, sein Kopf wurde mit einer zusammengeknüllten Weste etwas höher gelegt. Er hat ein schneeweißes Gesicht und so weiße Hände wie mein Vater, als wir ihn im Sterbezimmer sahen. Er stöhnt aber, seine Frau tätschelt ihm die Wange, unsere Daniela ruft nach einem Arzt, denn der Mann ist aus unserer Gruppe. Es stellt sich heraus, dass sich unter uns eine pensionierte Ärztin mit ihrem Mann, ebenfalls Arzt, befindet. Sie sagt, der Mann habe keinen Puls und deutet mit dem Daumen nach unten. Ich sehe, dass er auf dem Rücken liegt, ihm aber Speichel aus dem Mund rinnt. Auf Deutsch sage ich dann, man solle ihn doch in die stabile Seitenlage bringen, damit er nicht an Erbrochenem erstickt – irgendwer dreht ihn daraufhin um – seine Frau steht unter Schock. Schließlich kommen zwei Sanitäter mit einer Trage und bringen ihn an Land. Daniela geht mit der Ehefrau zum Krankenwagen. Als er weggebracht worden ist, sehe ich, dass er tatsächlich erbrochen hat. Daniela, deren erste Reisegruppe wir sind, kümmert sich liebevoll um die Frau – sie und der kreolische *guide* bleiben auf Antao – in Sao Vicente werden wir von einem anderen Reiseführer in Empfang genommen und in die beiden Hotels gebracht.

Auf der Fähre beobachte ich einen kleinen Jungen von etwa zwei Jahren, der aus einer Flasche mit 1,5 l Wasser trinken will. Der Vater will ihm helfen, aber er lässt es partout nicht zu – sobald er sieht, dass der Vater auch nur seine Hand unter die Flasche schiebt, protestiert er, dabei ist die Flasche fast so groß wie er und sie muss ja auch ungeheuer schwer sein für den kleinen Kerl. Manchmal gelingt es ihm, sie so weit hochzuheben, dass Wasser in seinen Mund läuft, dann reißt er überrascht die Augen auf, manchmal schüttet er sich das Wasser übers Hemd – es ist ein großartiges Spektakel. Im übrigen sind die meisten kleinen Kinder und Babys total süß, die Frauen sind sehr oft wunderschön (nicht alle) und die Männer sind bis auf die jüngeren eher nicht schön.

Heute wurde zum Abendessen sogar eine Zwei-Mann-Band organisiert, Gitarre und Gesang. Diese Musik ähnelt dem portugiesischen Fado und ist oft schwermütig.

Aber ich bin nicht schwermütig, im Gegenteil: ich berichte dem Mann mittleren Alters freudestrahlend, dass sein Eingreifen mein Handy wieder zum Leben erweckt hat. Er freut sich auch, und als die beiden ihr abendliches Bier bezahlen wollen, übernehme ich das. Sie sträuben sich erst, aber ich sage: „Manche Dinge sind mit Geld nicht zu bezahlen. Was nutzt mir ein Handy, das nicht geht?"

In der Nacht muss ich oft an den Mann denken, der auf Sant'Antao zurückblieb: ob er es schaffen wird?

Heute durften wir mal ausschlafen – wurde auch Zeit. Ich kann mir die Haare waschen, das Frühstück ist nach draußen verlegt worden, zwar unter einem Sonnendach, aber auf der Terrasse. Das war ein Heidenspaß: jetzt kamen nicht nur die Fliegen, sondern auch die Spatzen – die waren gleich noch frecher und pickten das Essen an, sobald man seinen Platz verließ, um drinnen Nachschub zu holen. Im Restaurant hatte man schon ein feinmaschiges Netz auf alles Essbare gelegt.

Heute war das Frühstück viel reichhaltiger, ich probiere eine frittierte Zimt-Kokos-Toast-Scheibe (die wahrschein-

KAPVERDEN

lich genug Kalorien für den ganzen Tag lieferte), es gab weiche Brötchen mit einer Kokos-Masse drauf – war das gut! Kokos liebe ich ja in jeglicher Form.

In diesem Hotel gab es wunderschöne Büsten und Masken nach Massai-Art, auch Batik mit afrikanischen Szenen und Gemälde waren an den Wänden. Es stimmt, man fühlte sich auf jeder Insel nach Afrika versetzt, nur gab es statt Hütten hier meistens Steinhäuschen.

Am frühen Nachmittag ist der Transfer zum Flughafen vorgesehen, aber packen muss man natürlich auch. Daniela kommt gegen Mittag und bringt uns hin. Im Bus informiert sie uns, dass der Mann (er war 90 Jahre alt) im Krankenwagen verstorben sei. Sie bliebe mit seiner Frau in diesem Hotel, bis diese in einigen Tagen mit ihrem toten Mann zurückfliegen könne. Wir sind betroffen, aber so etwas kann passieren.

Der Flug nach Praia auf Santiago dauert 50 Minuten – wir fliegen mit Propellermaschinen – es gibt sogar einen Becher Wasser und eine kleine Packung Nüsse. Praia ist die Hauptstadt der Kapverden, die Fluglinie zwischen den Inseln ist Binter. Diesmal dürfen wir gleich ins Hotel namens Pestana Tropico. Hier gibt es tatsächlich weniger Fliegen. Zum Begrüßungsdrink in der Halle trommeln drei nicht mehr ganz junge Frauen und eine tanzt zum

Rhythmus. Diese Trommeln stellen sie selber her, erfahre ich später – sie sehen aus wie ein Pilz mit flachem Hut und sind rundum mit Klebefolie bedeckt, also ein selbst gebasteltes „Musikinstrument". Der Stiel wird zum Fixieren zwischen die Oberschenkel gesteckt. Die Tanzende gerät bei dem lauter werdenden Trommelwirbel fast in Ekstase, wirft ihren Kopf zurück und wippt mit den Hüften in einer höllischen Geschwindigkeit auf und ab. Sie tragen alle weiße Blusen und die Tanzende bindet sich ein weißes Dreieckstuch um die Hüften. Sie tritt barfuß auf. Dann übernimmt eine andere aus der Gruppe die Tanz-Rolle und die vorige trommelt – die Frauen haben ganz unterschiedliche Figuren, manch eine ist nach afrikanischem Idealbild gebaut, d.h. „ordentlich beisammen" - andere sind ganz schlank.

Es gibt verschiedene Säfte, die wir nicht kennen, und kleine, schmackhafte Kuchen. Das Hotel besteht nur aus zwei Etagen, das sieht gut aus. Zwischen Rezeption und den Zimmern ist ein großer Pool mit Meerwasser. Ich habe ein Quartier mit Terrasse, die zum Pool hinausgeht. Glücklicherweise ist ein Kühlschrank vorhanden und eine 1,5 l-Flasche Wasser liegt drin. Ich glaube, meine größte Sorge während dieser Reise war, kein Trinkwasser zu haben. Selbst durch die geschlossene Tür und das Fenster höre ich eine Unmenge Vögel zwitschern.

Hier gelingt es mir auch endlich, mein *tablet* in Gang zu bringen. Als ich den Wecker, den ich inzwischen in eine Plastiktüte verfrachtet hatte, auf den Nachttisch stellen will, ist er auf 16 Uhr stehen geblieben. Was hat er denn jetzt wieder? Ich weiß gar nicht, woher der Geistesblitz kam, aber ich öffne das Batteriefach – und tatsächlich ist eine verrutscht und hatte keinen Kontakt. Ich bringe das in Ordnung, und er läuft wieder, allerdings kann ich an der losen Schraube nur die Weckzeit einstellen, nicht die

KAPVERDEN

Uhrzeit. Nur – ich könnte jetzt sagen: mit Geduld und Spucke, aber es war wohl eher – mit Fingerspitzengefühl kam ich schließlich zum Erfolg. Kurz danach spielte mir das Internet wieder einen Streich und behauptete, es hätte den Server nicht gefunden. Verrückt!

Um 19 Uhr bringt uns der Bus zum Cachupa-Essen. Das ist ein Gemüse-Eintopf mit Fleisch oder Fisch oder rein vegetarisch. Es ist das Nationalgericht und besteht aus dem, was die Leute eben so zur Verfügung hatten.

Bevor es los geht, bekommen wir eine längere Kostprobe des Trommelns und Tanzens – es stehen immer wieder andere Frauen auf und stellen sich tanzend in die Mitte. Ja, ich glaube es kaum, unter all den Frauen – so etwa zehn – erspähe ich auch einen MANN! Der tanzt aber nicht, sondern bedient nur die Trommel. Er sieht meine erstaunte Miene und grinst mich an.

Das Büffet ist eröffnet: außer Cachupa bekommen wir Thunfisch-Creme und Baguette, Chorizo-Scheiben mit dicken Fettbrocken drin, Süßkartoffelbrei und frittierte Bananen-Küchlein. Später gibt es noch Obstsalat und den immer wiederkehrenden Karamellpudding. Hibiskus-, Papaya- und Johannisbrotbaum-Saft stehen bereit, Kräutertee wird gereicht, nur wer Cola, Fanta, Bier oder Wein möchte, muss es sich an der Theke holen und extra bezahlen. Dazu stehen drei Flaschen Schnaps am Büffet: der sogenannte „grogue" (das Wort ähnelt nur unserem ‚Grog', benennt aber den Zuckerrohrschnaps, den wir heute schon probiert haben: ein weißer, ein brauner und einer mit Honig. Sie liegen bei 35 bis 43 %. Zum Ende des Abendessens ist kein Tropfen mehr in den Flaschen. Holladijä!

Während des Essens werden wir live unterhalten von einem Sänger mit Gitarre und Gesang – das hört sich ganz gut an, finde ich.

Nach zwei Stunden geht es zurück zum Hotel, aber ich kann nicht einschlafen, erst ist mir zu heiß, dann mit der Klimaanlage zu laut und zu kalt. Ich suche im Schrank eine Decke, aber es ist keine da. Ich liege unter dem blanken Leintuch. Daher rufe ich um Mitternacht an der Rezeption an und bitte um eine Decke (auf Englisch) – nach kurzer Zeit steht einer draußen und bringt sie mir. Irgendwann gleite ich ab ins Land der Träume.

Das Frühstück ist mehr als reich bestückt: es gibt frisches Obst wie Melone rot und weiß, Papaya, Ananas, viele süße Teile, Wurst, Käse, Marmelade (bekannte und unbekannte), man kann sich Toast machen, der Kaffee schmeckt viel besser als im letzten Hotel – alles prima.

In der Gruppe befinden sich drei allein reisende Damen: eine aus Sachsen, die praktisch mit einem Ehepaar reist, denn sie sind immer zusammen, eine Ost-Berlinerin und ich. Die Berlinerin setzt sich beim Essen zu mir und von da an treffen wir uns oft zufällig beim Frühstück oder Abendessen – sie ist auch meistens bei den ersten am Futternapf (wie ich) – ich mag die späten Abendessen nicht, dann kann ich nicht einschlafen. Wir unterhalten uns gut, sie sitzt auch im Bus neben mir und quatscht nicht unentwegt wie die Frau aus Sachsen.

Da am Freitag ein Festival in unserem Hotel stattfindet, stellt unser *guide* das Programm um und macht mit uns die Inselrundfahrt, damit wir an dem bewussten Abend an dem Event teilnehmen können.

Zunächst geht es zu einem *Eco Centro,* in dem wir als erstes zwei Kapuziner-Äffchen in einem Käfig sehen. Walter, der kreolische Führer, hatte uns gesagt, dass Charles Darwin dort Exemplare der Pflanzen angelegt hätte, die auf der Insel vorkamen: Kräuter, Blumen, Bäume wie Tamarinde, Papaya und Johannisbrotbaum, Kaffeesträucher, Minze,

KAPVERDEN

Thymian, Rosmarin. Uns fielen Plastikbeutel auf, die über die Hälfte mit Wasser gefüllt waren und in den Bäumen hingen. Es hieß, sie seien mit Salzwasser gefüllt und würden die Fliegen abhalten. Dieses Phänomen konnte sich keiner von uns erklären, denn es waren keine Löcher drin, ja sie waren oben sogar zugebunden – woher sollte also eine Wirkung kommen? Die Frage blieb ungelöst.

Nun schraubten sich die Serpentinen in die Berge hinauf (800 m über dem Meer), wo wir eine kleine Wanderung bergauf machten. Es war wesentlich kühler als unten, und Dunst verschluckte die Gipfel. Über uns waren teilweise ganze Agaven-Sträucher aus dem Berg herausgebrochen und auf den Weg gefallen – das waren gewaltige Teile; auch Schutt und Geröll hatten sich gelöst. Die Landschaft unter uns war gut zu sehen: es ging sehr tief hinab, von den Tälern ging eins ins andere über.

Nach einem kurzen Stück bergab parkte der Kleinbus, und wir wurden zu einem Picknick gebeten in diesem Nationalpark Serra Malagueta. Die Palette erstreckte sich von Oliven, Chorizo über Couscous, Maisbällchen, Thunfischcreme, Frittiertes bis zu frischen Bananen. Dazu Wasser und Hibiskus- sowie Johannisbrotbaum-Saft.

An diesem Tag sollten wir unser Badezeug mitnehmen und von Bergeshöhn gings hinab zum Meer nach Tarrafal. Um an Wasser zu gelangen, mussten wir vorbei an Frauen, die frisch gefangenen Fisch zerteilten. Ich gehe auch kurz ins Wasser, aber die Sonne brennt so unerbittlich herab – lange kann ich das nicht aushalten. Sogar das Gehen auf dem Sand mit Schlappen ist heiß für die Sohlen, weil ich immer Sand aufschaufle.

Der letzte Programmpunkt ist heute das Dorf der Rebellen: „Rabelados". Sie protestieren seit den 40er Jahren gegen neu hinzugefügte Passagen des Neuen Testaments und leben in einfachsten Hütten, in denen quasi nichts ist.

Sie bekommen keine staatliche Unterstützung und leben von Spenden, die eine Schweizerin sammelt, die sie immer wieder besucht. Es sollen anfangs 2000 „Aufrührer" gewesen sein, jetzt nur noch um die 450. Die Kinder dieser Leute gehen aber in die normale Schule.

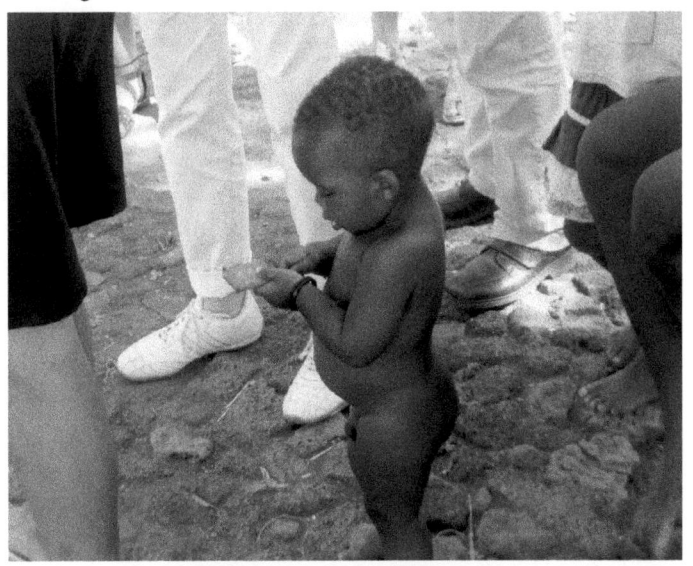

Erst schauen, dann probieren ...

Beim Anblick dieses Dorfes sind alle von uns sehr still geworden, ich glaube, jeder hat sich seine Gedanken gemacht und nicht gewusst, wie er sein schlechtes Gewissen beruhigen sollte, als sich am Abend im Hotel die Tische unter den verschiedenen köstlichen Speisen bogen.

Nach einem sehr guten Frühstück besteigen wir den Bus; Paolo (der deutschsprachige Führer) fragt: „Darf noch eine junge Dame (Kreolin) mitfahren, die diesen *guide*-Job lernen will?" Da ertönt von hinten eine weibliche Stimme: „Wenn sie gut riecht!"

Kapverden

Wir machen uns auf zu vielen Aussichtspunkten der Insel, es geht bergauf und bergab auf engen Straßen/Sträßchen. In Ribeira da Braca können wir die Fischer beobachten, die Frauen ihre frisch gefangene Ware verkaufen. In einem Holzboot sitzt eine junge Mutter und stillt ihren Säugling. Kleine Kinder baden oder sitzen in einer winzigen Lagune, mehr einer Wasserpfütze.

Hunde und Kinder laufen überall umher, Müll findet sich an allen Ecken und Enden, z.B. Glasscherben von Bierflaschen, Plastiktüten, leere Plastikflaschen (die Einführung der Pfandflasche wäre hier ein Segen). Als ich abseits vom Pulk durch Gässchen laufe, wo Frauen mit ihren Kindern oder Babys vor den Türen hocken, packt mich eine am Arm und sagt „*money – comer* (essen)" und streicht über ihren Bauch.

Hier, wie bei jeder Pause, wo es die Möglichkeit gibt, laufen wir als erstes in eine „Bar", um unseren Durst mit einem eisgekühlten Getränk zu stillen. Die Bierflaschen haben gerade mal 0,2 l Inhalt – das ist nur ein großer Schluck!

Wir fahren weiter zu einem Baumriesen „Poilon": ein Kapok-Baum, der 800 Jahre alt sein soll und 40 m Umfang hat. Zu ihm führt erst ein Pflasterweg hinunter, wo ich trotz meiner festen Schuhe manchmal auf dem Geröll ausrutsche, dann ein Erdweg hinauf. Ohne die Hilfe von Paolo und Walter wären viele nicht hinaufgekommen, weil man sich nirgends festhalten konnte. Den gleichen Weg mussten wir zwar nicht zurück, aber der „Abstieg" auf der anderen Seite war auch nicht ungefährlich, besonders für die Fußkranken, denn man konnte auf der trockenen Erde leicht ausrutschen. Die Äste dieses Baums waren mit Dornen gespickt und lagen manchmal über dem Weg, da war höchste Vorsicht geboten. Im Nachhinein wundert es mich, dass sich keiner was getan hat.

Die Mittagspause sollte in Assomada sein, wo wir am Markt hielten. Da habe ich in der Halle, wo es Obst und Gemüse gab, zwei mittelgroße Bananen (zum Vergleich mit Deutschland: 1,50€) erstanden und sogleich verspeist – die waren wirklich gut. Vor der Halle konnte man alles mögliche andere erwerben, z.B. Schuhe, Unterwäsche, Kleidung, Rastazöpfe – die hätt' ich gern gehabt, aber die werden ins Haar geflochten, und das hätte zu lange gedauert. Zwei Lokale sind uns von den *guides* empfohlen worden, also bin ich mal in eines reingegangen – da saßen nur Einheimische. Ich versuche mich an der Schiefertafel, wo die Gerichte drauf stehen, kann auch ausmachen, was danach auf dem Teller sein wird, als Paolo und Walter hereinschneien. Sie lassen mich an ihrem Tisch sitzen und bestellen für mich – ich will nur Gemüse und Reis. Kurz danach tauchen die Frau mit Krücken und ihr Mann auf.

Der 800-Jahre alte „Poilon"

KAPVERDEN

Sie wollen sich zu uns setzen – da sagt Paolo „wir gehen hinaus, hier ist es zu heiß"; als die auch hinaus wollen, bleibt er sitzen und wir auch. Ausgetrickst! Das mag sich böse anhören, aber die beiden erträgt man wirklich nicht permanent; besonders sie kann nicht aufhören, von ihren diversen Reisen zu erzählen, denn sie „waren ja schon überall, aber nicht in der Gruppe, sondern haben Land und Leute kennengelernt".

Paolo hatte sich eine Platte mit Huhn bestellt und bestand darauf, mir etwas abzugeben, weil er nicht alles essen konnte; zum Schluss wollte ich noch einen Espresso – den gabs nur in Instant-Form, aber besser als nichts. Ich hatte ein großes Wasser (1,5 l-Flasche), das Essen und den Kaffee und bezahlte 350 *escudos*, d.h. etwa 3,80 €. Paolo sagte mir, das sei das billigste und trotzdem beste Lokal, das sie in dieser Stadt kennen.

Nach dem Essen wurde uns der Staudamm Barragem de Poilao gezeigt. Trotz der geringen Regenfälle war noch Wasser drin.

Am Vortag hatte uns Paolo darauf aufmerksam gemacht, dass wir am nächsten Tag in einem Dorf halten würden, wo sie immer Kinder beschenkten, die größeren mit Kugelschreibern oder Stiften, die kleineren mit Süßigkeiten. Wer wollte, könnte sich noch vorher etwas besorgen. Als wir dort ankamen, liefen sie alle zusammen, kaum dass der Bus hielt.

Von dem Dorf aus sah man das „Tal der tausend Palmen". An der Straße stand ein Mann mit Kokosnüssen, der das Geschäft seines Lebens machte. Alle wollten das Wasser aus der Nuss trinken – leider war es nicht gekühlt. Danach konnte man sich noch die Schale abschlagen lassen und das Kokos-Fleisch essen. Eine Köstlichkeit!

Mit Karacho fährt der Bus ins Hotel zurück – ein letzter Stopp an der Straße: „Wer braucht Wasser?" Einige. Als der

korpulente Gatte der Frau mit Krücken über die Straße geht, kommt gerade ein Auto; alle schreien „Vorsicht", aber einer sagt „wieder einer weniger".
Das Abendessen gibt es wie immer um 19 Uhr 30. In meinem Zimmer höre ich, wie eine Gruppe von jungen Leuten am Pool Lieder zur Gitarre singt – es klingt sehr schön. Ich vermute, sie proben für das morgige Festival.

Wegen des heutigen Festes im Hotel ist unser Programm so umgestellt worden, dass wir nur einen halben Tag beschäftigt sind. Wir besichtigen die kapverdische Hauptstadt Praia, d.h. die der gesamten Inselgruppe. Jede Insel hat natürlich auch so etwas wie eine „Hauptstadt". Bevor wir den Obst- und Gemüsemarkt besuchen, nutze ich wieder die Gelegenheit, um eine große Pulle Wasser zu kaufen. Verdursten muss die schlimmste Todesart sein! Zu Fuß geht es zum Alexandre-Albuquerque-Platz, der quadratisch angelegt ist und an jeder Ecke ein Kartensymbol hat: Herz, Pik, Karo und Kreuz, weil Mr Albuquerque (der Bürgermeister) sich den ganzen Tag unters Volk gemischt hat und mit den Leuten Karten gespielt hat. Auf diese Weise erfuhr er, wo „der Schuh drückte". Wir sehen zum ersten Mal einen Johannisbrotbaum mit weißen Blüten. Auf dem Präsidentenpalast weht die Flagge: blau, weiß, rot, weiß, blau mit zehn Sternen im Kreis. Wir versuchen, bei Erklärungen im Schatten eines Baumes zu stehen, die Hitze ist mörderisch. An einem Haus ist eine Art Bekenntnis von Amilcar Cabrol frisch aufgemalt worden - er war der große Freiheitskämpfer, der für die Kapverden die Unabhängigkeit von Portugal erreichen wollte. Tragischerweise konnte er das selbst nicht mehr miterleben, denn er wurde zwei Jahre vorher im Alter von 49 Jahren ermordet.
Nach dem Rundgang bringt uns der Bus zum Afrikanischen Markt: wir werden durchgeschleust und müssen,

KAPVERDEN

wenn wir stehen bleiben wollen, den Vordermann verständigen, da wir uns sonst in dem Gewimmel heillos verlaufen würden. Ich kann kurz beobachten, wie eine junge Frau Rasta-Zöpfchen eingeflochten bekommt. Wie in Afrika tragen Frauen Waren oder Schüsseln auf dem Kopf, aber nicht direkt, sondern auf einem Stück dickem Stoff. Als ich frage, ob das nur die Frauen tun – ich habe bisher keinen Mann mit einer Ladung auf dem Kopf gesehen – meint unser Paolo aber, Männer täten das auch. Walter, der Kreole, berichtet davon, dass viele schon in der Früh zum Markt aufbrechen, so viel an Lebensmitteln holen, wie sie tragen können, und sie dann in ihrer Nachbarschaft für einen kleinen Aufpreis verkaufen. So müssten z.B. Alte nicht den beschwerlichen, oft weiten Weg machen.

Alle „Schafe" sind zur Abfahrt zurückgekommen und jetzt geht es hinauf – zu den Ruinen der Festung Real de Sao Filipe – zu ihren Füßen liegt Cidade Velha (die alte Stadt). Auch hier sind ein Wasserversorgungs-Stop und eine WC-Pause vorgesehen. Der Bus rattert bis zum Meer hinunter, dann laufen wir zum Konvent der Franziskaner, der natürlich längst verlassen ist. Als wir in der Rua Banana von Kindern entdeckt werden, nutzen sie sofort die Gelegenheit und trommeln auf alles, was ihnen unter die Finger kommt: Blechbüchsen, Wasserflaschen, Töpfe – geschäftstüchtig haben sie in die Mitte des staubigen Weges ein Stück Plastikplane gelegt, wo wir die Münzen drauf werfen sollen.

Direkt am Meer können wir unter einem aus Palmwedeln geflochtenem Dach Kaffee, Bier oder Softdrinks haben. Jede dieser Pausen ist hoch willkommen. Mir scheint das einheimische Bier (wie gesagt: die Pfütze von 0,2 l) überhaupt nicht stark zu sein; selbst nach zwei großen (gibt's später am Pool) spüre ich noch nichts.

Es geht zurück ins Hotel, und wir haben frei. Die letzten

Vorbereitungen für das Fest laufen – das ganze Restaurant wurde ausgeräumt: alle Tische und Stühle sind weg, damit das Büffet Platz hat. Aber erst gehen ab 18 Uhr 30 Kellner herum mit verschiedenen Tapas, die meist fettig und frittiert sind. Das zieht sich eine gute Stunde hin, wir haben Hunger und so nehmen wir immer wieder von der Häppchen, weil man nicht weiß, wann endlich der Startschuss für das Büffet fällt. Als es dann richtig los geht, sind wir fast satt. Für Nicht-Halbpensions-Inhaber kostete das Büffet 30 € ohne Getränke. Wir sichten auch ein paar kreolische Damen und Herren – das müssen aber einige wenige Betuchte gewesen sein.

Man könnte Kissen, sogar Sandalen, Geldbörsen und Taschen in bunten Stoffen erwerben – ich kaufe eine kleine Geldbörse, die man mit einem Ring an der Hose festmachen kann. Die Farben gefallen mir sehr, und praktisch erscheint mir das Ding auch.

Bevor es dunkel wird, tritt eine Truppe junger Frauen und Männer auf (sie sollen die Ureinwohner darstellen) und tanzt. Sie genießen die allgemeine Aufmerksamkeit und lassen sich gern fotografieren. Als ich um 21 Uhr ins Zimmer gehe, kann ich die Musik noch längere Zeit hören, aber irgendwann schlafe ich ein.

Heute wäre ein freier Tag, wenn man nicht das „wundervolle Wandern" (lt. Prospekt) gebucht hätte. Es war die Rede von einer leichten Tour (2 - 2 ½ Stunden lang, 4 km). Aus den beiden Einzelgruppen ergibt sich ein Kleinbus voller Wandersleut'. Schon auf 8 Uhr ist die Abfahrt nach Calabaceira festgesetzt – dort stehen ein paar Häuschen, es laufen einige Menschen herum, die uns verwundert anschauen. Auf den Straßen gibt es auch auf Santiago viel Kopfsteinpflaster und „schlafende Polizisten", und zwar nicht nur innerhalb der Ortschaften, sondern auch auf freier Strecke. Meist sind sie durch Fußgängerüberweg-Streifen gekennzeichnet.

Wir sollen einen Berg bis ins Tal hinunter wandern. Alle vier *guides* führen uns zum Anfang des Weges und fragen, ob sich das jemand vielleicht nicht zutraut. Eine Frau meldet sich – sie fährt mit dem Bus ins Tal und läuft uns die ebene Strecke mit einem Begleiter entgegen. Zwischen großen Steinblöcken geht es auf Sand, Geröll und trockenen Palmwedeln bergab – ausrutschen kann man überall. Es gibt wenig, woran man sich festhalten kann, höchstens gegen die Felsbrocken abstützen, aber die Führer bleiben immer wieder stehen und leisten Hilfe. „Einfach" ist völlig irreführend. Eine Frau fällt mal auf ihren Allerwertesten, beruhigt aber gleich „Nichts passiert, alles gut" - sie war auch gut gepolstert. Ins Rutschen wie ich kommen viele, aber es geht ohne Verletzungen ab. Wir gehen im Gänsemarsch, breiter ist der Pfad nicht. Walters Devise vom ersten Tag „Achten Sie auf Ihre Fuße" (mit dem Umlaut haben alle Ausländer Schwierigkeiten) ist lebenswichtig. Mitten am Hang steht ein kleines Haus, in dem wohl Schnaps hergestellt wird – die Gerätschaften sind vorhanden. Auf dem Weg nach unten kommt uns ein kreolischer Teenager mit seinem Hund entgegen „gehüpft" - er trägt Flip-Flops und klettert leichtfüßig wie eine Ziege von Stein zu Stein. Weiter unten treffen wir zwei Jungs mit einem Esel: sie sitzen auf einem Holzbrett, das über dessen Rücken liegt – na, bequem kann das nicht sein.

Unsere zwei deutschen Führer müssen natürlich sofort auf den Esel und sich fotografieren lassen. Sie weisen uns auf die Bäume hin, die wir zu sehen bekommen: Mangobäume, Tamarinde, Guaven, Cashew-Bäume und einen riesigen Affenbrotbaum. Vom Tal können wir hinaufschauen zu der Festung, wo wir gestern waren.

In Cidade Velha bekommen wir unser Lunchpaket: ein

Sandwich, eine Banane, einige Trauben, eine Packung Saft und Wasser. Ich genehmige mir in dem Café/ Restaurant/ Bar am Meer ein eisgekühltes Bier, dann einen Espresso und später noch eine Pfütze Bier. Da heute Sonntag ist, ist das WC vom Tourismusbüro abgesperrt – warum sollte auch einer am Sonntag pinkeln wollen? Im „Restaurant" gibt's natürlich nichts dergleichen. Ich muss aber. Da schleiche ich in eine Ecke und biesle da – so viele Hunde dürfen das ungestraft auf der Insel – warum nicht ich?

Gegen Mittag geht es mit dem Bus zurück ins Hotel, jetzt könnte man an den Strand gehen oder den Pool aufsuchen, ich aber möchte mich ein wenig hinlegen. Ich wundere mich, wie manche der alten Leute die Ausflüge so wegstecken und dann gleich noch in den Pool springen. Zur Ruhe komme ich nicht, denn am Wasserbecken sind kreischende Kinder, im Stockwerk über mir scheinen Möbel verrückt zu werden, auf dem Gang knallen die Türen.

Später begebe ich mich tatsächlich einmal in den Pool, aber nicht zu lange, denn meine Haut reagiert empfindlich auf die Sonne.

Um 19:30 Abendessen wie üblich: Sigrid (die Berlinerin) und ich sitzen an einem Zweiertisch und trinken ein großes Bier. (0,5 l kostet 300 Esc.; 0,2 l 200 Esc.)

Ab 7 Uhr gibt es Frühstück, dann entscheide ich mich für ein Nickerchen, denn der Abflug wird erst am späteren Abend sein, d.h. es wird ein langer Tag. Bis zum Mittag müssen wir das Zimmer räumen, können das Gepäck aber einschließen lassen.

Oft sind wir daran vorbei gefahren, aber heute habe ich mal Zeit, um mir das Praia Shopping Center anzuschauen. Ich wundere mich, wie weit es dorthin ist – und das bei glühender Hitze – ohne Wasser unmöglich. Dort suche ich dringend (es treten immer wieder Durchfall-Attacken

KAPVERDEN

auf, und nicht nur bei mir) eine Toilette; das ist eine der wenigen, die etwas Neues her gibt für meine Klo-Schilder-Sammlung. Dann streife ich durch dieses Nobel-Klamotten-Center. Witzigerweise gibt es dort u.a. Shirts, Blusen und Röcke von H & M, die teurer sind als bei uns (Importkosten). Ich probiere das eine oder andere an, ein bunter, längsgestreifter bodenlanger Rock würde mir gefallen, aber den gibt's nicht in meiner Größe. Ein kleiner Supermarkt ist auch im Gebäude, ich habe Lust auf eine *Cola zero* und ein Bier. Auch eine Flasche Wasser nehme ich mit.

Auf dem Weg zum Hotel bleibe ich unvorsichtigerweise an einem Stand mit Holzkunst stehen und schon habe ich einen alten Mann am Hals, der mir unbedingt was verkaufen möchte. Es fallen Worte wie *family*, irgendetwas scheint auch mit seinen Augen nicht zu stimmen – ist er halb blind? – ich kaufe ihm eine Halskette ab, kann aber nur in Euro zahlen (von 10€ auf 5€ runter gehandelt, denn eigentlich brauche ich sie überhaupt nicht) – er kann nicht wechseln, geht zu einer „Pool-Bar", die können auch nicht wechseln, über drei Ecken klappt es schließlich. Die Kette besteht aus geschliffenen Steinen vom Strand (wenn's wahr ist). Als ich im Hotel ankomme, bin ich müde, und die Rezeptionistin fragt mich, warum ich mein Zimmer so früh aufgegeben habe, ich hätte doch bis 15 Uhr bleiben können. Wieder nicht genau hingehört! Sie gibt mir den Schlüssel zurück, weil ich noch über eine Stunde Zeit habe, aber die Putzfrau ist nicht begeistert, als ich mein Zimmer nochmal aufschließe, sie hat schon alles für die nächsten Gäste hergerichtet. Ich gebe ihr zu verstehen, dass ich nichts benutzen und mich nur in einen Sessel setzen werde. Vorher habe ich an der Pool-Theke des Hotels einen Espresso getrunken. Manche baden sogar noch und bolzen sich in die Sonne – ich ziehe mich in die kühle Hotelhalle zurück, als ich das Zimmer endgültig verlassen muss. Die Zeit tröpfelt dahin, aber ich habe partout keinen Bock darauf, nochmal in die Wahnsinns-Sonne rauszugehen.

Heute gilt für uns am Abend schon *all inclusive*, d.h. die Getränke sind frei - juhu! Ich hole mir sofort ein großes, kaltes Bier. Heute probiere ich nicht alles, sondern nur ein Hauptgericht, ein paar Vorspeisen und einige unwiderstehliche Desserts. Um 18 Uhr werden wir zum Flughafen Nelson Mandela gekarrt - zum kürzesten Flug der Reise; wieder mit „Binter"; Dauer: 36 Minuten, trotzdem gibt es einen Becher Wasser und ein Päckchen Nüsse. Eine Deutsche, Michaela, holt uns auf Sal ab und bringt uns in eine 5* Melia Hotelanlage, die sehr weitläufig über das Gelände verstreut ist. Es ist schon stockdunkel, und wir haben Mühe, unsere Zimmer zu finden. Man fühlt sich wie in einem kleinen Dorf. Mein Dreibein hat die Reise erneut unbeschadet überstanden (ein Dreifach Hoch auf das chinesische Klebeband), lässt sich aber sehr schwer vorwärts bewegen. Endlich bin ich an dem Haus angelangt, wo sich mein Zimmer im Obergeschoss befindet. Das ist vielleicht ein Luxus: Couch, zwei Sessel mit Rundtisch, Hocker mit Schreibtisch, Doppelbett, Kühlschrank, Balkon auch mit Tisch und zwei Stühlen, bodenlanger Spiegel, natürlich Schrank und Kommode und – wie wunderbar: ein Wasserkocher mit Teebeuteln und Instant-Kaffee.

Wir könnten uns natürlich gleich an die Bar Old Shatterhand (der Name stammt von mir) begeben und noch einen Schlaftrunk einnehmen, aber der Weg wäre ziemlich weit, und bei mir siegt die Bequemlichkeit. *Let's call it a day*. Michaela spricht die Durchfälle an, die – man spricht ja nicht so gern darüber – wohl bei mehreren aufgetreten sind und rät uns, dem Magen vielleicht keine eiskalten Getränke zuzumuten. Aber erstens schmeckt das Wasser aus der Flasche, wenn es mal warm ist, abscheulich, und zweitens bekommt man alles eisgekühlt serviert. Ich achte ein bisschen darauf, dass keine Eiswürfel drin sind, die wahrscheinlich aus Leitungswasser bestehen. Meine „Kumpeline" (= Sigrid; so nannte sie ihre frühere Reisebegleiterin) hat – so hat sie mir erzählt – bis zum Ende keine Diarrhoe-Erscheinungen gehabt dank eines altbewährten Mittels: jeden Abend ein Gläschen Hochprozentiges. Ich wollte mir schon in München im *Duty free* eine kleine Flasche Cognac besorgen, aber es gab nur riesige. Das nächste Mal muss gleich was im Koffer mit.

Zum Frühstücksrestaurant ist es ein gutes Stück weiter als auf Santiago, man geht praktisch eine Einkaufs- und Restaurant-Meile entlang. Man könnte draußen essen, aber ich will keine Groß- oder Kleintiere dabei haben. Was nämlich auf den anderen Inseln die Hunde waren, sind hier die Katzen, manchmal wagen sie sich sogar in den Restaurantbereich vor – es ist ja alles offen. Und die meisten dummen Touristen füttern sie auch noch.
Was man da zu sehen bekommt, erschlägt einen: alle möglichen süßen Teile liegen da, Käse, Wurst, Lachs, Sardinen, Räucherfisch, Müsli, Salate, Obst ganz oder aufgeschnitten, man kann sich Eierspeisen frisch zubereiten lassen, eine Flasche Sekt steckt im Eis des Kühlers, natürlich gibt es Rührei, Champignons, heiße Würstchen, Eier mit Speck, Bohnen in Tomatensoße (ich erkenne viele Engländer aus der Mittelklasse am Akzent, wahrscheinlich ist es ein Zugeständnis an sie) – für die Bediensteten, die aus armen Familien kommen, muss es ein Schlaraffenland sein. Und so bleibt es nicht aus, dass sich bei mir das schlechte Gewissen regt; auch im Hinblick auf den Wasserverbrauch: Pools mit Süßwasser, so viele Leute, die bestimmt ein- bis zweimal am Tag duschen, wie geht das?
Lt. Michaela hätten wir sogar die Möglichkeit, im Rahmen unserer *all inclusive*-Variante in einem der Restau-

rants zu essen: einem indischen, einem Steakhouse, einem italienischen, aber dazu müsste man sich zu einer bestimmten Zeit an einer bestimmten Stelle anmelden. Das muss dann doch nicht sein.

In der Nacht habe ich schlecht geschlafen, ich hatte wieder dieses vermaledeite Aufstoßen, das nicht enden will. Ich habe mir sogar einen Tee in der Nacht gemacht. Leider hatte ich keine Magentabletten dabei, aber der Tee half ein bisschen. Als die Mittagszeit naht, habe ich gar keinen Appetit, daher nehme ich nur eine Kleinigkeit zu mir. Hauptsache, es gibt was zu trinken. In der Hotelhalle liegen eine Menge Bücher in verschiedenen Sprachen – ich nehme zwei englische davon mit aufs Zimmer, denn meine mitgenommene Lektüre habe ich längst ausgelesen. Auf der Couch lese ich, denn ich will nicht mal auf den Balkon, die Sonne brennt vom Himmel. Das habe ich befürchtet, dass die erzwungenen Badetage mir nicht gefallen werden. Außer der Sonne gibt es hier – ganz neu – auch Mücken, die mich in der Nacht durch das dünne Leintuch stechen. Ich spüre sie nicht, aber am Morgen sehe ich die Spuren. Zunächst juckt es nicht, aber das wird sich noch ändern.

Das Abendessen macht mich trotz der herrlich zubereiteten und sehr schmackhaften Speisen nicht an – ich lasse es ausfallen und gehe abends an die Bar, um einen Gin Tonic zu trinken. Plötzlich kommt Sigrid auf mich zu; wir trinken einen „grogue", den Zuckerrohrschnaps der Kapverden; Junge, Junge, der haut rein. Wir setzen uns auf eine der Liegen rund um den großen Pool, die tagsüber mit „Grillhendln" – besonders englischen, die am Abend dann feuerrot leuchten, belegt sind, und unterhalten uns. Eine Sängerin und ein Gitarrist steuern eine musikalische Note bei – sie hat eine wunderschöne Stimme und trägt auch englische Lieder vor. Bezüglich der Kapverden wur-

KAPVERDEN

de uns von einem dem portugiesischen Fado-ähnlichen Gesang erzählt, der einerseits schwermütig, aber auch fröhlich sein kann. Die Lieder befassen sich mit Themen wie Abschied, Sehnsucht und Heimweh, da viele ihr Glück im Ausland suchen wegen der geringen Jobchancen auf den Inseln.

Die folgende Nacht ist nicht besser als die vorherige: ich schwitze, schalte die Klimaanlage ein, friere, Klima aus – die Fernbedienung ist so winzig klein geschrieben, dass ich außer der Temperatur nichts einstellen kann – weder Stärke des Fächers noch Öffnungsgrad der Klappen. Seit meiner Augen-OP sehe ich ja nicht wirklich gut, aber das kann doch kein Mensch lesen! Um ½ 3 schaue ich immer noch auf die Uhr.

Heute freue ich mich auf den Ausflug, denn Badeurlaube sind nun mal nicht mein Ding.

Michaela begleitet uns zu einem Aussichtspunkt über der Stadt; sie erzählt, dass die Regierung „Wohnungen für alle" gebaut hat (Sozialwohnungen), aber die können sich die Leute nicht leisten, also stehen die Gebäude leer, und die Ärmeren hausen weiter in ihren Hütten. Sie meint auch: „Sie (= wir) wären erstaunt, zu erfahren, wie viele Bedienstete im Hotel aus diesen Hütten kommen, aber diese verstehen es, das zu verbergen." Dort oben sehe ich ein Plakat für die Beobachtungstour zu Riesenschildkröten – ich spreche Michaela an, weil ich so etwas gern machen würde. Sie will das organisieren.

Dann geht es zur Saline Pedra Lume, wo es gleich beim Aussteigen nach Schwefel riecht. Dort gibt es einen Salzwasser-See, in dem man wie im Toten Meer baden kann. Es ist herrlich, und obwohl es in der Früh bedeckt war, scheint jetzt wieder die Sonne. Michaela gibt uns nur eine Viertelstunde, dann müssen wir raus – das hat seinen

Grund: als ich mich abends im Spiegel betrachte, sehe ich die Röte, die meinen Körper an allen unbedeckten Stellen überzogen hat, obwohl ich mich kräftig mit Sonnencreme einbalsamiert hatte.

Früher hat die Salz-Gewinnung zur wirtschaftlichen Blüte der Insel beigetragen; erst hat man das geschöpfte Salz auf Eseln bis zum Meer transportiert, wo es mit Schiffen in alle Welt hinaus gebracht wurde, später eine Seilbahn angelegt. Inzwischen wird das Salz nur noch für den Inselbedarf verwendet. Heute ist der aussichtsreichste Wirtschaftszweig der Tourismus – der aber dazu beiträgt, der Landschaft ihre Ursprünglichkeit zu nehmen.

Weiter führt uns der Halbtagesausflug nach Santa Maria, wo wirklich schöne (nach unserem Standard) Apartmenthäuser direkt am Meer entstanden sind, die man für schlappe 270 000€ kaufen könnte – mit Garten und allem Drum und Dran. Man bräuchte nur die ca. sieben Stunden Flug investieren, wenn man mal ein paar Monate dem europäischen Winter entkommen wollte.

Bei dieser Tour war ein Fischessen im Lokal „Fischermann", das einem deutschen Auswanderer-Ehepaar gehört, eingeschlossen: Platte mit dreierlei Fisch, Gemüse, Reis und *Mousse au **chocolate*** (wie die beiden nicht müde wurden, zu betonen). Es schmeckte sehr gut, und das Lokal war etwas Besonderes – alle Wände und Decken waren mit Kieselsteinen ausgekleidet, die verschiedene Fische darstellten, was eine Heidenarbeit bedeutet haben muss. Wie man allerdings von unserem Klima auf diese Inseln auswandern mag, wird mir immer ein Rätsel bleiben. Die beiden Berliner sind seit 17 Jahren dort.

Am Strand können wir direkt zusehen, wie ein Netz voller Fische auf den Bootssteg gehievt wird. Sie werden gleich zum Verkauf angeboten. In der Nähe ist endlich mal ein Lädchen, wo es Batik-Tücher, Ansichtskarten (ich

KAPVERDEN

Saline Pedra Lume auf der Insel Sal

dachte, ich finde keine mehr), Kaffee, Sardinen und einiges für den Tourismus-Gebrauch wie Sonnenbrillen, Creme und ähnlichen Kram gibt.

Auf der Rückfahrt zum Hotel gibt Michaela jedem Teilnehmer ein Säckchen Salz – was für eine nette Geste! Bei dieser Fahrt sieht es so sehr nach Regen aus, dass ich nicht glauben will, dass es nicht dazu kommt. Und wer hat recht? Ich komme auf meinem Zimmer an, stelle meine Badeschuhe auf den Balkon, und es gießt! Der Spaß ist nur von kurzer Dauer, aber immerhin haben wir einen Schauer erlebt.

Mit Michaela habe ich mich wegen der Buchung des Schildkröten-Ausflugs in der Halle verabredet, aber sie kommt nicht um 18 Uhr, nicht um 19 Uhr; an der Rezeption heißt es, sie würde um 20 Uhr erwartet. Ich bitte um einen Rückruf, denn ich warte jetzt schon so lange. Sie musste Gäste vom Flughafen abholen, und die verspäteten sich stark, weil die Maschine wegen des Regens und Gewitters nicht starten konnte.

Heute nehme ich eine Schlaftablette und komme damit bis um 4 Uhr morgens hin. Es fällt mir auf, dass kein Wasser läuft, auch um 6 Uhr nicht – als ich um 7 Uhr endgültig aufstehe, geht es wieder.

Nach dem Frühstück mache ich mich heute auf ans Meer – es ist noch früh, daher bin ich ziemlich allein am Strand. Ich laufe barfuß im Sand, finde aber auf dem Weg zu meinem Zimmer keine Dusche und muss meine Fußsohlen notdürftig am Gras säubern. Ich will zwar mal in den Pool gehen, aber kaum ist das Frühstück vorbei, sind alle Liegen belegt. Da widme ich mich lieber der Lektüre, auch das von Edith geschenkte Buch „Kapverden" habe ich inzwischen ausgelesen – vor einer Reise lese ich Bücher über das Ziel eher ungern.

Zum Mittagessen nehme ich nur Käse und Obst zu mir, das scheint meine Magenprobleme im Zaum zu halten.

Am Abend suche ich Michaela in der Lobby, die mit mir Geld wechseln wollte für die Schildkröten-Tour. Ich sehe vier große Busse ankommen, die ihren Inhalt (Koffer und Gäste) in die Halle schwemmen. Eigentlich sollte ich heute aufbrechen zu dieser Beobachtungstour, aber meine Hoffnung schwindet, und ich werde immer saurer auf Michaela. Ein Kreole kommt herein und fragt, ob ich XY bin, es klingt anders als mein Name. Trotzdem frage ich ihn, ob es um Schildkröten geht. „Nein", er sucht irgendeinen Neuankömmling. Um 19 Uhr sollte ich Michaela treffen, es ist inzwischen 19:30 vorbei, wie kann sie mich so im Stich lassen? Endlich taucht ein Kreole auf, der suchend umherschaut – ich stürze auf ihn zu und frage „turtle tour"? Er: „Yes". Nach all den Krimis, die ich gelesen habe, fällt mir sofort ein, dass das dumm von mir war. Wenn der mich

KAPVERDEN

jetzt irgendwohin verschleppt oder ausraubt, habe ich ihm direkt in die Hände gespielt. Daher beruhigt es mich, als ich in seinem Pick-Up Platz nehme, dass noch ein Pärchen auf der Rückbank sitzt und ebenfalls mitkommt.

Wir fahren zum Strand, und er gibt uns noch ein paar Anweisungen. Nicht **vor** die Schildkröte treten, sich ruhig verhalten und vor allem nicht mit Blitzlicht fotografieren. Ein Mitarbeiter eines Öko-Projekts zur Erhaltung der Tiere empfängt uns. Wir kommen an Käfigen mit Winzlings-Kröten vorbei, die übereinander wuseln. Es ist stockfinster, wir mahlen im Sand ewig weit vorwärts, ich habe Mühe, mit den Youngsters Schritt zu halten. Plötzlich bleibt der *guide* hinter einem Felsen stehen, bedeutet uns, zu warten und uns zu ducken. Er hat eine gefunden. Nach einer gefühlten Ewigkeit richtet er sich auf und sagt: „Now it's gone" (Jetzt ist sie weg.) Wir gehen den Weg zurück, Cameo (oder wie er heißt) hat bemerkt, dass ich mich schwer tue, also nimmt er meinen Arm und zieht mich mit sich vorwärts – so geht's viel besser! Wir treffen auf andere kleine Gruppen, die auch unterwegs sind zum Beobachten des Eierlegens.

Ich denke bei mir, „na, das war wieder eine Pleite, der Ausflug sollte *Strandwanderung im Finstern* heißen, nicht *Schildkröten-Beobachtung*". Aber plötzlich ist eine da und noch dazu mitten in der Produktion. Mit einer Infrarot-Lampe wird ihr Hinterteil angestrahlt (auch eine andere Gruppe hat sie gefunden – und was geschieht: Blitzlicht!) Ein Glück, dass es die Kröte nicht beeindruckt, aber da denk ich mir wieder, „wie blöd ist der Mensch eigentlich?" Wir sehen ganz genau, wie aus einer Art Haut-Rohr die Tischtennisball-großen Eier schön der Reihe nach in ein Loch fallen, das sie vorher gegraben hat. Plop – plop - plop! Sie selber ruht auf einen Sandhügel. Ich mache ein Foto ohne Blitz, aber da sieht man nicht viel. Es ist ein

Wahnsinns-Spektakel. Die beobachtende Gruppe wird immer größer. Schließlich gräbt das Tier das Loch zu und dackelt ab ins Meer.

Auf dem Rückweg zum Auto nimmt Cameo wieder meinen Arm und sagt auf Deutsch: „Meine Frau". Ich erzähle ihm, dass ich von München weggeflogen bin, und er schreit „Oktoberfest" - er weiß sogar, dass es jetzt zur Zeit läuft, obwohl September ist. Ein paar bayrische Ausdrücke kann er zum Besten geben, selbst vom Schuhplattln weiß er zu erzählen, er hat definitiv Insider-Wissen! So ein wilder Vogel! Im Auto schaltet er Musik ein, ziemlich laut – das ist ein typisches Kapverden-Phänomen: ruhig ist es nirgends – es muss immer irgendeine Musik laufen. Der ganze Ausflug hat etwa zwei Stunden gedauert. Als er mich vor dem Hotel absetzt, kann ich nicht bezahlen, weil Michaela kein Geld mit mir am Automaten gewechselt hat, ich habe weder deutsches Geld noch *escudos* mehr und will vor allem nur den Betrag für den Trip wechseln, denn später kann ich damit nichts mehr anfangen, wir fliegen ja am nächsten Tag. Ich sage, ich werde es morgen machen und ihr für ihn geben. „No problem" ist die Antwort – ja, hier gilt wirklich, was auf einigen Magneten steht: „no stress – Cabo Verde". Nach einem Nachttrunk an der Bar begebe ich mich ins Zimmer.

Heute müssen wir wieder herumhängen, bis es zum Flughafen geht – natürlich nutzen unsere Schwimmer, wie z.B. Sigrid, die Zeit noch für ein Bad im Meer.

Ich frühstücke gemütlich, dann lese ich auf dem Zimmer das geliehene Buch aus und gebe es in die Hotelhalle zurück. Ich habe wie immer eine Karte an mich adressiert, sie aber in einen Umschlag gesteckt und gebe sie an der Rezeption ab – ich will sehen, wie lange sie unterwegs ist. Alle anderen Karten nehme ich mit nach Hause, frankiere

KAPVERDEN

sie, und sie sind garantiert am nächsten Tag beim Empfänger. An der Poolbar „kaufe" ich mir einen Campari-Tonic, einen Espresso und ein Bier. Man kann auch drinnen sitzen, wo es nicht so heiß ist.

Beim Mittagessen treffe ich Sigrid; ich esse nur Käse und Reis, ein paar Kekse.

Im Hotel-Shop muss ich zwei Karten nachkaufen, denn ich habe Jean-Luc und Ve vergessen, die mir aus jedem Urlaub schreiben. Dort kosten die Karten doppelt so viel.

Ich packe zum letzten Mal, bessere das verklebte Loch aus, um ja sicher zu gehen – der Koffer wird schließlich in Lissabon nochmal umgeladen – und bestelle einen Kofferträger, da ich den Dreibeiner nicht bis zur Halle zerren will. Um 18 Uhr müssen wir das Zimmer verlassen. In der Halle treffe ich auf Michaela, die endlich mit mir das Geld abhebt. Ich gebe ihr die 25€ für die Tour – und gehe dann zum Abendessen. Sigrid ist auch da, und diesmal esse ich draußen mit ihr. Es gibt ein hervorragendes Lamm, das so superzart ist, dass ich mir nochmal davon hole. Neben uns sitzt eine junge Frau, deren Blick schon vernebelt ist – sie hat zwei Gläser Sekt vor sich stehen. Wir begeben uns auch an die Bar, Sigrid nimmt Sekt, ich einen *grogue* mit Eis – diesmal ist mir der Durchfall wurscht, bis München schaffe ich es schon.

An den Nachmittagen hatte immer eine sehr nette junge Frau Dienst an der Rezeption; sie erinnert mich total an eine Inderin– so zart und feingliedrig wie sie ist. Von ihr möchte ich mich verabschieden, denn sie hat sich bemüht, alle Wünsche zu erfüllen. Als ich ihren Ehering sehe, rede ich noch ein bisschen mit ihr auf Englisch; sie erzählt, dass sie schon eine einjährige Tochter hat. Es ist wunderbar, überall auf der Welt nette Menschen kennenzulernen, auch wenn man sie nie wiedersieht. Es bleibt eine schöne Erinnerung.

Um 21 Uhr startet der Bus zum Flughafen: wieder Herumhängen, aber da nichts los ist, verlässt der Flieger die Piste eine halbe Stunde vor der geplanten Zeit, nämlich um 23:30.

Da sich in Lissabon „die Geister scheiden": die einen fliegen nach Berlin, andere nach Hamburg, mehr als ich dachte nach München, denke ich, ich hätte Sigrid schon aus den Augen verloren, aber plötzlich sehe ich sie in einem offenen Café sitzen. Da ich so blank bin, dass nur noch Cents in meiner Börse sind, muss ich schnell ein paar Euros abheben – wie gut, dass Portugal in der EU ist! Ich bleibe ca. 2 ½ Stunden bei ihr sitzen, bis ich zu meinem *Gate* aufbrechen muss. Ihr Flug geht eine halbe Stunde später, und so verabschieden wir uns. Es war nett, eine lockere Gesellschaft zu haben, mit der man sich hin und wieder austauschen konnte. Ganz allein ist es doch öde.

Auf dem allerletzten Flug sitze ich zwischen der Bekannten des sächsischen Ehepaars und einem Dunkelhäutigen. Ich fürchte schon, dass mich die Frau zutexten wird und zeige durch geschlossene Lider, das mir nicht nach Reden ist. Auf dem 3 ½ Stunden-Flug gibt es noch einmal die berühmte Semmel mit null Geschmacksaroma und Getränke. Auf dem Flug von Sal nach Lissabon wurde ein warmes Essen serviert, aber davon habe ich nur eine Käsesemmel gegessen, nicht mal der Kuchen hat mich interessiert.

Angekommen in München verabschieden sich alle Gruppenmitglieder voneinander. Jetzt heißt es, den Bus nach Freising nehmen, auf gut Glück anrufen, ob Franz daheim ist, und dann geht es entweder nach Plattling mit *overnight-Stop* oder nach Regen und mit dem Taxi ganz nach Hause. Ja, er meldet sich und will, dass ich in Plattling aussteige.

KAPVERDEN

Offensichtlich hat er mich tatsächlich vermisst, denn er wartet schon bei der Ankunft des Zuges - das war nicht immer so. Wir beschließen die Reise mit einem Fischessen im Plattlinger Fischerstüberl – dann will ich nur noch ins Bett.

Als ich am nächsten Tag meine von Sal mitgebrachten Mückenstiche zähle, komme ich auf siebenundzwanzig. Hier in Deutschland beginnt auch der eine oder andere wieder zu jucken.

Adeus Cabo Verde!

Armenien-Georgien
23.9. - 3.10.2019

Jetzt steht mir in puncto Reisen dieses Jahres das Highlight bevor: zehn Tage in Armenien und Georgien. Nach der ungeplanten Fahrt mit meiner ältesten Tochter auf die Insel Malta, der Reise an den Golf von Biscaya, der wiederum unvorhergesehenen Zugfahrt nach Brügge und Gent mit Milly soll der Clou kommen, und ich bin gespannt wie ein Flitzebogen, wie es wohl sein wird.

Am Vortag fahre ich zu meinem Bekannten Franz nach Plattling, und wir speisen sehr gut in Deggendorf beim Inder.

Ich will den Zug nach Freising um kurz nach 9 Uhr morgens nehmen, den Koffer habe ich nicht groß angerührt, daher fällt mir auch erst unmittelbar vor dem Einsteigen ins Auto auf, dass hinten zwei Nieten herausgefallen sind, und der ganze Streifen sich löst. Dies war mein Granny-Koffer für mehrmonatige Aufenthalte. Das darf doch nicht wahr sein – jetzt hatte ich letztes Jahr die Schwierigkeiten mit dem kleineren auf der Reise zu den Kapverdischen Inseln, und nun beginnt der Albtraum von vorn. Vor allem habe ich keine Zeit, etwas umzupacken oder ein Kofferband zu kaufen. Auch diesmal sind vier Flüge vorgesehen. Ob er das in diesem lädierten Zustand übersteht? Meine größte Angst besteht immer darin, den Inhalt verstreut auf dem Ausgabeband vorzufinden. Wir sind am Bahnhof – es lässt mir keine Ruhe, daher flitze ich schnell zur netten DB-Angestellten im Büro gegenüber des Bahnhofs. Ich schildere ihr mein Problem, aber sie hat nichts Entsprechendes, gibt mir jedoch den Rat, in den Buch- und Zeitungskiosk

Armenien - Georgien

zu gehen. Die hätten Schnüre für die Pakete von Zeitungen, die sie bekommen. „DANKE" - und schnell renne ich zurück in den Bahnhof. Kaum sieht die Frau an der Kasse mein Reisegruppen-Schild, fragt sie mich, wo es denn hin ginge, und ich antworte: „nach Armenien und Georgien". Daraufhin ist sie ganz hin und weg und schildert die Länder in den hellsten Farben – sie ist aus Kasachstan. Außerdem war sie mit derselben Reisegesellschaft in Irland und kam begeistert zurück. Selbstverständlich will sie mir helfen und stellt mir eine Riesenrolle Plastikschnüre zur Verfügung. Sie sieht, wie unbeholfen ich die Schnur um den Koffer wickle und nimmt sich selbst der Sache an. Als ich dafür bezahlen will, lehnt sie kategorisch ab. So nett!

Beruhigt gehe ich mit Franz zum Bahnsteig, denn so, wie der Koffer jetzt verschnürt ist, kann ihm nichts passieren. Die Problematik stellt sich erst wieder beim Heimflug, aber vielleicht kann ich irgendwo ein Kofferband kaufen. Allmählich wird mir die Sache mit den Koffern unheimlich – wo sitzt der Teufel, der sie alle kaputt macht?

Zug nach Freising, Bus 635 zu Terminal 1, so, wo ist jetzt diese PS Fluglinie der Ukraine? Ich bin noch sehr früh dran, sehe in diesem Bereich nur *easy jet* mit einer riesigen Schlange von Menschen davor, will schon fast zur Selbstgepäckaufgabe, lasse es aber doch und arbeite mich mühsam nach vorne. Endlich bin ich an der Reihe. Als ich meinen Pass und die Papiere vorlege, mein Reiseziel „Kiew" mit Weiterflug nach „Eriwan" vorbringe, schaut die Angestellte mich ganz kariert an. „Aber sicher nicht mit TUI", meint sie. „Ja, wo ist denn dann der Schalter für die ukrainische Airline?" „Gegenüber" - das gibt's ja nicht, jetzt stell ich mich eine halbe Stunde in der falschen Schlange an. Außerdem sitzt dort noch kein Mensch, weil erst zwei Stunden vor Abflug die Gepäckaufgabe beginnt. Ich schäme mich ein bisschen, dass ich so dumm war und gehe deshalb zum Drogeriemarkt, um mich mit etwas Süßem (Kekse, Schokolade) zu beruhigen. Vor allem habe ich ein Schoko-Defizit, weil gestern in Franzens Küchenschrank nicht ein Krümelchen meiner „Droge" zu finden war. Jetzt bleibe ich aber vor dem PS-Schalter sitzen, bis sie aufmachen. Irgendwann geht's los, mein Koffer wiegt statt der sonstigen 13 diesmal 20 Kilo – ist ja auch größer, und ich habe Badesachen (Swimmingpool in einem Hotel) und Sportsachen (man weiß ja nie) mitgenommen, mehrere Paar Schuhe: Sandalen, feste fürs Gebirge, Pumps für die Essenszeiten im Hotel und gute Laufschuhe, in denen ich einen Tag bequem zubringen kann. Auch bei der Kleidung habe ich einiges dabei, sogar einen Kurzmantel, wenn wir an einem Pass mal aussteigen. Selbst an Stirnband und Handschuhe habe ich gedacht – ja, was weiß denn ich, ich war noch nie dort! Eine leichte Sommerhose (die ich letztlich die meiste Zeit trug), normale Hosen und zwei warme (die nie zum Einsatz gekommen sind). Gegen Regen hatte ich einen Schirm im Rucksack, einen Regenmantel und die leichte Regenhaut aus Belgien im Koffer. Um es vorwegzunehmen – geregnet hat es nur einmal, als wir im Bus unterwegs waren, aber gleich wieder aufgehört. Und als wir in Tiflis in strömendem Regen vom Abendessen im Restaurant zum Bus mussten – da lag alles im Hotelzimmer fein säuberlich im Schrank, und ich hatte Sandalen an, weil es vorher extrem heiß gewesen war.

Zum Einchecken sollen wir uns nach der Gepäckaufgabe in den oberen Stock begeben – da war ich noch nie. Die Abfallkörbe quellen über von leeren und halbvollen Plastikflaschen – diese dämliche Regelung geht mir auf den Keks. Das wäre ein Dorado für alle Flaschensammler!

Es ist ja klar, dass wegen meines künstlichen Hüftgelenks die Detektor-Tür immer pfeift – ich hätte sogar eine ärztliche Bescheinigung dafür, aber die zeige ich erst gar nicht,

Armenien - Georgien

weil sie mich sowieso filzen wollen. Diesmal pfeifen sogar meine Füße – das ist neu! Also auch noch die Schuhe ausziehen. Gürtel raus, selbst mein Tempo-Taschentuch muss aus der Hosentasche aufs Band gelegt werden – jetzt spinnen sie aber, die Römer!

Das Boarding ist recht früh, ca. eine Stunde vor der Abflugzeit, wir werden mit einem Bus zur Maschine gebracht. Mein Sitzplatz ist in der Mitte, links und rechts frei – ahhhh! Zu früh gefreut: ein Schwabe setzt sich auf den Gangplatz und ein Ukrainer (vermutlich) links. Sandwich-Position, ganz ungut für den Fall der Fälle! Was anscheinend immer häufiger Usus wird, gilt auch hier: es gibt Essen und Trinken nur gegen Bares! Ich kaufe ein 0,5l *American Beer* für 3€ in der Hoffnung, dem Schlaf auf die Sprünge zu helfen. Es hat 4,2% - das kann ja nicht wirken, da müsste schon ein Oktoberfestbier her oder ein süffiger Doppelbock.

Ich spreche den schwäbischen Nachbarn an, ob er auch zur gleichen Gruppe gehört. „Ja." „ Armenien und Georgien?" „Ja." Auch zwei ältere Ehepaare vor uns stöbern im selben Prospekt.

Als ich später zur Toilette gehe, muss ich dem Esswagen ausweichen und setze mich zu einem jungen Mann, der zwei leere Sitze neben sich hat. Dort ist wesentlich mehr Beinfreiheit zu den Vordersitzen. Wie das? Wir reden Englisch miteinander, und er sagt, dafür müsse man extra bezahlen. Er ist ein ukrainischer Künstler – abstrakter Maler und war einen Monat lang in der Nähe von Schwandorf! Es entwickelt sich ein unterhaltsames Gespräch bis zur Landung, und so treffe ich meinen deutschen Nachbarn erst im Kiewer Flughafen wieder. Er reist allein, ich reise allein, also tappen wir halt gemeinsam durch die Gegend und kaufen uns erst mal ein Wasser für 2€ an der Flughafen-„Bar." Der dicke Kellner gibt zum Wechselgeld (Euro) ein Bonbon dazu. Ich sage, ich will zwei, weil ich eine Frau bin. Er versteht mich und rückt tatsächlich noch eins raus – mit meinem *„sbassiba"* (danke) zaubere ich ihm ein Lächeln ins Gesicht. Kaum dass wir weg sind, gebe ich die Bonbons an meinem Nachbarn weiter und sage: „Es ging nur ums Prinzip, ich darf sie sowieso nicht essen wegen meines Diabetes." Jetzt stellt sich der Mann vor mit „Ich bin der Michael." Ab da duzen wir uns.

Kiew ist der deutschen Zeit eine Stunde voraus – um 19:30 Ortszeit ist es dunkel.

Bevor der nächste Flug startet, suche ich die Toilette auf, sie ist sehr sauber und hat eine Sprühvorrichtung, mit der man den Deckel abwischen kann. Luxus, den wir in den nächsten Tagen nicht mehr haben werden.

Der zweite Flug dauert gute drei Stunden, das gleiche Programm: ich kaufe ein Bier, esse meine Kekse und kann nicht schlafen. Abflug um 20:15, in Eriwan müssen wir die Uhr um eine weitere Stunde vorstellen, wodurch wir erst kurz vor Mitternacht ankommen.

Bei der Ankunft fehlen zwei Gäste; es wird eine halbe Stunde gewartet, dann fahren wir ohne sie. Der Bus wird so voll, dass Michael und ich nebeneinander sitzen, die meisten sind wie immer Ehepaare. In unserem armenischen Hotel „Bomo Nairi" ist die Zimmerverteilung; Michael hat erzählt, dass er ein Einzelzimmer gebucht hat – ich bin gespannt, ob ich teilen muss oder allein bin. Eine kurzhaarige Frau stürmt gleich auf mich los und lotst mich zum Aufzug – offenbar kennt sie meine Zimmernachbarin – es ist ihre Tochter Kerstin, eine stille junge Frau, die 35 ist, die man aber leicht 10 Jahre jünger schätzen würde. Mutter und Vater sind aus Hamburg, wollten für die Tochter ein Einzelzimmer haben, aber es gab keine mehr. Ich glaube, wir beide kommen sehr gut miteinander aus – was sich bewahrheitet hat. Das Zimmer ist stickig, wir haben zwei

Armenien - Georgien

Einzelbetten, das Fenster lässt sich nicht kippen, nur ganz öffnen, aber Vorsicht – wenn einer nicht aufpasst, könnte er leicht „über Bord gehen", denn der Fensterrahmen ist so tief angesetzt, dass er mir nicht mal bis zum Knie geht. Wir befinden uns im 8. Stock – da bleibt bei einem Sturz wahrscheinlich nicht viel ganz!

Das Gekläff eines Hundes dringt ins Zimmer – da habe ich natürlich immer schlechte Karten in Hotels, wenn es nicht absolut ruhig ist, denn ich bin die „Grabesruhe" (Wohnung neben dem Friedhof) von zu Hause gewöhnt. Schließlich mache ich das Fenster trotz der Wärme zu. Danach kann ich meine Bettruhe genießen und schlafe gut durch.

Heute lässt uns Nelli, unsere armenische Führerin, ausschlafen. Ich schätze ihr Alter auf 35 - 40. Da ich am Abend geduscht habe, überlasse ich Kerstin die Kabine am Morgen und kann währenddessen am Becken meiner Hygiene nachgehen. Ich bin auch schon um 7:30 aufgewacht und gehe als eine der ersten unserer Gruppe in den Frühstücksraum. Manches erinnert mich an den Iran, z.B. der Instant-Kaffee, die zuckrigen Marmeladen und die sehr süßen Säfte, die man hier wenigstens mit eiskaltem Wasser mischen kann. Glücklicherweise kommt das Wasser aus einem Spender, denn wir werden später von dem *local guide* davor gewarnt, das Wasser aus der Leitung zu trinken. Die einheimische Bevölkerung vertrage das – es gibt auch immer wieder kleine Brunnen, aus deren Hahn Wasser sprudelt, das die Leute mit untergehaltener Hand trinken, denn es ist ja warm, so um die 25 Grad oder darüber. Täglich gibt es Rührei und hart gekochte Eier zum Frühstück, Wurst und Käse: Schafs- und Ziegenkäse, Käse-"Spaghetti", die wahrscheinlich durch eine (Kartoffel-) Presse gedrückt wurden, alle Sorten sehr salzig für meinen

Geschmack. An den verschiedenen Wurstsorten gehe ich zunächst immer vorbei – die sind mir suspekt, bis eine Reisende sagt, sie hätte sie probiert und wäre positiv überrascht gewesen. Auch ein Baguette im weitesten Sinn gibt es und dieselben labbrigen Pfannkuchen, die als Brot dienen wie im Iran. Die Obstpalette ist eine Schau: Erdbeeren, Himbeeren, Heidelbeeren, Pfirsiche, Äpfel, Weintrauben, Bananen, Datteln, Feigen – selten habe ich in einem europäischen Hotel so eine Vielfalt gesehen. Da ich aufgrund meiner Diabetes-Erkrankung am ehesten Beeren essen soll, nehme ich mir für den fünftägigen Aufenthalt in Eriwan immer eine Schüssel Joghurt und Beeren dazu. Im Anschluss an die Früchte kommt die „süße Abteilung": Kuchen, kleine verpackte Muffins oder *Madeleines* – in den letzten Tagen stecke ich auch mal ein oder zwei Teile ein für den Tag. Kekse sind da und bunt gefärbte Baiser-Tupfen (davon muss ich die Finger lassen, das ist der reine Zucker). Auch Schoko-Croissants bieten sie an – natürlich sind sie nicht so fluffig wie in Frankreich. Aber satt wird man auf alle Fälle.

Als Kerstin später ohne Eltern auftaucht, setzt sie sich zu mir an den Tisch. Von selber redet sie nicht viel, aber in der Früh brauche ich noch keinen, der mich zutextet. Der Geräuschpegel steigt sowieso mit den Ankommenden, eine französische Gruppe ist auch noch da – und in unserem Bus sind wir um die 46 Personen.

Ein großes Plus ist, dass wir jeden Tag pro Person eine 0,5l - Flasche Wasser aufs Zimmer bekommen und eine weitere im Bus. Die Zimmer haben Mini-Bars ohne Inhalt, aber man kann die Flaschen bis zum nächsten Morgen kühlen. Einen Wasserkocher mit Tee- oder Kaffeebeuteln habe ich in dem Hotelzimmer nicht gefunden. Schade.

Inzwischen sind Kerstins Eltern gekommen und erkundigen sich, ob wir miteinander auskommen. Ja, wieso

Armenien - Georgien

denn nicht? Eine Frau, die ein Einzelzimmer hat, nimmt auch noch Platz – an den Tischen stehen sechs Stühle. Sie lebt seit langem in Deutschland, kommt aber aus Sibirien.

Im Bus setzen Michael und ich uns wieder zusammen, denn die meisten Mitfahrer haben ihren Partner dabei, und bei der großen Zahl bleiben nur auf der Rückbank ein paar wenige Plätze frei – aber da will nicht unbedingt einer hin.

Um 10:30 brechen wir auf zur Stadtrundfahrt von Eriwan, das erste Ziel ist die riesige Statue „Mutter von Armenien", die ein ebensolches Schwert quer vor sich hält. Da-

vor züngelt die ewige Flamme. Von vielen Teilen der Stadt aus ist das Bauwerk zu sehen, so exponiert liegt es am Berg. Direkt unter der Statue ist ein kleines Museum mit den Bildern berühmter Armenier. Ich kenne nur den später in Frankreich lebenden Sänger Charles Aznavour.

Der zweite Stopp ist in der Bibliothek von Matenadaran: tausende von Schriften, großteils bemalt, sind dort konserviert und ausgestellt, auch das armenische Alphabet, außen verzierte Gebetbücher. Ein halbrundes Fenster mit durchbrochenem Gitter gewährt den Ausblick auf die große Stadt unter uns. Nachdem endlich alle ihr Foto gemacht haben, kann ich eins ohne Leute schießen – wie am Ölberg in Jerusalem auf die AlAksa-Moschee, das Gitter erscheint dann als Scherenschnitt. Zu Fuß geht es weiter zur sog. Kaskade, darunter habe ich mir einen Wasserfall vorgestellt. Allerdings wollen wir alle endlich Geld wechseln. Die Währung ist **Dram,** sie ist inflationär:

Armenien - Georgien

1€ entspricht 525 *drams*, es gibt sogar eine kleinere Einheit, **Luma** (1 *dram* = 100 *luma*) – wozu man die braucht, ist mir schleierhaft.

Als ich sehe, dass Nelli fast alle in eine Bank schickt, es aber mehrere gibt, frage ich, ob ich nicht in eine andere gehen kann – bei, sagen wir, 25 Leuten – ein paar haben schon Geld aus dem Automaten gezogen, die Ehepaare brauchen ja nur einmal was – zieht sich das trotzdem ewig in die Länge. Michael und ein anderer Mann eilen mir nach. Ähnlich wie in Frankreich muss man eine Nummer ziehen und warten, bis man aufgerufen wird. Aber die jungen Damen sind sehr freundlich, sprechen Englisch und helfen, wo es geht. Es war uns empfohlen worden, pro Person um die 50€ zu wechseln, wenn man keine größeren Käufe tätigen wollte. Da Nelli uns gesagt hat, wir könnten dieses Geld an der Grenze problemlos in georgisches umtauschen, nehme ich mal den Gegenwert von 70€.

Obwohl es zuerst aussah, als ob die Geldwechsel-Geschichte in der einen Bank lange dauern würde, sind plötzlich alle weg, und wir haben Mühe, die Gruppe zu finden. Vor uns erstreckt sich ein Bau, der nach oben abnimmt. Über Stufen wird Wasser geleitet, unten ist ein schöner Park mit Bäumen, Bänken, Gras und Blumen sowie Kunstwerken: Bronzefiguren (z.B. eine dicke, nackte Frau, die sich auf dem Bauch liegend räkelt), Metallgegenstände wie eine überdimensionale, durchbrochene Teekanne, springende Pferde, ein Mensch, der aus Buchstaben zusammengesetzt wurde. Man kann mit einem kostenlosen Aufzug zur Spitze dieser Kaskade fahren. Das wollen alle machen. Entlang der Rolltreppe sind wieder große Kunstwerke ausgestellt: ein Turnschuh, Vögel aus Draht, Lippenstift und Lippen, eine Orchideenblüte, Stühle mit besonderen Formen, ein Sessel als Finger, ein Fuß. Die Treppe führt nicht in einem Zug durch, sondern man muss auf vielen Etagen ein paar

Schritte zur nächsten gehen. Dort kann man auch hinaus ins Freie und die Ansicht von da genießen. Ganz oben erschlägt mich fast das gleißende Licht – ohne Sonnenbrille wäre ich verloren. Der Park liegt ganz weit unten. Aus Krügen plätschert das Wasser, an den Wänden sehe ich eine Schildkröte und Seepferdchen, in der Mitte ist ein kleiner Teich, dort machen sich Wassersportler in verschiedenen Posen bereit, ins Wasser einzutauchen, z.B. mittels Kopfsprung - es wirkt sehr echt. Die Figuren sind aus Blech genietet, nur die Köpfe hat man geformt und an die Gliedmaßen angepasst. Es wird immer heißer draußen. Da wir eine Stunde „Freigang" haben, fahren wir hinunter, gehen noch kurz in den *book store,* wo es sehr schöne Sachen gibt, die aber 1. zu teuer und 2. zu fragil sind. Auch ein neues „Örtchen"-Bild für meine Sammlung sticht mir ins Auge: ein Kegel mit Kugel, für Frauen ist er oben spitz, für Männer unten. Michael und ich gehen in ein Café am Park, sitzen aber draußen. Es heißt „Ciao" - typisch armenischer Name! Ich nehme eine Eisschokolade.

Nach der Pause müssen wir weiterlaufen zur Oper – dort kaufen ein paar der älteren Leute Karten für eine Vorstellung am nächsten Abend – die müssen Energie haben!

Bald öffnet sich der Blick auf einen unbeschreiblich schönen Platz, den Platz der Republik. In der Mitte finden sich Wasserbecken mit Fontänen, ringsum sind herrschaftliche Gebäude – und das alles im schönsten Sonnenschein!

Das Angebot, zum Kunst- oder Flohmarkt mitzugehen, schlagen ein paar aus; ich habe auch keine Lust mehr, weil ich Sandalen angezogen habe, in denen ich nicht den ganzen Tag laufen kann. Man kann es nur im Schatten aushalten, bis die anderen wiederkommen. Die letzte Station an diesem Tag ist das Restaurant, wohin es nochmal zu Fuß geht. Es ist zunächst ein Laden, schmal wie ein Schlauch und über und über bestückt mit Magneten

Armenien - Georgien

und Souvenirs aller Art. Wir sollen ganz durchgehen und uns im Freien hinsetzen, aber es ist mit einer Plane überdacht. Der Tisch ist schon gedeckt: Wasser, Brot, Salate, Humus, Käsesorten, angemachter Schafskäse, Pizza. Man kann zum Essen immer auch Rot-, Weißwein oder Bier gegen Bezahlung haben, Softdrinks ebenso. Zunächst bestelle ich jedes Mal ein Bier, das aus Armenien stammt und 1000 *dram* kostet – was für eine Summe, dabei sind es doch nicht mal 2€! Es ist immer wunderbar eiskalt und löscht den Durst. Danach kommt eine Suppe mit Reis, Fleischbrocken und Gemüse. Wir sind nicht sicher, ob dies der letzte Gang war, aber die meisten glauben es eher nicht, daher hören wir lieber auf. Irrtum: das war's! Jetzt gibt es Kaffee oder Tee und in Öl gebratene Bällchen aus Fruchtsaft und geröstetem Dinkelmehl. Sie sind gar nicht süß, mir schmecken sie, vielen anderen nicht. Zur Tee- und Kaffeebestellung muss noch gesagt werden: weil oft auch noch ein Thymian-Tee oder ein Zimt-Tee angeboten wurden, ging es heillos durcheinander: manche meldeten sich bei Tee, dann wieder bei Thymian-Tee, bestellten den anderen aber nicht ab – auch bei Wein und Bier wussten die Kellner oft nicht, wo sie die herangebrachten Getränke abliefern sollten. Es ist schon ein Armutszeugnis, wenn man sich nicht einmal zehn Minuten merken kann, was man bestellt hat. Kaffee und Tee waren immer gratis.

Vorne im Laden besorge ich mir gleich die ersten Karten und zwei Magnete – es gibt so viele verschiedene!

Der Bus erwartet uns am Republik-Platz, wo es inzwischen ganz dunkel ist, und die Lichteffekte die Wasserspiele noch schöner machen. Später wird noch Musik dazu übertragen. Aber der Tag war lang, und einmal muss auch Schluss sein!

Die Betten stehen auseinander, jede hat also eins für sich, die Matratzen sind durchgelegen, man sinkt hübsch auf den Boden, aber das wäre alles kein Problem, wenn der verdammte Köter nachts Ruhe geben würde – ich könnte es meucheln, das Vieh!

Da wir heute schon um 9 Uhr abfahren, habe ich mir den Wecker auf 6:30 gestellt. Die Franzosen-Gruppe ist bereits im Frühstücksraum. Ich erkenne einen *„curé"* (Pfarrer) an seinem Kragen und spreche die Leute an seinem Tisch an. Nach drei Sätzen kommt das unvermeidliche „Mais vous parlez bien francais". Natürlich bade ich nicht im Glanz, sondern gebe zu, dass ich Französischlehrerin war. Schon ist der kurze Ruhm vorbei. Wenige Meter neben dem Hotel Bomo Nairi habe ich einen kleinen Supermarkt gesehen, da hole ich mir schnell eine Extra-Flasche Wasser für umgerechnet 20ct pro 0,5l. Das Wetter ist wieder sonnig und warm – der Ort, wo wir uns hinbegeben, steht ganz im Gegensatz dazu. Das Mahnmal Zizernakaberd erwartet uns, die Gedenkstätte für die Ermordung von über einer Million Armenier durch die Türken im 1. Weltkrieg. Nelli behauptet aber, dass der Terror insgesamt mehr als 30 Jahre dauerte. Man wollte die Armenier nicht aus ihrem Land vertreiben, sondern sie regelrecht ausrotten. Eine ganz schlanke und hohe, mit einem durchgehenden Riss versehene Pyramide symbolisiert Ost- und Westarmenien. „Ost-Armenien wurde den Türken geschenkt" (von den Russen), kommentiert Nelli.

Das Gelände ist riesig, denn für jeden toten Armenier sollte ein Baum gepflanzt werden. Ich finde das Bäumchen von Papst Franziskus und einem der französischen Präsidenten sowie die kleine Tanne von Angela Merkel, die gesagt haben soll, man solle sie ja gut gießen, damit sie nicht eingehe. Bis jetzt ist sie tadellos in Schuss. Das kann ich ihr mitteilen, wenn ich sie das nächste Mal treffe.

Armenien - Georgien

Ganz hinten auf dem Areal ist ein große Kuppel, die oben offen ist und auch an den Seiten aus einzelnen Platten besteht – Stufen führen hinunter zur ewigen Flamme, um die einzelne Nelken und Blumengebinde im Kreis drapiert wurden. Auf dem gesamten Gelände wird aus Lautsprechern der klagende Gesang einer Frau übertragen - Gänsehaut pur.

Neben dem langen gepflasterten Weg zu dieser Kuppel sind Grabsteine mit den Namen und Bildnissen der Männer, die wahrscheinlich im Freiheitskampf gestorben sind. Daneben verläuft eine lange Backsteinmauer mit Inschriften – wie eine Klagemauer, die zum Rondell mit der ewigen Flamme führt. Wir haben Freizeit und können uns auch das unterirdische Museum anschauen. Ein Stummfilm läuft, der Ausschnitt zeigt gerade einen Geiger, zu dessen Musik ein kleiner Mann Saltos in der Luft schlägt, während ein anderer Trupp zusieht – das erinnert mich stark an Yad Vashem in Israel und die Behandlung der Juden durch die deutsche Wehrmacht.

Niemand von uns verlässt das Gelände, das wie die „Mutter Armeniens" hoch oben thront und von dem aus man den schneebedeckten Ararat in greifbarer Nähe sehen kann, ohne emotional berührt worden zu sein.

Der nächste Besichtigungspunkt ist an diesem Tag Etschmiadsin, der „Armenische Vatikan". Ein gewaltiges, zweiflügeliges Tor aus Stein bildet den Eingang zu einem weitläufigen Terrain und eröffnet den Blick auf eine religiöse Enklave. Die Hauptkathedrale ist seit eineinhalb Jahren eingerüstet und wird renoviert, daher kann nur das Äußere begutachtet werden. Die riesige Parkanlage beherbergt Häuser für Seminaristen zum Studieren und Wohnen; überall sind Blumen und Bäume. An mehreren sehe ich etwas, das wie verdorrtes Laub aussieht und frage Nelli, ob die alle kaputt gehen. „Nein, das sind die Früchte der Bäume, die eine dunkel-orange bis braune Farbe haben."

Früher gab es hier auch ein Kloster mit 37 Nonnen, die von Rom hierher geflüchtet waren – irgendein römischer Kaiser wollte eine davon heiraten wegen ihrer ausnehmenden Schönheit, aber sie fühlte sich ihrem Glauben verpflichtet; am Ende gab es auch in Armenien Liebesverwicklungen, und der Herrscher ließ alle ermorden.

Eine kleine Kirche/Kapelle, die für Taufen und Trauungen genutzt wird, zeigt man uns als nächstes. Tatsächlich wird dort gerade eine Taufe vorbereitet, aber der Junge ist kein Baby, sondern etwa zwei bis drei Jahre alt – er wird umgezogen in eine weiße Hose, weißes Hemd; weiße

Armenien - Georgien

Handtücher liegen bereit (zum Abtrocknen, nehme ich an) und eine kleine Festgesellschaft wartet schon, ebenso der Pope.

Ich kaufe eine der dünnen gelben Kerzen, die man in östlichen Kirchen in eine Schale voll Sand steckt und lösche beim Anzünden die „Geber"-Kerze aus, mache es aber gleich wieder gut.

Im Park finden sich viele Stelen, in die Kreuze oder andere Symbole eingemeißelt sind. Nelli sagt, die ältesten Stelen sind die mit den einfachsten Motiven, die neueren wurden reicher verziert.

Mit dem Bus bringt man uns zu einem Aprikosenhain, wo für uns im Freien, aber überdacht, gedeckt ist. Wer ein bisschen langsam ist, muss schauen, wie er zu einem Platz kommt, denn manche reservieren gleich für mehrere Personen (z.B. die acht Leute vom „Sängerbund"), und manchmal bleiben zwei, drei Leute übrig, die keinen finden. Das müsste besser organisiert werden. Die richtige Teilnehmerzahl muss doch feststehen. Aber keine Angst – irgendwie findet sich immer eine Lösung, und keiner musste je hungrig vor dem Tisch stehen bleiben!

Mein Nachbar im Bus schaut darauf, dass er für mich reserviert, wenn ich später komme und umgekehrt. Da wir ziemlich weit hinten im Bus sitzen, kommen wir meistens spät raus. Aber so funktioniert unser *„gentleman's agreement"*.

Vieles steht schon auf dem blütenweiß gedeckten Tisch: eine Schale mit ganzen Kräutern – ja, den ganzen Stängeln: Petersilie, Kerbel, Schnittlauch, Basilikum, Joghurtsoße, Käseecken, dreierlei Brot. Gurken- und Tomatenviertel gibt es immer, teils angemachten Salat, Wein- und Kohlblätter mit Hackfleisch. Das Wasser ist gratis, Wein kostet 1000 *drams* (grob 2€), Bier auch, und jetzt geht's mit der Sauferei richtig los: ein Aprikosenbrand für 700 *drams*.

Den nehme ich auch, nur habe ich die Größe des Glases unterschätzt: was vor mir steht ist ein viertel Whisky-Glas voller klarem Schnaps, der um die 60% hat. Große Teller mit Obst werden zum Nachtisch gereicht. Danach Kaffee und Tee.

Ein bisschen angesäuselt brechen wir auf nach Swartnoz, der ehemaligen Kathedrale, die jetzt nur noch eine Ruine ist. In einem kleinen Museum ist sie als Nachbildung zu sehen; sie hatte mehrere Etagen. Man hält sie für den Höhepunkt armenischer Baukunst im Mittelalter. Vor dem Museum war eine Stele mit Keilschrift zu bewundern. In dem kleinen Laden kaufe ich eine Ansichtskarte und kann beobachten, wie eine Frau aus unserer Gruppe eine Karte auf die Bank legt, sie abfotografiert und wieder in den Ständer zurücksteckt. Das finde ich reichlich dreist, sie hätte gerade mal einen Euro gekostet. Beim Zurücklaufen zum Bus muss man aufpassen, denn man kommt sich

Armenien - Georgien

vor wie auf einer Ausgrabungsstätte mit unebenem Boden, Steinen und Felsbrocken. Vor den Toren der Anlage ist noch ein „richtiger" Souvenir-Shop, in dem es glühend heiß ist, die Sonne brennt darauf. Hier kosten die Karten nur 300 *dram*, aber Briefmarken hat der Mann auch keine.

Was für uns irritierend ist, ist die unterschiedliche Schreibart der Namen, z.B. Jerevan oder Yerevan ist Eriwan. Swartnoz kann auch mit *Z* vorne geschrieben werden und *ts* am Schluss.

Weiter geht es zum *Duduk*-Meister. *Duduk* nennt man eine aus Aprikosenholz gefertigte Flöte. Der Eingang zum Haus bzw. Garten des Meisters ist seltsam verschachtelt. Im Garten stehen viele Obstbäume, ja einmal hängen sogar die fast reifen Aprikosen über unseren Köpfen, als wir unter einem Blätterdach hindurchgehen. Dort dienen einfache Bierbänke und einige Stühle als Sitzgelegenheit. Vorne ist eine Bretterwand, an der ca. zehn verschieden große und verschieden aussehende Flöten hängen.

Der Meister erklärt erst die Herstellung der Flöte, was Nelli übersetzt. Stücke von diesem besonderen Holz werden mehrere Stunden gekocht und müssen dann sieben bis acht Jahre gelagert werden!!! Danach werden die Löcher hineingebohrt, das entstehende Instrument ausgeräuchert und im ausgekochten Fett des Holzes (das man beim ersten Vorgang aufgefangen hat) erneut gekocht, wodurch die dunkelbraune Farbe entsteht. Auf verschiedenen Flöten gibt er uns Kostproben – schließlich auch mit einem Dudelsack aus Schafwolle. Es ist lustig, wie das Instrument noch Töne hervorbringt, obwohl er es schon abgesetzt hat.

Inzwischen hat seine Frau mehrere Sorten frisch gebackener Kleinkuchen herbeigetragen, dazu Teller, nochmal eine riesige Obstschüssel und Kaffee sowie Tee. Auch mit Schokolade ummantelte Früchte gibt es – eingewickelt in buntes Papier. Ein wahrer Gaumen- und Ohrenschmaus!

Neben den ausgestellten Flöten steht ein rot-angestrichenes Klavier. Dies sei ihm einmal geschenkt worden und da es verstimmt und sehr alt war, wollte er es zu einem Blumen- und Pflanzenbehälter umfunktionieren. Dann erfuhr er, dass es lange in einem Königshaus gestanden hatte und erweckte es zu neuem Leben. Er spielte uns auch darauf vor.

Wer dachte, die unscheinbar wirkende Frau an seiner Seite, die für die kulinarischen Genüsse zuständig war, hätte sonst keine Aufgabe, wurde eines Besseren belehrt. Sie übernahm das Klavier, und er spielte seine Duduks dazu. An der Rückwand des Gartenhauses, vor dem sich dies alles abspielte, war ein Fernseher angebracht, wo der Meister ein kurzes Konzertvideo mit fünf anderen Flötisten zu Gehör brachte.

Zwischen den Vorführenden und dem Publikum befand sich im Garten eine kleine Stufe - bestimmt zehnmal ist jemand darüber gestolpert, sie war auch nicht markiert. Ein Glück, dass niemand gestürzt ist, aber auf Sicherheit wird nicht so großer Wert gelegt. Man denke nur an die niedrige Brüstung im Hotelzimmer.

Mit großem Applaus und Trinkgeld verabschieden wir uns von dem Ehepaar und fahren zurück in die Hauptstadt. Im Zentrum werden einige Gruppenmitglieder zum Besuch einer Opernvorstellung zurückgelassen (das wär mir das rechte: verschwitzt in den Klamotten des ganzen Tages jetzt in die Oper zu gehen), auch die Hamburger haben noch Energie zum Bleiben und nehmen natürlich ihre Tochter Kerstin mit.

Während ich allein im Zimmer bin, nehme ich mir Socken und Unterwäsche vor, um sie zu waschen. Eine Naht ist aufgegangen, ein kleines Etui mit Nähzeug führe ich immer mit, also hingesetzt und angefangen. Mit abnehmender Sehschärfe fällt es mir von Mal zu Mal schwerer, den Faden durchs Nadelöhr zu stecken. Als er endlich drin ist, stecke ich die Nadel in den Slip, um den Faden abzuschneiden – ich sitze auf dem Bett, weil sonst kaum Platz im Zimmer ist – es gibt nur einen Stuhl, der auf Kerstins Seite steht. Ich will anfangen zu nähen – schwupp! Die Nadel ist weg. Ich taste alles ab, auch das Bett, nichts! Wenn die im Bett geblieben ist, werde ich eine ungute Nacht haben. Hilft nichts, ich ziehe eine zweite Nadel heraus und repariere den Schaden. Dann wasche ich die Hose im Becken. Autsch! Da piekst mich was – die Nadel steckte die ganze Zeit über irgendwo im Slip! Na, ist mir lieber, als dass sie mich nachts im Bett sticht!

Kerstin kommt gegen 21 Uhr zurück. Vom Fenster aus sieht man einen beleuchteten Turm – den Fernsehturm, der die Farben wechselt – sieht aus wie der Eiffelturm.

Nach einigen Stunden fallen „Schüsse" - Kerstin springt entsetzt auf; ich denke, es handelt sich um ein Feuerwerk. Wir hören mehrere Kracher, sehen aber nichts, obwohl das Hotel oben am Berg liegt. Wahrscheinlich ist es die falsche Seite. Es dauert nicht lang, dann ist der Spuk vorbei, aber aus dem Schlaf hat er uns gerissen – wenn schon mal der Köter nicht bellt – vielleicht hat ihn ein anderer abgemurkselt.

Heute ist das erste Mal in Eriwan eine Bewölkung aufgezogen, der Himmel grüßt nicht wie vorher mit strahlendem Blau. Um 6:30 haben mich gleich mehrere kläffende Hunde geweckt. Tagsüber sollen sie bellen, was das Zeug hält, aber nachts kann ich nicht bei offenem Fenster schlafen, der Lärm macht mich verrückt.

Trotz der Abfahrt um 8:30 gibt es erst um 7:30 Frühstück, was bedeutet, dass alle Teilnehmer mehr oder weniger gleichzeitig im Saal sind. Da es nur Instant-Kaffee oder Teebeutel gibt, muss jeder an das große Wassergefäß mit zwei Hähnen, d.h. maximal zwei Tassen können gleichzeitig zubereitet werden. Meistens nicht mal so viele, weil irgendein netter Mensch sich so hinstellt, dass er einen zweiten daran hindert, sein Wasser in die Tasse zu zapfen. Wir sitzen zu fünft am Frühstückstisch, Kerstin berichtet von „Bauchkrämpfen" - wahrscheinlich Durchfall. Die Mutter gibt ihr Anweisungen, was sie essen soll, und will ihr vor der Abfahrt ein Medikament verabreichen. Michael ist ebenfalls betroffen, er bekommt von mir Kohletabletten. Nach und nach stellt sich heraus, dass viele eine schlechte Nacht verbracht haben – zwischen Bett und Toilette. Sie haben besonders bei den Weintrauben herzhaft zugegriffen – wegen meines Diabetes soll ich weitgehend darauf verzichten und habe deswegen Glück gehabt. Aber jetzt geht die Angst um – sind auch die im Wasser gewaschenen Salate schuld? Manche trauen sich gar kein Obst oder Salate mehr essen, statt Kaffee trinken sie nur schwarzen Tee und putzen die Zähne mit Mineralwasser....

Wir fahren los zur Klosteranlage Chor Virap. Wie bei allen Burgen und Klöstern musste man sich vor einem Feind schützen und hat in der Höhe gebaut, wo man sich leichter verteidigen konnte. Aus diesem Grund müssen auch wir ein ziemliches Stück hinaufgehen, über Treppenstufen oder auf einem geteerten, längeren Weg. Der Ararat liegt gegenüber, aber heute verhüllt er seine Spitze. Zwischen dem Kloster und dem Berg verläuft die Grenze zur Türkei in der Ebene. Die Geschichte zu diesem Wallfahrtsort ist schnell erzählt: Gregor, der Erleuchter, war ins Verlies geworfen worden, heilte aber den König, als dessen „Medizinmänner" versagten. Daraufhin erhob dieser das Christentum zur Staatsreligion.

Wir haben etwas Zeit, um uns die verschiedenen kleinen Gebäude anzusehen. Inzwischen ist der Himmel wieder blau und die Sicht auf die Berge und Anhöhen rings um

Armenien - Georgien

Chor Virap spektakulär. Weniger prächtig ist das „Häuschen" - es kostet (man sollte immer drauf schauen, ein paar der geforderten Münzen auf Vorrat zu horten), und es ist ein Abtritt. Über den Geruch breiten wir Stillschweigen.

Es folgt eine längere Busfahrt, die uns auf der Hinterachse kräftig durchschüttelt, denn die Straßen sind schlecht. Einmal frage ich Michael, der am Fenster sitzt: „Wieso rüttelt es so? Die Straße, die ich sehe, ist doch frisch geteert." Er: „Ja, die Du siehst schon, aber wir fahren auf der anderen Spur, die noch nicht repariert ist."

Die Berge ringsum sind fantastisch, ständig sieht es anders aus, aber prinzipiell ist das Gelände karg, ziemlich menschenleer, sehr trocken und staubig, selbst Tiere sind nicht zu sehen außer ein, zwei Kühe ab und zu. Gelegentlich treffen wir auf ein paar ganz kleine Siedlungen und primitive Obststände entlang der Straße. Meistens sitzen Frauen hinter den Kisten und stricken, denn oft wird da keiner halten.

Wir haben später eine Weinprobe in Areni, aber jetzt fährt der Bus daran vorbei durch den Canyon von Norawank. Es geht erneut hinauf zu einer religiösen Stätte. Der Bus hält neben vielen anderen, die letzten 200 Meter müssen zu Fuß zurückgelegt werden – und immer bergauf. Dies war früher eine religiöse Bildungsstätte, die man bewusst fernab von menschlichen Siedlungen angelegt hat, um sie zu schützen. Es sieht aus, als hätte man sie an die Felsen hin geklebt. Die Aussicht hinunter ins Tal und die Schlucht ist grandios. Hier oben ist ein Restaurant, wo wir nach der Besichtigung unser Mittagessen bekommen sollen: wieder im Freien mit Blick auf die Berge. Verschiedene Salate stehen immer schon vor unserer Ankunft bereit, rote Bete, Weißkohl, ganze Kräuter sowie Hähnchenteile und Kartoffelscheiben, die man auf einen Spieß gesteckt und dann im Tonofen gebraten hat. Das schmeckt unvergleichlich gut! Ich glaube, ich habe von dem riesigen Teller dreimal Hähnchen genommen. Unsere Sitznachbarn waren das Paar aus Berlin, das jetzt in Flensburg lebt. Die Hamburgerin hatte den Mann „Opa Hoppenstedt" getauft – und sie hatte nicht ganz unrecht. Er sah ihm sehr ähnlich und war ungeheuer lustig auf seine trockene Art. So sagte seine Frau: „Wolfgang, kannst Du meinen Schnaps trinken?" „Ja." „Du musst die Haut von meinem Hähnchen essen." Kurze Anmerkung: sie wollte nie, dass was weggeworfen wurde und jammerte jedes Mal: „Hoffentlich geben sie das an die armen Leute im Dorf weiter." Er entgegnete: „Deinen Schnaps soll ich trinken, Deine Haut soll ich essen – ja, was denn noch?" Zum Abschluss gab es immer Kaffee oder Tee und diesmal auch ein Stück Kuchen mit Vanillefüllung.

Noch ein paar Zitate von Opa Hoppenstedt: Eine hilfsbereite Dame im Bus, die aber – wenn sie nicht gerade eingenickt ist – redet wie ein Maschinengewehr (Ich flüstere Michael zu: „Die redet schneller, als man denken kann.") unterhält sich mit Wolfgang auf der Rückbank – ich höre: „Mein Vater war ein Nazi-Gegner" (sie), „Meiner war ein Mitläufer" (er). Nach einer Weile spricht er weiter: „Meiner ist nicht mal mitgelaufen, der wurde abgeholt."

Zu den Bettlern in der Stadt meint er: „Ja also die Berufsbettler: zu deren Vermehrung trägt man ja aktiv bei, indem man ihnen was gibt."

Leider ist ihm am ersten Abend im Restaurant sein Handy abhandengekommen – wohl gestohlen worden, und es taucht auch nie mehr auf trotz aller Bemühungen von Nelli.

Als wir vom Kloster hinab ins Tal fahren, spüre ich ein komisches, aber bekanntes Grummeln im Bauch. So kündigt sich normalerweise was ganz Bestimmtes an. Daher entscheide ich mich gegen die Höhlenbegehung mit über

Armenien - Georgien

100 Stufen und begebe mich zum Lokal gegenüber, wo später die Weinprobe sein wird. Hier habe ich momentan die eine der zwei üblichen Toiletten für mich allein – das ist auch nötig. Im Anschluss zerkaue ich sofort zwei, drei Kohletabletten und spüle sie mit Wasser hinunter, schiebe zwei Immodium lingual hinterher, dazu noch ein Täfelchen Moser Roth 85% Kakao, das sollte fürs erste genügen. Das ist so ungefähr mein *first aid kit* (Erste-Hilfe-Koffer) für diese Reise: Sonnenbrille – das Licht ist sehr hell und gleißend, Sonnencreme: bei längerer Einstrahlung Rötung der Haut, Kohle, Immodium, tiefschwarze Schokolade, evtl. eine Packung Kekse und Wasser, Wasser, Wasser, am liebsten eisgekühlt; das geht in unserer Minibar.

In der Höhle hat man verschiedene Gegenstände gefunden, u.a. den ersten Lederschuh der Welt – Opa H. fragt: „den rechten oder den linken"? Unsere beiden „Mädels" aus Potsdam verdienen noch Erwähnung: zwei Frauen um die 40, würde ich schätzen, Freundinnen, aber im Einzelzimmer, waren auch für jeden Scherz zu haben. Ja, wir waren bald eine richtig eingeschworene Truppe in der äußersten Ecke des Busses und hatten viel Spaß.

Auf dem Weingut fing die Probe an, als die „Höhlenmenschen" zurück waren: Nelli stellte einen weißen, einen Rosé und drei rote „Tropfen" vor, von denen wir je einen Schluck (mehr war es nicht) bekamen. Nur die Rotweine wurden ins gleiche Glas eingeschenkt, also produzierte unsere Gruppe ca. 46 x 3 Gläser. Die Preise lagen zwischen 6 und 12 Euro pro Flasche, aber richtig überzeugt hat keiner der Weine. Soweit ich gesehen habe, hat nicht einer aus der Gruppe eine Flasche gekauft. So viel Mühe für nichts! Null Rentabilität.

Auf der Fahrt ins Hotel schlafe ich viel. Ich halte meine Sonnenbrille in der Hand und überlege noch, ob ich sie nicht ins Etui stecken soll. Als ich wach werde, ist sie weg.

Ich suche unter den Sitzen, vor den Sitzen, im Gang – ich finde nichts. Wahrscheinlich ist sie bei einem Bremsvorgang nach vorne geschleudert worden. Wenn alle den Bus verlassen haben, kann ich richtig suchen. Aber dann fällt es mir siedend heiß ein: „Wenn jetzt einer beim Aufstehen drauf tritt, ist sie hinüber. Derjenige kann das ja nicht wissen." Ich möchte am liebsten Nelli durchsagen lassen, dass alle aufpassen, aber ich sitze am Fenster. Ich schildere Michael mein Dilemma, er steht auf und gibt nach vorn weiter, dass eine Sonnenbrille irgendwo auf dem Boden liegen muss. Als wir aussteigen, schaut er noch einmal unter unsere Sitzbank, und da hat sie sich im Gestänge nach hinten verhakt. Michael, mein Held! Mann, bin ich froh: sie ist zwar nicht mit Sehstärke versehen, sondern nur noch eine normale, aber wie hätte ich so schnell Ersatz finden und kaufen können bei unserem streng getakteten Programmablauf?

Michael will sich jetzt auch Kohletabletten für den Eigenbedarf verschaffen. Gleich am Ende der Straße, wo das Hotel liegt, haben wir eine Bank und eine Apotheke gesehen. Ich gehe mit, denn ich will mir im Supermarkt ein bisschen was „Normales" zum Essen kaufen, nicht nur Kekse zum Abendessen verzehren.

Da ist schon mal keine, aber weiter oben leuchtet ein grünes Kreuz, das auf eine hinweist. Dahin gehen wir. Das Straße-Überqueren muss man zügig vornehmen, zu langes Zaudern bringt einen nicht vorwärts, obwohl man uns gewarnt hat, den Zebrastreifen als Garantie für die Rücksichtnahme der Autofahrer anzusehen. Tatsächlich steht nach dem Trottoir vor jedem Streifen ein riesiges STOP.

Die Apotheke ist in einen größeren Supermarkt integriert. Wir kaufen also ein Bier, ein großes Fladenbrot, getrocknete Wurst bzw. Rohschinken für unser Abendbrot – es hätte auch Frischwurst und Käse gegeben, aber die

Armenien - Georgien

Verständigung ist schwierig mit Englisch. Vor uns steht ein Ehepaar aus der Gruppe, das aus der Nürnberger Gegend kommt und das die ganze Nacht gewandert ist (zwischen Bett und Toilette). Die Frau hat mir erzählt, dass sie viele Weintrauben und ein Soft-Eis gegessen hatte. Letzteres halte ich ja für unglaublich leichtsinnig. Ich sehe, wie die Apothekerin eine Schachtel Tabletten aufmacht und mit der Schere etwa 4 Stück abschneidet. Die muss man auch hier bezahlen und nicht an der normalen Kasse. Michael kommt an die Reihe und braucht eigentlich das gleiche. Das Fräulein erklärt in mühsamem Englisch, dass er eine gleich und eine zweite nach zwei Stunden nehmen soll. Auch er bekommt vier – zwei in Reserve für den nächsten Tag. Scheinbar wird dort noch sorgsamer mit Medikamenten umgegangen. Ich ärgere mich oft, wenn der Arzt ein (neues) Präparat aufschreibt, die Packung 20 oder mehr Tabletten enthält; und nach vier eingenommenen merkt man, dass man sie nicht verträgt - oder man braucht sie nicht mehr.

Da Michael einen Flaschenöffner für das Bier hat, ich aber nur ein spitzes Messer (im Koffer), speisen wir bei ihm. Das Trockenfleisch ist derartig gesalzen, dass ich um meine Nierchen fürchte. Da braucht man viel Bier und Wasser zum Ausschwemmen.

Heute ist die Abfahrt erst um 9 Uhr, d.h. man kann gemütlich frühstücken. Erneut ist der Himmel wolkenlos blau über Eriwan. Wir steuern das Kloster Geghard an, das sich wie die meisten anderen an die schroffen Felsen schmiegt. Ganze Höhlen wurden in das Gestein gehauen und haben so eine unübertroffene Akustik erlangt. Durch einen niedrigen Tunnel gehen wir in eine kleine Rundkirche – dort haben sich fünf Sängerinnen in bodenlangen blauen Seidengewändern aufgestellt und singen mehrere sakrale Lieder mit geschulten Stimmen, die von den Wänden widerhallen. Irgendwann höre ich eine sehr tiefe Stimme im Quintett, ich vermute, man hat über Lautsprecher einen Bass zugeschaltet, denn eine Frau kann doch nicht so tief singen. Hinter ihrem Kreis besteht die Möglichkeit, umherzuwandern, und so schaue ich auf den Mund der einzelnen Frauen, ob gerade eine singt, wenn die tiefe Stimme hörbar wird. Tatsächlich ist die blondierte Frau die Bass-Sängerin. Ich bin völlig perplex.

Teile des Liedguts stammen aus dem 5. Jahrhundert – ich filme auch ein Stück der Darbietung, aber in erster Linie will ich mich ganz dem Augenblick hingeben, <u>diesem</u> Gesang an <u>diesem</u> dafür so passenden Ort. Erneutes Gänsehaut-feeling! Der Welt entrückt.

Zwischen den einzelnen Liedern sollte man nicht applaudieren, um den Vortrag nicht zu stören.

Danach treffen wir die Frauen vor der Kirche, wo sie auch CDs verkaufen. Jetzt sehe ich die Bordüre auf dem fließenden blauen Seidengewand genauer: eine Seidenmalerei in bunten, aber gedeckten Farben – wunderschön, so wie die Frauen und ihr Gesang. Wir machen ihnen Komplimente auf Englisch, und sogar ich, die das sonst nicht macht, kaufe eine CD für zuhause.

In einem Nebenraum der Kirche sprudelt eine Heilquelle, aus der man drei Schlucke trinken soll. Angeblich kommen auch Frauen her, um die Erfüllung ihres Kinderwunsches zu erbitten. Manche Männer warnen ihre Gattinnen vor dem Trunk: die Folgen könnten verheerend sein! Da außerdem schon viele Durchfall-geplagt sind, ist die Nachfrage sowieso eher gering. Die asiatischen Touristen lassen sich nicht lange bitten – die machen doch jeden Schmarrn mit, den man ihnen erzählt!

Bevor es weiter geht, will ich die Toilette (was für ein großes Wort) aufsuchen. Die üblichen zwei Kabinen (was

Armenien - Georgien

ist das für so viele?) liegen ein Stück weg von der Kirche, und in Armenien muss jeder normalerweise 100 *dram* zahlen. Ob es ein Abtritt ist oder eine Schüssel gibt, weiß man erst beim Hineingehen, aber auf die Touristen-Anstürme sind die beiden Länder noch nicht eingerichtet, meistens gibt es nur eine Herren- und eine Damentoilette. Nelli hat schon auf den Gestank hingewiesen – und den riecht man aus 20 Metern Entfernung. Auch in diesem Land soll man wie im Iran das Toilettenpapier nicht ins Klo, sondern in den Papierkorb werfen, weil die Rohre zu eng sind – da muss es ja stinken wie die Pest. Am besten holt man tief Luft, bevor man zu dem Lokus kommt und hält sie an, bis man draußen ist. Die Körbe quellen über von dem Papier, aber niemand leert sie aus.

Als die Männer weg sind, benutzte ich deren WC, es sind sowieso die gleichen, Pissoirs gibt es (lt. männlicher Aussage und Gesehenem) kaum. Sonst werden wir mit den vielen Leuten nie fertig.

Auf der Fahrt nach Garni zu einem griechisch-römischen Tempel schlafe ich. Im Bus ist es brütend heiß, denn er wartet meistens an einer sonnigen Stelle, bis wir zurückkommen, und die Klimaanlage ist nur eine Lüftung, die die Hitze umrührt. Einmal sagt einer: „Kann man denn nicht die Heizung abstellen?" oder „Hier ist es wieder schön kuschelig warm."

Bevor wir uns zur Tempel – Anlage aufmachen, warnt uns Nelli noch im Bus vor den tiefen Löchern auf dem Weg dorthin. Und tatsächlich ist der Gehweg übersät mit riesengroßen „Fallen" - das ist schier unglaublich. Bei Nacht wäre es nicht ratsam, da zu laufen, denn mit der Beleuchtung steht es auch nicht zum besten.

Am Tempel angekommen geht es neun steile Stufen hinauf zu einem Innenraum, in dem ein Mann Duduk spielt. Wieder ist die Landschaft rings um den Tempel unbeschreiblich schön – Berge und tiefe Schluchten gehen ineinander über, teils bewaldet, teils mit Sträuchern bewachsen und ganz oben dann kahl. Angesichts solcher Schönheit der Natur fragt man sich, wie irgendein Mensch auf dieser Erde sie durch Krieg zerstören kann und wird ganz demütig.

Auf dem weitläufigen Gelände sind auch die Überreste eines Badehauses gefunden worden – drei Kammern: eine mit heißem, eine mit lauwarmen und eine mit kaltem Wasser. Aus runden Steinscheiben waren Sitze gemacht worden. Ja, diese Völker waren reinliche Leute.

Auf meine Frage nach dem Verschicken von Postkarten hat Nelli geantwortet, dass es in Garni eine kleine Post gäbe, die gleich gegenüber unserem Mittagslokal sei. Sie geht mit mir und den Potsdamer Mädels hin, eine junge Frau hat die Karten gleich abgestempelt – mal sehen, wann sie den Weg nach Deutschland gefunden haben. Es kann um die vier Wochen dauern, sagt man. (Anm. beide Karten – obwohl mit vier Tagen zeitlicher Distanz und in verschiedenen Ländern aufgegeben, erreichten ihr Ziel in Deutschland am gleichen Tag, nämlich dem 11.10.)

Bevor wir essen, dürfen wir bei der Zubereitung des Lawasch-Brotes zusehen. Zwei Frauen hocken in einer nach vorn offenen Höhle auf den Knien: die eine rollt aus einem Teig von Wasser, Mehl, Salz und Sauerteig einen dünnen Fladen aus, gibt ihn an die zweite weiter, die legt ihn auf einen ausgestopften Leinensack, zupft ihn noch zurecht, fährt mit einer Hand in den geöffneten hinteren Teil des Sacks (der Fladen klebt vorne) und knallt ihn an die Wand eines runden Lochs (Erdofen), in dem ein Feuer brennt. Nach kurzer Zeit nimmt sie ihn herunter und „batzt" die Rückseite hin. Das ergibt natürlich auch Löcher im Fladen und einige schwarze Stellen, aber diese Art von Brot ließe sich lange aufheben, ohne zu verderben, wird uns gesagt. Wir dürfen das frisch gebackene, knusprige Brot sofort probieren, mit etwas Käse und Kräutern oder pur. Der Geschmack unterscheidet sich gewaltig von den labbrigen Fetzen, die zum Frühstück angeboten werden. Auf alle Fälle wird uns klar, dass das ein schweißtreibender Job ist – Rückenschmerzen mit eingeschlossen!

Danach dürfen wir im Garten sitzen, wo für viele Gruppen gedeckt ist. Die angekündigte Lachsforelle wird warm und geräuchert serviert, dazu Kartoffeln, die ebenso zubereitet wurden. Die Vorspeisen ähneln denen des Vortages: Joghurt mit Gurken (Zaziki auf armenisch), Tomaten, Gurken, grüner Salat, frische, ganze Kräuter mit Stängeln. Am Schluss Kaffee/Tee und Kuchen, das ist schon selbstverständlich.

Noch ist der Tag nicht zu Ende. Eine Cognac- (oder besser gesagt Weinbrand-)Probe der Firma Ararat in Eriwan steht uns bevor. Bis wir dort ankommen, stecken wir auf den teilweise sechsspurigen Fahrbahnen wegen mehrerer Unfälle fest. Das Firmengebäude thront hoch über Eriwan, die riesigen Buchstaben sind weithin zu sehen und bei Nacht beleuchtet. Uns wird alles auf Deutsch erklärt, viele Fässer tragen den Namen eines Potentaten oder sonstigen Berühmtheit – dieser darf Flaschen von seinem Weinbrandfass bestellen, solange etwas da ist. Wir sehen auch eine Waage mit Sitz – da wurde das Gewicht der Person in Schnaps aufgewogen; dies wurde eingestellt, hören wir, da es zu teuer wurde für die Firma. Als die anderen weitergehen, husche ich schnell auf den Sitz und lasse ein Foto machen. Natürlich hat Ararat viele Medaillen gewonnen, die sind zum großen Teil ausgestellt. Eine kleine Geschichte am Rande ist mir gut im Gedächtnis geblieben: als der Chef seinen „Cognac" auf den Markt bringen wollte, hat er Studenten angeheuert, sie fein anziehen lassen und mit Geld in die besten Restaurants geschickt. Sie sollten nur das teuerste konsumieren und am Ende der Mahlzeit einen Cognac der Fa. Ararat bestellen. Natürlich hatte den kein Lokal. Dann mussten sie sagen: "Ja, dann können wir leider nicht mehr wiederkommen." So kam es, dass nach und nach alle guten Restaurants diesen Brandy bestellten. Clevere Geschäftsidee, nicht wahr?

Charles Aznavour hat – als wohl berühmtester Armenier – an der Herstellung eines personalisierten Schnapses mitgewirkt, er hat auch die Schachtel für die Flasche konzipiert und sollte bei der Vorstellung des Endprodukts dabei sein, aber das Schicksal holte ihn zwei Wochen vorher in die Ewigkeit. Wie viele andere (z.B. Putin, Jelzin, Lech Walesa) bekam er ein eigenes Fass, über das jetzt die Familie des Künstlers bestimmen darf.

Dann geht es zur Probe: wir werden in einen großen Raum geführt, der noch nach Farbe riecht, so frisch ist das hier alles, und dürfen einen 3- und einen 10-jährigen Cognac probieren. (Anm.: Die Bezeichnung „Cognac" für das Produkt wurde verboten, da sie nur für den im französischen Gebiet *Cognac* angebauten und hergestellten Weinbrand verwendet werden darf.) Man soll das Glas mit der Hand ein paarmal schwenken und den Geruch einatmen. Etwas Brot liegt da und Mokkabohnen zur Neutralisierung zwischen den Proben – das ist mir lieber als die Weinprobe.

Im Verkaufsraum gibt es Flaschen in allen Preislagen – es kommt auf das Alter an. Als Mitbringsel habe ich unterwegs in einem einfachen Geschäft ein 0,25 l - Fläschchen eines 5-jährigen gekauft, weil Nelli auf meine Frage sagte, dass die Preise bei der Direktvermarktung nicht niedriger sein würden. Ich beschließe, für mich persönlich ein ganz kleines Fläschchen des 10-jährigen mitzunehmen, das 1500 *dram* kostet. Ich lege einen 5000er Schein hin, aber die Angestellte will *coins* (Münzen). Ich antworte: "*I need my coins*" - einmal habe ich in dem kleinen Supermarkt neben dem Hotel eingekauft, da konnte man mir nicht herausgeben. Also musste ich zum Hotel zurück – die nette Kassiererin hätte mir sogar die Ware mitgegeben, aber das wollte ich nicht. Selbst an der Rezeption hat mir niemand gewechselt, nur ein älterer Gast konnte es, er kam aus Montreal. - Trotzdem wühle ich in meinem Geldbeutel, da knallt mir die Cognac-Mieze schon mit saurer Miene das Restgeld hin. Ich spreche Nelli daraufhin an: „So sollte man mit den Touristen, die Geld hier lassen, nicht umgehen." Denn auch das Frühstückspersonal macht ein Gesicht, als hätte man die Mädchen in ihrer wohl verdienten Nachtruhe gestört. Das mag vielleicht sein, aber wenn ich jemanden freundlich anlächle, dann sollte er darauf positiv reagieren. Nelli ist regelrecht entsetzt, als sie das hört. Tut mir leid, nicht nur ich habe das so empfunden.

Einige steigen in der Stadt aus, Michael und ich müssen den zweiten Teil unseres gestrigen Einkaufs verzehren, denn morgen überqueren wir die Grenze nach Georgien, der Koffer muss auch noch gepackt werden. Da er im Bus und nicht im Flugzeug transportiert wird, brauche ich ihn nicht verschnüren, das hält er auch so aus.

Um 8:10 müssen die Koffer in den Bus geladen werden, um 8:30 ist Abfahrt.

Beim Frühstück hat mir Kerstins Mutter kurz erzählt, wie es ihr gestern Abend erging. Sie kam gerade noch aus dem Taxi, dann ging's in die weiße Hose. Dabei schien sie das allein selig machende Kombi-Präparat ihr eigen zu nennen und fand die Kohletabletten nicht sinnvoll.

Das Wetter bleibt dem Motto treu: „Wenn Engel reisen..." - das ist auch gut so, denn wir fahren zum Sewan-See, der doppelt so groß sein soll wie der Bodensee. Das Kloster Sewanawank muss erobert werden, es geht steil bergauf

über unebene, in die Landschaft gehauene Stufen, und der Wind pfeift uns um die Ohren. Wohl dem, der eine Kapuze hat und sich vom Sonnenschein nicht täuschen ließ! Oben angekommen entschädigt der Blick für alle Mühen: majestätisch liegt ein Teil des Hochgebirgssees auf 1900 m vor uns, dahinter erstrecken sich Bergketten rundum. Das Kloster hat keine Wehrmauer, sagt der Prospekt, weil die jetzige Halbinsel früher eine richtige Insel war. Aus Erfahrung klug geworden, gehen fast alle auf eine Toilette, sobald man einer ansichtig wird. Wer weiß, wann man wieder Gelegenheit hat.... Sie liegt etwas abseits – ein Busch oder Baum wäre mir viel lieber schon wegen der guten Luft. Ich zahle meine 100 *dram*. Eine Französin stürmt heraus, hält sich ihren Schal vor die Nase und sagt: „*N'y allez pas, c'est épouvantable.*" (Gehen Sie nicht hinein – es ist furchtbar.") Gut, der Gestank ist nicht schlimmer als gestern, aber offenbar hatte jemand Durchfall und die Klobrille mit Papier abgewischt. Immerhin! Ein paar Spritzer sind auf dem Boden gelandet – die wische ich mit Klopapier unter meinem Fuß weg. Ja, das muss man aushalten oder daheim bleiben!

Den steilen Weg entlang bieten alte Mütterchen, ein zerknitterter Opa und ein paar andere kleinere Artikel oder Gemälde – meist mit Rahmen – an. Wer soll denn die in seinem Koffer unterbringen? Ich kaufe dem Mann ein kleines Kreuz ab, weil er mir leid tut.

Der Wind wird heftiger und die Andenken-Anbieter haben alle Mühe, ihre Souvenirs auf den improvisierten Tischchen zu halten. Wieder am Bus haben wir noch einen Moment Zeit – schon will mir ein junger Mann seine Bürsten und Spiegel zeigen, nein, ich kann nicht alles kaufen. Eine sehr schwarze Wand ist inzwischen aufgestiegen, es sieht teuflisch nach Regen aus. Kaum sitzen wir im Bus, tröpfelt es. Der erste Regen im Urlaub. Über Kehren geht es hinunter und hinauf – am Straßenrand werden oft Maiskolben über einem primitiven Feuer geröstet und zum Kauf angeboten. Die Gasleitungen der Dörfer liegen oberirdisch, an jedem Sträßchen werden sie in die Höhe geführt, damit ein Lkw durchfahren kann – das gibt ein witziges Bild ab. Alles sieht ziemlich ärmlich aus. Michael sagt: „Hier möchte ich nicht begraben sein."

In einem der Orte, an denen wir vorbeifahren, kann man mit Führern zur Jagd in die Wälder aufbrechen. Das wäre für die Bewohner ein Vorteil, weil es ihnen dadurch etwas besser ginge. Man könne da auch Bären antreffen, daher sei es nicht ratsam, allein zum Pilzesammeln zu gehen. Nelli erzählt sogar eine Geschichte von einem Bären, der eine junge Frau in seine Höhle verschleppt hätte und sie mehrere Tage nicht frei ließ. Am Ende gelang es ihr aber zu fliehen. Das klingt schon reichlich fantastisch.

Das im Programm angekündigte Kloster Haghpat kann man momentan nicht besichtigen, weil die Zufahrt erneuert wird. Daher sollen wir zum Kloster Hagharzin gebracht werden. Der Bus kann nicht bis ganz hinauf fahren, daher müssen wir die Teerstraße hinauflaufen oder ein Taxi mieten, aber das tun die wenigsten, denn es ist wieder strahlend blau und sonnig. Das Kloster war schon marode, als ein Scheich in diese Gegend kam und von der wunderschönen Umgebung so bezaubert war, dass er es erhalten wollte. Für viel Geld ließ er es wiederaufbauen und als er gefragt wurde, warum ausgerechnet er, ein Moslem, ein christliches Kloster finanziere, entgegnete er, dass es nur einen Gott gäbe, egal, mit welchem Namen man ihn auch anrufe.

Dort steht eine Platane, die mehrere hundert Jahre alt war, aber als ein leichtsinniger Mensch eine brennende Kerze in ein Astloch stellte, brannte sie bis auf einen Rest ihrer Rinde aus. Jetzt passt gerade noch ein Mensch in diese Hülle hinein. So ist der Baum nach wie vor eine Besonderheit und ein Foto-Objekt.

Als ich Michael über den Weg laufe, fragt er, wo man Kerzen kaufen kann. „Ich muss was für mein Seelenheil tun." Ich zeige es ihm. In einiger Entfernung vom Kloster steht ein größerer Bau – der ist für Übernachtungsgäste, wenn jemand mal mitten in der Natur, Stille und Abgeschiedenheit ein paar Tage zubringen möchte.

Auf dem Weg zum Bus gehe ich neben Michael und höre: „Ich hob für Di a a (ist ein phonetisch abgeschwächtes „a") Katze entdeckt." „Wie bitte?" „I hob für Di a a Karze angschteckt." Meine Güte, dieses Schwäbisch ist ja eine Sprache für sich! Eine nette Geste von ihm! (Oder meint er, dass ich es nötig habe??) Jetzt bin ich an der Reihe und führe ihn in niederbayerische Ausdrücke ein, die mir anfangs fremd waren: z'samgfalln, Radltrong, Hoiber, ankendn – da hat er nicht den geringsten Schimmer – aber mir ging es damals auch nicht anders. Kein Wunder, dass unsere französischen Assistentinnen am Gymnasium ver-

Armenien - Georgien

zweifelt waren, wenn sie sich nach Jahren Deutsch-Unterricht plötzlich wie auf einem fremden Stern vorkamen!

Der Weg zu unserem Mittagslokal ist nicht weit – wieder können wir im Garten sitzen und haben trotzdem ein Dach über dem Kopf. Heute bietet die Küche ein gegrilltes Schweinekotelett mit Kartoffeln an, Salate wie immer und zum Dessert ein Blätterteiggebäck. Zum Essen trinke ich ein Bier, auch einen Schnaps (diesmal Birne) und Kaffee.

Während der Fahrt zur Grenze ist es still im Bus, alle dösen, ich kann schlafen.

Opa Hoppenstedt lässt wieder einen raus: „Berlin bekommt jetzt den Umweltpreis." „Wieso?" „Weil es seit 2013 einen abgasfreien Flughafen hat."

Über viele Kehren fahren wir einen Pass hinauf und schließlich zur georgischen Grenzstation hinunter. Nelli hat uns die Vorgehensweise erklärt. Sie verabschiedet sich von uns im armenischen Grenzgebäude, wir nehmen unsere Koffer aus dem Bus, gehen zur anderen Kontrolle, kriegen jeweils einen grünen Stempel in den Pass und übergeben sie dem georgischen Busfahrer zum Verladen. Die neue Führerin ist älter als Nelli und stellt sich als „Nasi" vor – insgeheim nenne ich sie „Olga" - sie kommt mir so russisch streng vor und hat einen hübschen Kommando-Ton – wehe, wenn einer bei ihrem Vortrag schwätzt! Dann bricht sie sofort ab und fragt, ob uns das nicht interessiert. Die wäre eine Lehrerin, bei der die Kinder kuschen würden!

Der neue Bus ist bequemer, wir haben mehr Beinfreiheit. Die Sitzordnung wird beibehalten. Gleich im Bus haut „Olga" uns gnadenlos das Programm aller folgenden Tage um die Ohren, als ob man sich das merken könnte! Sie erklärt sogar das Metro-System in Tiflis. Opa Hoppenstedt findet die erlösenden Worte: „Ich verstehe die Worte, aber nicht das System." Der Mann hat's drauf!

Als Olga-Nasi uns erklärt, dass wir mit unserem armenischen (Rest)Geld in Georgien gar nichts anfangen könnten, sondern das schnellstens in Grenznähe in einer Wechselstube tauschen sollten, weil es weiter drinnen wertlos sei, machen das natürlich alle, die noch was übrig haben. Ich habe noch etwa 12 000 *dram*, etwa 24 €, aber das reicht nicht, daher tausche ich noch Euros um. Es geht ohne Ausweis, Quittung etc., daher auch entsprechend schnell. Während die anderen noch Geld tauschen, springe ich in den Laden nebenan und kaufe mein Lebenselixier: Wasser.

Gegen 19:30 erreichen wir unser zweites Hotel der Reise: Ameri Plaza. Das ist viel moderner als das armenische, unser Zimmer ist im 14. von 18 Stockwerken, wobei wir später feststellen, dass das Hotel erst ab dem 4. Stock beginnt, darunter liegen Büros und Apartments privater Natur. Unser Zimmer - was sage ich: unsere Suite! Wir haben ein größeres Schlafzimmer, einen Schreibtisch, ein Wohn-/Esszimmer mit Couch, Tisch und vier Stühlen, eine Küche mit Mikrowelle und Wasserkocher, Teebeuteln, Kaffee, Minibar, ein großes Badezimmer, sogar zwei Fernseher. Wenn das kein Luxus ist! Ich meine natürlich, alle hätten ein solches Doppelzimmer, aber es stellt sich durch Kerstins Eltern heraus, dass nur eine Handvoll Auserlesene - wie wir – in diesen Genuss kommen. Der Blick nach unten und über die Stadt ist so schön wie im letzten Hotel, nur von weiter oben. Ach, den Balkon mit Tischchen und zwei Stühlen hab ich ganz vergessen zu erwähnen!

Da es schon reichlich spät ist, sollen wir sofort zum Abendessen in den späteren Frühstücksraum. Salate werden aufgetischt, gebratenes Gemüse, eine Suppe mit Grieß und Hühnerfleisch, eine Pizza, die mit Hackfleisch gefüllt ist, dann noch Kalbsgulasch. Diesmal gibt es zum Wasser sogar kostenlosen Saft: Orange und Kirsch. Das Dessert besteht aus einem Pfannkuchen mit Schokosoße und Bananenscheiben. Alles äußerst schmackhaft. Das lässt sich rundum großartig an! Georgien, ick liebe Dir!

Heute sollte eigentlich die große Tiflis-Stadtrundfahrt mit Rundgang stattfinden, aber wegen eines Marathons ist alles abgesperrt, weswegen wir den letzten Tag vorziehen und die Stadt verlassen.

Das erste Frühstück im neuen Hotel und in Georgien soll nicht unter den Tisch fallen. Hier gibt es gebrühten Kaffee in Kannen, viele warme Speisen mit und ohne Eier, köstliche Wiener Würstchen – sie schmecken wie daheim, göttlich, das hätte ich hier niemals erwartet – Toastbrot, Baguette-Stücke, ebenfalls eine Menge verschiedenes Obst und süße Teile, jeden Morgen warten drei bis vier Kuchen auf uns. Dieses Hotel hat mindestens einen Stern mehr verdient als das letzte. Vor allem das Personal ist nicht so missmutig wie dort.

Die erste Busfahrt führt uns – na, wohin wohl? - zu einem Kloster! Wieder gibt es zwei Schreibweisen: Dschwari oder Jvari. Es liegt wie alle anderen ziemlich hoch auf einem Berg und thront über dem Zusammenfluss der beiden Flüsse Kura (dieser fließt auch durch Tiflis) und Aragwi. Die Aussicht ist grandios, aber bevor ich das letzte Stück zur Kirche hinauf gehe, reihe ich mich ein in die Schlange der Toilettengänger. Sie ist zwar lang, aber wenn unsere 46 Mann nach der Besichtigung anstehen, ist es noch schlimmer. Der Preis ist 1 *Lari* (0,33ct) – das ist mit Bergzuschlag – im Tal kostet es die Hälfte, manchmal sogar nur 30 *Tetri*. Es ist ein Abtritt – wohl dem, der nur „kleine Geschäfte" zu erledigen hat! Ich steige hinauf zum Kloster und schaue mir alles an: die Gemälde, Ikonen und Heiligenbilder. Vor dem eigentlichen Kirchenraum sind fast überall in einem dazu gehörenden Vorhof Grabsteine auf dem Boden, die man aus Respekt vor den Toten nicht betreten sollte, auch wenn sie schon alt und verwittert sind.

Dort, wo die Touristenbusse warten, sind Souvenirstände aufgebaut und ein Doppelstandbild mit ausgeschnittenen Gesichtern (wie im Iran) steht da und wartet auf Kunden. Ich treffe Michael und sage, „da lassen wir uns fotografieren". Der Schwabe in ihm kommt zum Vorschein: „Das kostet doch Geld." Ich: „Das ist mir die Gaudi wert, ich zahle." Es kostet 5 *Lari*, und die Frau knipst sechs Bilder auf meinem Handy. Die Holzwand stellt ein georgisches Brautpaar dar, er trägt eine Pelzmütze, Kasack, Stiefel und einen Säbel, sie ein weißes Brautkleid mit Schleier. Zurück im Bus sagen wir: „Wir haben gerade geheiratet" - es gibt ein großes Hallo, unsere hintere Truppe will das Bild sehen und abends in „unsere" Suite zu einer fetten Party kommen (wo der „Bräutigam" nicht mal wohnt!)

Der Bus bringt uns in die von oben schon gesehene alte Hauptstadt Georgiens Mzcheta/Mtskheta (800 Jahre lang). Sie war ein wichtiger Handelsort an der alten Seidenstraße zwischen Schwarzem und Kaspischem Meer. Angeblich berichtete Plinius der Ältere bereits über die mächtigen Festungen der Stadt, die heute noch zu sehen sind. Vom Busbahnhof schlendern wir an Souvenirständen vorbei, die schon professioneller aussehen: Wein, Magnete (so eine Fülle habe ich selten gesehen), Filzpantoffeln in allen Größen, Softeis, Walnuss-Schnüre mit farbigem Überzug, gewebte Teppiche mit alten Mustern, Stofftaschen. Man kann sich auch in einer Kutsche fahren lassen, links und rechts davon gehen die Fußgänger und ab und an will ein Auto durch. Zum Ausweichen ist kein Platz, da die Teppiche rechts des Sträßchens über festen Stangen hängen und links die Stände unverrückbar sind.

Die Swetizchoweli – Kathedrale ist zunächst unser Ziel. Sie war jahrhundertelang die Krönungs- und Begräbnis-

Armenien - Georgien

kirche der georgischen Könige, heute ist sie Bischofssitz. Wir besichtigen sie von außen, von innen nur ein bisschen, denn es ist gerade Gottesdienst, der vordere Teil ist abgesperrt. Die Gesänge klingen wundervoll, ich beginne zu filmen, da kommt gleich ein Schwarzkittel und verbietet es mir. Ich mache ihm klar, dass es mir nur um den Ton geht. Er akzeptiert das nicht. Njet!

Jetzt ist der Blick umgekehrt: von draußen sieht man das Kloster am Berg oben.

Es gibt eine Toilette in der Nähe: also immer rein – wer weiß, wann die nächste Möglichkeit kommt. Wie gesagt, war der Preis um die Hälfte reduziert; noch dazu gab es am Berg keine Spülung, man musste aus einem Eimer einen Topf Wasser schöpfen und das, was man hinterlassen hatte, hinunter schwemmen. Ich erzähle das alles so ausführlich, weil es ein nicht unwesentlicher Teil unseres Tagesablaufs war, und damit sich die Leute, die nicht dabei waren, das auch richtig vorstellen können.

Auf dem Rückweg zum Bus probiere ich ein Stückchen dieser aufgeschnittenen Nuss-Schnüre – zuckersüüüüß – kein Mitbringsel für die Meinen! Überall wird Granatapfelsaft angeboten – muss ich haben! Drei Größen stehen zur Auswahl: ich nehme den kleinen Becher für 5 L – wer weiß, vielleicht führt der Saft ja ab! Vor dem Bus fragt die Allein-Reisende aus Sibirien: „Was haben Sie bezahlt?" „5 L." „Ich habe 10 L für zwei große Becher bezahlt; man muss den Preis verhandeln." Na sowas! Vielleicht kriegt sie mit so viel Saft ordentlichen Dünnpfiff – nicht, dass ich es ihr wünschen würde. Die Diarrhö-Situation unserer Gruppe ist noch immer prekär und wird gegen Ende der Reise ihren Zenit erreichen.

Ohne es zu merken sind wir fotografiert worden, als wir ausgestiegen sind. Jetzt kann man sein Konterfei auf einem kleinen Porzellanteller mit Motiven von Georgien für 15 L kaufen; gut, das sind 5 €, aber viele Teller wird der junge Mann nicht los; außerdem ist das mal was Neues, also her damit. Im Übrigen gefällt mir die Aufnahme, weil sie nicht gestellt ist. Als Michael in den Bus kommt, sagt er: „Ich wusste, dass Du es kaufen würdest." Wieso?

Jetzt ist es Zeit, nach Tiflis zurückzufahren – die Besichtigung der Schatzkammer im National-Museum steht an. Eine Dame ist abgestellt worden, um den Goldschmuck in den verschiedenen Schaufenstern auf Deutsch zu kommentieren. Wir brauchen unseren Audio-Guide, da verschiedensprachige Gruppen im Raum sind. Ich finde das Teil nicht, meine, es sei im Rucksack, der seinerseits im Bus geblieben ist – man muss doch nicht immer alles rumschleppen (später stelle ich fest, dass es in meiner Handtasche gewesen wäre). Aber so können sich meine Ohren mal erholen. Ich mache mich bald selbständig und schaue den Schmuck aus frühester Zeit an, wo gerade Platz vor den Fenstern ist. Man darf sogar knipsen. Der Raum ist abgedunkelt und wirkt wie eine Gruft. Ich weiß nicht genau, ob danach noch mehr besichtigt wird, aber man muss sich ja abmelden – also schnappe ich mir Michael, er soll mich abmelden, wenn die Rede darauf kommt, mir tut das Kreuz vom langen Stehen weh, und wie es aussieht, bewegen die sich im Schneckentempo vorwärts. Ich sage, dass ich am Ein/Ausgang warte, denn da müssen sie am Ende ja hinkommen. Zu dem Zeitpunkt weiß ich nicht, dass Nasi-Olga genau da sitzt, Kaffee trinkt und Zeitung liest, und ich somit in größter Sicherheit bin. Bei einem Espresso mache ich es mir gemütlich. Glücklicherweise kommen die „Gruftis" auch bald, und der Bus kutschiert alle ins Hotel. Das offizielle Programm für heute ist zu Ende.

Man sollte es nicht glauben, aber es gibt Leute, die noch nicht genug haben. Wobei man nicht vergessen darf, dass nicht viele dabei sind, die weniger als 70 Jahre auf dem

Armenien - Georgien

Buckel haben. Sie steigen im Zentrum aus, um noch mehr von Tiflis zu sehen und allein zum Lokal zum Abendessen zu gehen.

Ich lege im Zimmer erst mal die Beine hoch, später kommt Michael, um die „Suite" zu begutachten. Er kommt aus dem Staunen nicht heraus, er hat ein Zweitbettzimmer für sich, kann aber nicht einmal seinen Koffer ordentlich unterbringen. Ich bereite mit dem Wasserkocher einen Tee zu und habe noch ein paar Kekse aus Armenien als Beilage übrig.

Um 18 Uhr ist Abfahrt im Bus zum Abendessen in der Stadt. Die dort gebliebenen sitzen bei unserer Ankunft auf der Terrasse des Restaurants und trinken ein Bier oder einen Wein. Ich wundere mich schon, dass sie nicht hineingehen, um sich einen Platz auszusuchen. Kaum haben wir das Lokal betreten, wird klar, warum. Sie haben mit ihren Anoraks oder Taschen bereits Plätze (auch für ihre Freunde) belegt. Ich könnte noch zu den Hamburgern gehen, aber Michael steht allein da. Das gibt's doch echt nicht, dass die mehrmals nicht die richtige Anzahl an Plätzen haben. Da wirklich nicht mal zwei Einzelplätze frei sind, sagt Nasi: „Kommen Sie". Für sie und den Fahrer ist im Nebenraum gedeckt sowie ein weiterer Tisch für 4 Personen. Ich gehe mit, denn es gibt nichts Blöderes als allein an einem Tisch zu sitzen, man kommt sich ja vor wie ein Aussätziger. Michael sagt noch: „Das ist romantisch, wir haben ja heute geheiratet." Also nehmen wir Platz und sinken auf der Couch fast bis zum Boden durch. Erst als jeder ein dickes Sofakissen unterlegt, erreichen wir Tischhöhe. Später kommt das Flensburger Ehepaar noch an unseren Tisch – sie waren zur angegebenen Adresse gegangen und hatten auf der anderen Seite des Hotels/Restaurants auf die Gruppe gewartet, aber wir wurden von Nasi durch die Terrasse hineingeführt.

Es gibt angemachte Salate, Tomaten- und Gurkenwürfel, Quark-Kugeln, gefüllte Kohlblätter (Krautwickel) oder gefüllte Paprikaschoten, gefolgt von Putenstreifen in Knoblauchsoße. Hier wird weder Kaffee oder Tee noch Kuchen gereicht. Ein Bier kostet 10 L = 3,30€! Aber hallo – in Armenien waren es nicht mal 2€, 1000 *dram*.

Wir unterhalten uns gut mit dem Ehepaar und haben viel mehr Ruhe beim Essen als die im größeren Saal. Plötzlich stürmen einige Kellner nach draußen – es regnet heftig, und sie raffen die Polster der Gartenmöbel zusammen und bringen sie in Sicherheit.

Als wir den Weg durch den Park zum Bus gehen, regnet es nur noch ein bisschen, aber es geht bergab, und ich muss aufpassen, dass ich nicht ausrutsche. Weil es vorher so warm war, hatte ich meine Sandalen angezogen und den einzigen mitgebrachten Rock. Bald sind wir im Hotel.

Nach einem ausgiebigen Frühstück fahren wir die georgische Heerstraße entlang, die das Land mit Russland verbindet. Wir halten bei einem Stausee, ich kaufe einen türkischen Kaffee (mit Satz unten) an einem kleinen Stand. Der Blick über den See ist sehr schön. Im Tal verläuft der Fluss Aragwi – ich fühle mich wie im Etschtal. Der Bus schraubt sich höher hinauf – Stopp ist an der Festung Ananuri über dem See. In Tiflis war der Himmel grau, allmählich kommt die Sonne durch. Zum Kreuzpass hinauf liegt ein Skigebiet, das noch weiter für die Touristen erschlossen wird. Es wird viel gebaut. Als wir die Passhöhe von 2395 m überqueren, sehen wir Paraglider mit ihren bunten Schirmen abheben. Viele Lastwägen kommen uns von Russland her entgegen.

Ganz unten liegt Stepanzminda, wo wir in Geländewägen umsteigen müssen – sechs Fahrgäste und ein Fahrer (*hell driver*) pro Auto. Als der erste Deutsche nach dem

Gurt tastet, wird er vom Fahrer gleich aufgefordert, das zu unterlassen. Sie brausen im Konvoi die engen Kehren zur Dreifaltigkeitskirche hinauf, wo das einstige Versteck des Kronschatzes gewesen sein soll und von wo aus man den vergletscherten Kasbek sieht, einen 5047 m hohen Vulkan, auf dem die Grenze zu Russland verläuft.

Wir sollen uns die Nummernschilder merken, damit wir „unser" Auto wiederfinden – es geht um die richtige Anzahl der Leute und ums Feststellen, wenn/ob einer fehlt.

Erster Gang: Toiletten – das dauert, wir haben eine Dreiviertelstunde Zeit und verbringen ein Drittel davon mit Schlange-Stehen. Dabei wäre so viel Natur ringsum!

Vor der Kirche steht eine Kiste mit Halbschürzen, die Hosen-tragende Frauen über der Hüfte zusammenbinden müssen. Gewaltig pfeift der Wind – gut, dass ich den Anorak mit Kapuze und noch eine Weste darunter angezogen habe.

Während der Fahrer die Kehren den Berg hinunter rast, klingelt sein Handy. Lässig hält er mit einer Hand das Steuer und telefoniert lautstark nebenbei – Freisprechanlage – von wegen! Er sitzt außerdem rechts wie in England, obwohl rechts gefahren wird; also Steuerrad wie in England – Fahrweise wie bei uns. Das ist mir schon mehrfach aufgefallen, dass manche Autos das Lenkrad rechts haben, generell aber links.

In Stepanzminda, wo wir den großen Bus verlassen haben, findet unser Mittagessen statt. Wir sitzen tatsächlich – wie angekündigt - bei einer Familie im ausgeräumten Wohnzimmer, ein Schrank wurde mit dem „Gesicht" an die Wand geschoben, damit die langen Tische Platz haben. Trotzdem sind nicht genug Plätze da für alle (wieder einmal) und sechs Leute müssen in einen anderen Raum. Es gibt Salate, Käse, Auberginen-Rollen, Suppe, Pommes, Hühnchenteile, Chatschapuri (wie Käse-Pizza) und Chinkali (eine Spezialität von Teigtaschen mit Hackfleisch oder vegetarischer Füllung), später Kaffee/Tee und Kuchen. Schnaps und Wein/Bier wie immer extra.

Im Prospekt hieß es: „Sie werden dort bei einem Kochkurs in die Geheimnisse der georgischen Küche eingeführt." Im Nachbargarten erwartet uns eine Frau mit einer Schüssel Hackfleisch und der Teigmasse für Chinkali. Sie walkt ein rundes Plättchen aus, gibt einen großen Teelöffel Hackfleisch darauf und formt einen Beutel, indem sie immer wieder ein Stückchen Teig nach oben nimmt – am Ende sieht es aus wie eine große Knoblauchknolle. Die Enden werden etwas zusammen gedreht – fertig. Es gibt auch Variationen davon: zwei Teigplättchen übereinander, erst wird das obere fertig gestellt wie vorher, dann umdrehen und dasselbe mit dem unterem Plättchen machen. Das ergibt einen Zwilling. Nächste und fürs Auge schönste Variante: ein Fisch. Dazu wird das Plättchen in die Länge gezogen und der obere Teil darüber geflochten – erstaunlich! Zwei Frauen aus der Gruppe wollen es nachmachen. Es gelingt ihnen recht gut.

Wir spazieren gemächlich zum Bus zurück – die Berge ringsum sind eine Wucht. Hinter jeder Kurve sieht es anders aus, am liebsten würde ich die Landschaft in die Tasche packen und mitnehmen. Auch der vorher erwähnte Kasbek zeigt sich kurz mit seinem schneebedeckten Haupt – was haben wir für ein Glück mit dem Wetter! Bei unserer Rückfahrt auf derselben Strecke taucht die untergehende Sonne die Bergspitzen in goldenes Licht. Ich habe schon gedacht, die Landschaft in Armenien wäre toll, aber diese Fahrt in den Kaukasus war zum Weinen schön. Man wurde still vor der Erhabenheit und der Großartigkeit der Natur. Und es ging nicht nur mir so, Anke und Rosi hinter mir sagten das gleiche. Bei der Rückfahrt am Nachmittag war es viel sonniger und klarer als am Vormittag. Wenn je

Armenien - Georgien

ein Regierungschef ein anderes Land überfallen will, sollte er hierher gebracht werden und mit dieser Erhabenheit konfrontiert werden, wo der Mensch ein Staubkorn ist – ob er sich nicht eines besseren besinnen würde? Wen dieser Anblick kalt lässt, ist kein Mensch mit Emotionen. Ich jedenfalls werde diese Schönheit mein Leben lang nicht vergessen.

Zurück im Tal müssen wir an einem Café im Nirgendwo eine Dreiviertelstunde pausieren – vermutlich wegen des Fahrers. Schlagartig ist es stockdunkel. Das gibt mir die Chance, mich von der Meute abzusetzen und meinen Toilettengang in der Natur zu machen. Ich bin nicht weit weg vom Café, aber weiter hinten steht ein Haus und plötzlich höre ich einen Hund kläffen, der näher kommt. Da pressiert's mir dann schon – nicht, dass der mich als Eindringling ansieht und in Stücke reißt!

Gleich bei unserem Hotel ist ein REWE-Geschäft, dort kaufe ich Nüsse und Salzstangen, Michael will einen Sekt mitnehmen. Er hat mich schon unterwegs gefragt, ob er Blut auf seinem Hemd hat, denn er spürt einen Pickel auf dem Rücken, der ihn nachts kaum schlafen lässt. Ob ich mir das mal ansehen könnte? Da ich ja schon im Krankenhaus gearbeitet habe, erwacht die Krankenschwester in mir. Na klar. Was ich zu sehen bekomme, verschlägt mir den Atem: eine kleine gelbe Spitze ist mitten auf seinem Rücken und rundherum ein feuerroter, handtellergroßer Fleck, der sich bei vorsichtigem Betasten als steinhart erweist. Ich fotografiere das Ding und zeige es ihm. Er will, dass ich es mit sauberen Kleenex-Tüchern ausdrücke. Ich bin skeptisch. Doch, doch! Es kommt ganz wenig Eiter heraus. Jetzt muss die Wunde noch verpflastert werden. Ich habe ein paar dabei. Wohl ist mir dabei nicht, deshalb zeige ich das Bild am nächsten Morgen dem Ehepaar aus Hamburg. Sie sind ebenfalls entsetzt, die Frau sucht in ihrem Medikamentenvorrat nach einer Salbe. Die Stelle ist ganz geschwollen, es hat sich kein Eiter mehr gebildet – der Mann übernimmt die Behandlung – mangels Kompressen werden Michael (hoffentlich) saubere Servietten vom Frühstückstisch drüber geklebt. Wir drücken die Daumen, dass es keine Blutvergiftung gibt! Es sind noch drei Tage bis zur Heimreise.

Heute geht es in das Weinanbaugebiet Kachetien. Erster Stopp: Pinkelpause. Ich entdecke zwei neue Schilder: Pfeife für Männer, Schirm für Frauen – ist ein Schirm typisch für Frauen? Als die Männer durch sind, frage ich, ob nicht die anstehenden Frauen die freie Toilette benutzen wollen. Nein? Na, dann geh ich. Inzwischen ist der nächste Bus eingetroffen: es sind Schweizer. Die Männer wollen „ihr" Häuschen stürmen - ich halte dagegen: „Wir stehen hier schon seit ewigen Zeiten." „Ist die giftig", höre ich. Ich: „Jawoll, wir sind Deutsche." „Ist die immer so aggressiv?".

Armenien - Georgien

„Ja, ich bin Löwe und manchmal beiße ich auch." Anke sagt beim Zurückkommen, die Männer hätten gefragt, ob ich die Führerin der Gruppe sei. Das nicht, aber ich lasse mir nichts gefallen. Wir waren zuerst da, und die dumme Männlein/Weiblein-Regelung bei den sanitären Einrichtungen nervt mich schon lange: die Frauen stehen ewig, und die Männer sind ruckzuck durch. Doof und zeitraubend ist außerdem, dass oft die Waschbecken in der Kabine sind; sonst könnte man wenigstens die Zeit sparen.

Das Nonnenkloster Bodbe ist unser erstes Besichtigungsziel. Dort wurde die Hl. Nino beerdigt, die Georgien das Christentum brachte. Eine riesige Gartenanlage ist zum Teil noch im Entstehen begriffen, ein Gemüsegarten sowie Blumenbeete sind schon fertig. Zwei schöne Kirchen stehen auf dem Areal und ein großer, vielfältiger Baumbestand. Nasi klärt uns auf, dass die herrlichen rosa Blüten zu einem chinesischen Fliederbaum gehören.

Am Tor zu diesem Kloster sind drei Bettler: eine „Babuschka", die nicht aussieht, als ob sie am Verhungern wäre, eine junge Frau, die ein blindes Auge hat und ein junger Mann mit Krücken. Ich gebe der Frau eine Münze, die sie sofort bei der Alten abliefert. Hoffentlich bekommt sie was davon ab.

Weiter geht die Fahrt nach Sighnaghi, der georgischen „Stadt der Liebe". Dort können sich Paare mittels ihres Passes sofort trauen lassen – Gretna Green auch im Osten? Beim Zurückgehen zum Bus sehe ich tatsächlich ein junges Paar in Hochzeitsmontur da stehen.

Zuerst geht es bergauf zum feudalen Rathaus – riesig für die kleine Stadt; Michael kommentiert: „Was für eine Verschwendung von Steuergeldern." Stände sind überall: Gewürze in Tüten, die bunten, süßen Walnuss-Schnüre, Magnete, alles mögliche aus Filz – Pantoffeln für Große und Kleine (als Mäuse bestickt), Mützen, Schals und natürlich

Säfte „to go" - wir gehen bis zum Ausblick über die im Tal liegende Altstadt. Dort kann man auch Honig kaufen. In der Nähe sehe ich zum zweiten Mal einen KWAS -Verkäufer; es handelt sich um das Getränk aus Getreide, das ich *anno 72* zum ersten Mal in Moskau probiert habe und das säuerlich schmeckt, es hat eine dunkelbraune Farbe. Ich kaufe einen Becher voll und genieße das kühle Getränk. Ein paar Tischchen mit Sonnenschirmen stehen herum – man hat einen super Blick in die weite Ebene, das lädt zu einem Espresso ein. Auf jedem Tisch liegt eine geöffnete (vermutlich leere) Marlboro-Schachtel. Das wundert mich – rauchen die alle Marlboro? Dann weist mich Michael darauf hin, dass die Schachteln als Aschenbecher dienen und aus Porzellan sind. Ich fotografiere sogar einen, denn das ist täuschend echt nachgemacht.

Bevor wir weiterfahren, stöbere ich noch am letzten Stand und finde tatsächlich einen Flachmann für künftige Reisen, der einen Schraubverschluss hat. Bei den anderen habe ich gemerkt, dass das Gewinde nicht immer richtig schloss. Ich will ja nicht den mitgenommenen Schnaps (gegen Durchfall und Magenbeschwerden) im Koffer rumschwimmen haben. Kostet 5€ und hat auch noch drei kleine Becherchen im Deckel integriert. Einwandfreier Kauf!

Auf einer Bank will ich 50 L (das sind nicht mal 20€) wechseln, da die Standl-Leute Schwierigkeiten haben mit den großen Scheinen - das kann das Fräulein nicht. Auf einer Bank – ja sind wir hier im Urwald?

Ich finde sogar ein Postamt, wo ich meine zwei letzten Karten abgeben kann. Es soll zehn Tage dauern – das stimmt ziemlich genau, wie sich später herausstellt.

Die nächste Strecke ist relativ kurz, wir fahren zur Sommer-Residenz des Dichters Alexander Tschawtschawadse. Ein riesiger Park gehört zu dem Anwesen, der eine Schar von Gärtnern beschäftigt. Wir bekommen eine Führung durch das Haus und erfahren allerhand über einen romantischen Dichter, den keiner von uns kennt. Es heißt, er war ein gebildeter Adliger und brachte westliche Ideale nach Georgien. In der Nähe von Telawi liegt das Weingut, auf dem wir heute unser spätes Mittagessen einnehmen werden. Es ist bereits 16 Uhr! Davor müssen wir aber noch den Ausführungen über die traditionelle Weinherstellung in Tonkrügen folgen.

Als wir endlich an die Tische dürfen, gibt es so viel Essen, dass sich diese biegen: jetzt wird das eigenartige Brot serviert, das lang und schlank wie ein Baguette, aber an beiden Enden in die Höhe gebogen ist, zum ersten Mal wird der Wein umsonst in gläsernen Krügen gereicht. Eins der besten Toilettenschilder für meine Sammlung finde ich hier: eine elegante Dame und ein Herr, aber wieder ganz anders als bisher. Es gibt Salate, gegarten Knoblauch, Auberginengemüse, Paprika, paniertes Maisbrot mit Bohnensoße, Kalbfleisch in Estragonsoße, das vorzüglich mundet, Schweinefleisch und einen Obstteller. Dazu treten vier junge Sänger auf, die meistens *a cappella* singen, manchmal auch von einem kleinen Instrument begleitet werden. Sie haben mächtige Stimmen, die nicht nur den Raum, sondern eine ganze Halle füllen würden.

Vor dem Essen steht Michael neben mir auf, erhebt sein Glas und bringt mit seiner sonoren Bass-Stimme einen Trinkspruch aus – er hatte mir erzählt, dass er Mitglied eines Chores sei. Da fällt den „Sängerknaben" fast das Gebiss aus dem Mund – sie hatten zu acht ja öfter versucht, ein Lied zum Besten zu geben, aber im Vergleich zu diesem tollen Bass war das mickrig. Mich freut's, dass er viele Komplimente bekommt, weil er es verdient hat und auch den Mut hatte, sich allein vor die 45 hinzustellen und das anzustimmen. Als ich ein französisches Trinklied am unteren Ende des Tisches beginne, nämlich „Chevalier de la table ronde", bin ich erstaunt, dass Opa Hoppenstedt und seine Frau einstimmen. Der Wein hat natürlich die Zungen gelöst, die Sonne geht langsam über den Weinfeldern unter, wir können die Berge ringsum sehen, man fühlt sich wie in einem Traum. Hier kaufe ich eine Flasche Weißwein für 13 L, das ist ein vernünftiger Preis.

In stockdunkler Nacht fahren wir weinselig zurück zum Hotel, wo wir um 21 Uhr anlangen.

Ich soll mir nochmal Michaels Abszess auf dem Rücken anschauen. Er ist furchtbar rot, sieht entzündet aus; nach wie vor ist die Umgebung ganz hart, es hat sich kein neuer Eiterherd gebildet. Es wird höchste Zeit, dass er in Behandlung kommt, sonst muss er hier noch ins Krankenhaus. Das ganze Ding muss doch höllisch weh tun!

Gegen 3 Uhr morgens wecken Kerstin und mich wieder Schüsse: es knallt direkt auf dem Platz unter unserem Fenster. Ein kurzes, aber sehr schönes Feuerwerk wird abgebrannt – um 3 Uhr! Selbst um diese Zeit rasen unten auf

Armenien - Georgien

der mehrspurigen Straße Autos vorbei, die sich ein Rennen zu liefern scheinen.

In beiden Ländern sind mir/uns die vielen Hunde aufgefallen, die zwar nicht herumstreunen, aber nie mit einem Besitzer herumlaufen – eigenartigerweise sind alle mit einem gelben Chip im Ohr versehen. Sie liegen auch oft einfach in der Gegend – in Sighnaghi ist eine Teilnehmerin einem direkt auf die Pfote getreten, weil er auf dem Trottoir lag und sie ihn übersehen hat. Er sprang auf, sie erschrak, aber er trottete einfach zu einem anderen Liegeplatz. Katzen waren seltener zu sehen, und wenn, waren sie immer klein und mager. Ich denke nicht, dass es nur junge waren, sondern eher eine andere Rasse.

Ich sitze im Frühstücksraum, als Wolfgang (= Opa H.) hereinkommt. Ich winke ihm gleich zu, denn ich sitze allein an einem Vierer-Tisch. Aber er schaut sich um und sagt zu mir, „Meiner Frau geht's schlecht, sie hat Durchfall und Herzprobleme, wer weiß, ob sie mit heim fliegen kann." Ich bin schockiert und rate ihm, über die Hotel-Rezeption einen Notarzt zu rufen, Er will aber auf Nasi waren. Allerdings ist es erst 8 Uhr, und sie kommt bestimmt nicht vor ¾ 9. Dann geht er wieder.

Als wir an den Bus kommen, frage ich Nasi, die davor steht, als ob nichts wäre, ob sie Bescheid weiß. „Ja, ja, ein Arzt ist bei ihnen."

Heute holen wir das Programm in der Hauptstadt nach, das eigentlich am ersten Tag in Georgien vorgesehen war. In der Stadtmitte geht es zu Fuß weiter. Wir laufen enge Gassen bergauf, schauen uns die Balkone der Häuser an, die Aufschluss geben über die Bewohner: geht ein Balkon aus Holz bis zur Decke, d.h. er ist zwar durchbrochen, lässt aber keine Person dahinter erkennen, wohnen Muslime dort. Ist es einer wie bei uns – also halbhoch, sind es Christen. Die moslemischen Frauen müssen sich ja vor den Blicken fremder Männer verbergen. Hier gibt es also die friedliche Koexistenz verschiedener Religionen. Durch die sehr verschachtelten Häuser steigen wir mittels einer Wendeltreppe hinunter zum Fluss Kura. Die zwei Brückengeländer sind mit „goldenen" Schlössern übersät, die in der Sonne funkeln. Nasi führt uns zu einer Steilwand, wo ein Feigenbaum zwischen den Felsen gewachsen ist, der wie versteinert aussieht. Man hat ihm Wurzel und Krone abgeschnitten, und jetzt ist er vom umliegenden Fels nicht mehr zu unterscheiden. Wir befinden uns in einer Schlucht, links und rechts von uns erheben sich steile, glatte Felsen, auf der rechten Seite sind Häuser gebaut, die in die Schlucht hineinragen und durch schräge Stützen am Fels verankert sind. Das sieht gefährlich aus.

Auf dem Rückweg zum Park, wo die zwei Reiseteilnehmer warten, die nicht so gut zu Fuß sind, kommen wir im Viertel Abanotubani an Schwefel-Heilbädern vorbei, u.a. einem Hammam, das aussieht wie eine Moschee, denn es hat eine Mosaik-Fassade aus blauen Steinchen.

Einer aus der Gruppe macht Nasi darauf aufmerksam, dass eine Toiletten-Pause nötig wäre. Daraufhin führt sie uns in die Altstadt in ein Straßencafé, wo wir auch etwas trinken wollen. In der Damen-Toilette ist ein richtiger Eimer mit Abfluss als Waschbecken installiert. Urig! Auf dem Weg zurück kommen wir an einer großen Synagoge und – welcher Gegensatz - am Rotlicht-Viertel vorbei.

In der Sioni-Kathedrale werden wichtige Reliquien aufbewahrt. Der Innenraum ist schön wie bei allen diesen Kirchen. Darin befindet sich ein Nino (Heilige) - Kreuz, dessen Querbalken ein bisschen nach unten gebogen ist.

Dann geht es noch in die Karawanserei, ein lang gestrecktes Gebäude auf drei Ebenen mit einem großen freien Platz in der Mitte. Das war ein Haltepunkt auf der Ost-

ARMENIEN - GEORGIEN

Die Häuser am Felsen

West-Route der Seidenstraße, auf der schon Marco Polo durch Tiflis reiste. Heute befinden sich Cafés und kunstgewerbliche Läden sowie ein Museum darin.

Nasi geht mit einigen Teilnehmern, darunter ich, zur Hauptstraße, um ihnen ein Taxi zu rufen. Ich möchte mich ein bisschen ausruhen, die Lauferei in der Hitze strengt an. Außerdem sollen wir um 2 Uhr nachts geweckt werden und um ½ 3 zum Flughafen abfahren. Der Koffer muss ziemlich fertig gepackt werden und mein windschiefes

Monstrum wieder mit der Plastikschnur gesichert werden.

Im Aufzug begegne ich Wolfgang und frage gleich nach dem Befinden seiner Frau. Sie hat im Krankenhaus drei Infusionen bekommen, sei jetzt wieder im Hotel und würde nachts mitfliegen. Er hatte weder Frühstück noch Mittagessen und meint, dass er das letzte „Abendmahl" mit uns einnehmen könnte, da seine Frau vermutlich schlafen würde. Er ist inzwischen wieder guter Dinge. Ich biete ihm die übrig geblieben Salzstangen für seine Frau an, denn sie braucht Salze nach der Dehydrierung. Das nimmt er dankend an.

Um 18 Uhr treffen wir uns zur Abfahrt in der Lobby – das letzte Abendessen soll in einem Lokal mit Blick auf die Festung gegenüber und die unten liegende Stadt gereicht werden. Wir müssen ein Stück laufen, denn der Bus kann nicht parken, wo das Restaurant liegt. Von dort können wir die Kabinenbahn zur Festung fahren sehen und auch die „Friedensbrücke", die ein sehr modern geschwungenes Glasdach hat. Während wir dort sitzen und speisen, wird es dunkel, und ein Lichtermeer glänzt zu unseren Füßen. Wie immer beginnt das Mahl mit verschiedenen Salaten, dann kommen gefüllte Auberginen-Röllchen, „Käsepizza", Fleisch in Tomatensoße mit Kräutern (sehr gut), wieder anderes Fleisch und schließlich Hähnchen in Knoblauchsoße (ich verzichte auf letzteres, denn ich bin satt). Dazu ein kaltes, süffiges Bier. Abgerundet wird das Essen durch ein Stück Kuchen, das aussieht wie ein Frankfurter Kranz und Kaffee/Tee. Ich entferne einen Großteil der Creme – es schmeckt auch sehr gut. Wegen des frühen Aufbruchs in der kommenden Nacht werden wir gleich nach dem Abendessen ins Hotel zurückgebracht.

Kerstin und ich haben den Wecker auf 1 Uhr gestellt. Ich bereite uns eine Tasse Kaffee zu mit unserem Wasserkocher. Mit meinem Koffer und der Schnur gehe ich zu Michael, der sich bereit erklärt hat, mir beim Festzurren behilflich zu sein. Einer muss ihn halten, der andere ein paar Knoten in die Schnur machen.

In der Lobby sind Lunchpakete für uns hergerichtet: zwei Scheiben Toast, eine Scheibe Wurst, eine Käse-Ecke, ein Apfel, je ein Marmelade - und ein Nutella-Döschen, dazu ein Plastikbesteck und eine Flasche Wasser.

Auch die kranke Frau erscheint im Bus und wird von allen begeistert empfangen – in zehn Tagen bildet sich doch so etwas wie eine Gemeinschaft, und man leidet mit den anderen mit.

Vor ½ 3 sitzen alle bereit zur Abfahrt im Bus – gegen Unterschrift haben wir die Audio-Guides abgegeben. Trotzdem behauptet Nasi, ein paar wären nicht da. Es stellt sich heraus, dass am Ende nur ein Zimmer übrig bleibt, von dessen Bewohnern sie die *guides* nicht bekommen hat. Sie nennt die Zimmernummer. Ein Ehepaar vor uns sagt, „Ja, das ist unsere, aber wir hatten ja keine." Aber das sagen sie nur so leise, dass wir es hören, anstatt die Führerin zu informieren. Inzwischen ist es fast 3 Uhr geworden. Eine Teilnehmerin kommt hinter, und es gibt fast einen Eklat, weil sie blafft, „Na, dann melden Sie sich doch, der ganze Bus wartet." Der Mann reagiert pikiert: „Ist das ein Grund, dass Sie uns jetzt beschimpfen?" Seine Frau stimmt ein: „Das kann ja wohl nicht wahr sein." Schließlich erscheint Nasi und erfährt von den beiden, dass sie kein Gerät wollten und auch keines bekommen hätten. Na, so ganz scheint die Organisation noch nicht zu klappen, das muss die Olga noch üben. Aber es ist auch reichlich unverschämt von den Leuten, sich nicht sofort ordentlich zu melden und die Sache zu klären. Schon Nelli hatte uns wegen der *guides* gesagt, dass wir aufpassen sollten und sie alle wieder abgeben müssten, da ein solches Gerät 50€ koste, und es wohl den Führern vom Lohn abgezogen wird, wenn es verloren wird oder kaputt geht.

Im Flughafen von Tiflis mache ich einen letzten Toilettenbesuch. Beim Herausgehen will ich meine Handtasche, die eigentlich ein Rucksack ist, über die Schulter werfen, da reißt ein Riemen. Habe ich eigentlich noch was, das ganz ist? Ja, den schwarzen Rucksack mit Medikamenten und Proviant. Ich will das Lunchpaket verkleinern und die Sachen dort hinein packen, um die Styroporhülle wegwerfen zu können, da steche ich mich mit der abgebrochenen Plastikgabel, von der ich nicht wusste, dass sie drin ist, in den Finger.

In Kiew sollten die Münchner eigentlich die ersten sein, die weiter fliegen – es gibt ja auch Leute mit Ziel Hamburg, Frankfurt, Berlin. Ich bemerke, dass das *Gate* geändert worden ist, es ist andersfarbig markiert. Als wir in die Nähe kommen, treffen wir das Wolfgang-Ehepaar und hören, die Abflugzeit habe sich um drei Stunden verschoben. Ich glaub es nicht! Tatsächlich, so steht es da. In diesem Durcheinander trifft man meistens **die** Leute nicht mehr, von denen man sich verabschieden wollte. Daher suche ich die Hamburger in der Lounge, wo ich sie vermute – Michael ist der Weg zu weit, er bleibt sitzen. Tatsächlich trinken sie dort ein Käffchen mit dem Ehepaar aus Herzogenaurach. Die waren auch sehr nett. Allgemeines Gedrücke, dann Warten auf unseren Flug. Ich höre eine Ansage, die bekannt gibt, dass die Passagiere des Fluges nach München am *Gate* eine Flasche Wasser und eine belegte Semmel bekommen. Ich will sie für Michael mitnehmen, der sich auf einer Bank ausgestreckt hat in dem verzweifelten Versuch, etwas zu schlafen, aber ohne seine Bordkarte gibt man sie mir nicht.

Vorher waren wir noch am gleichen Café vorbei gekommen wie auf dem Hinflug, wir kaufen wieder ein Fläschchen Wasser. Ich erinnere den dicken Kellner an die zwei Bonbons, er lacht und gibt mir wieder zwei, die gleich in Michaels Hosentasche wandern.

Wenigstens bleibt es bei der dreistündigen Verspätung und wird nicht noch mehr. Im Flughafen gibt es WiFi, und ich will Franz verständigen, daher lasse ich mir das *smartphone* an der Info-Stelle einrichten. Aber da er nur ein normales Handy hat und somit keine *WhatsApp* empfangen kann, die Mail-Funktion aber nicht geht, schicke ich Edith eine Nachricht, damit sie ihm Bescheid sagt. Sie funkt zurück: „Konnte ihn nicht erreichen. Versuche es später wieder." Na, das wird schon klappen, sobald ich in München gelandet bin, kann ich ihn anrufen.

Mit der Zeitumstellung haben wir einige Probleme: statt die Uhr zurückzustellen, drehen wir sie vorwärts. So zeigt sie 17 Uhr. Auf dem Band laufen Koffer herum, aber es dauert, bis meiner – unverkennbar mit seiner schicken Schnur – auftaucht.

Wolfgang und Frau müssen wahrscheinlich ein Hotelzimmer nehmen, ihr gebuchter Zug ist längst weg. Das tut mir vor allem leid für die Frau - während der Flüge habe ich sie öfter auf die Toilette gehen sehen. Es geht ihr sicher noch nicht gut.

Ich muss jetzt noch das DB-Ticket lösen, Bus nach Freising nehmen, dann Zug nach Plattling.

Jedes Mal dauert es, bis ich die Automaten der DB gefunden habe. Letzte Verabschiedung zwischen mir und Michael, der seinen reservierten Zug und vorbestellten Platz durch die Flugverspätung knicken kann. Er nimmt die S-Bahn zum Hauptbahnhof.

In Freising habe ich Hunger und kaufe mir eine schöne Leberkäs-Semmel und ein Wasser dazu. Dann wundere ich mich über die Uhrzeit, die nicht mit meiner Armbanduhr übereinstimmt. Nach längerem Überlegen – körperlich und geistig war ich um diese Zeit nicht mehr ganz fit – merke ich, dass die anderen Uhren recht haben und stelle meine zurück. Ha, es ist erst 15 Uhr. Da komm ich ja locker noch heim nach Regen, wenn Franz mich am Bahnhof abholt.

Nicht vergessen sollte man auch, dass in Armenien sieben UNESCO-Welterbestätten allein auf unserer Route zu bestaunen waren
1. die Bibliothek Matenadaran mit alt-armenischen Handschriften,
2. die monumentale Rundkirche von Swartnoz,
3. Etschmiadsin (der armenische Vatikan),
4. Duduk (als armenisches National-Instrument),
5. das Kloster Geghard,
6. das Fladenbrot Lawasch und
7. das Kloster Haghpat (welches aber bei unserer Reise durch das Kloster Hagharzin ersetzt werden musste)

In Georgien waren es „nur" zwei:
die traditionelle Weinherstellung in Tonkrügen
und die Swetizchoweli-Kathedrale in der früheren Hauptstadt Mzcheta.

NORMANDIE

Fahrt in die Normandie nach Portbail zu Pierre vom 16.-25.8. 2022

Am Nachmittag fahre ich mit meinem Auto nach Regen zum Bahnhof, wo ich es normalerweise stehen lasse, um den Zug nach München zu nehmen. Die ältere Tochter erwartet mich im Hauptbahnhof; wir nehmen die U-Bahn zu ihr und essen zu Abend – von ihrer Wohnung aus können wir noch einen tollen Sonnenuntergang beobachten.

Der Wecker klingelt um 4:20, meine Tochter begleitet mich zum Bahnhof, um 6:46 soll der TGV (*train à grande vitesse*) starten nach Paris Est; er fährt ein paar Minuten später los. Neben mir sitzt ein „Terrorist" am Fenster - ein junger Mann arabischen Aussehens - der sich seine Jacke über den Kopf stülpt und schlafen will. Wir sitzen in der letzten Bank vor der Tür; jedes Mal, wenn einer raus oder rein kommt in den Waggon, piepst die Tür beim Auf- und Zugleiten, das nervt auf die Dauer. Auch ihn bringt das durchdringende Geräusch zu einer Äußerung auf Französisch. Daher antworte ich in dieser Sprache darauf, und ein Gespräch beginnt. Er war ein paar Tage in München und zeigt mir auf dem Handy, wie viel er zu Fuß gegangen ist. Ich spreche von meiner Reise, und so kommen wir vom Hundertsten ins Tausendste. Er fragt nach meinem Beruf. Ich: „Lehrerin". Er: „Hab ich mir gedacht, entweder Lehrerin oder Ärztin." Er weiß also, dass ich von Paris Est die Metro nach Paris St. Lazare, dem Bahnhof für Linien in den Westen Frankreichs, nehmen muss. Und wie es der Zufall will, muss er ebenfalls bis St. Lazare, um dann mit einer anderen U-Bahn sein Ziel zu erreichen. Als ich die Durchsage hörte, dass im Speisewagen Metro-Tickets verkauft werden, bin ich hingegangen und hab mir zwei geholt, Preis pro Stück 2,60€. Die Frankreich-erprobte Tochter hatte noch gesagt: „Zahl nicht mehr als 1,90", aber so brauche ich nicht am Automaten anstehen, Zeit vergeuden und das passende Kleingeld parat haben. Als wir im Bahnhof nach sechs Stunden Fahrt einlaufen, ist der junge Mann sehr besorgt um mich, nimmt meinen Koffer, sucht die Linien heraus und begleitet mich. Das ist schon allein deswegen gut, weil diese Metro-Stationen keinen Aufzug haben, sondern nur Treppen; man muss also das Gepäck hinauf - und hinunterschleppen. Er warnt mich sogar noch vor Taschendieben, mein netter „Terrorist". Während ich mein Ticket schon habe, muss er sich erst anstellen und eins kaufen. Überall bilden sich Schlangen. Als wir durch die Sperre gehen wollen, geht er vor mir durch. Ich stecke mein Billett in den Schlitz, es kommt oben raus, die Sperre bleibt aber zu. Ich probier es noch mal. Gleiches Spiel. Da greift mein Beschützer ein. Er lotst mich zusammen mit einem älteren, asiatisch aussehenden Mann zusammen durch die Sperre, was wegen meines Koffers nicht ganz einfach ist, und bedankt sich bei ihm. An der Station St. Lazare angekommen, erklärt er mir genau, wo ich hingehen muss, um zu den Bahngleisen zu kommen. Er heißt Reyenne und stammt aus Djerba/Tunesien. Das mit den Gleisen hat keine Eile, denn ich habe absichtlich den Zug nicht genommen, bei dem es hätte knapp werden können, damit ich mir was zu essen kaufen kann und um nicht gehetzt zu sein.

Ich verlasse mit meinem Gepäck den Bahnhof und suche mir gegenüber in einer Snack – Bar eine „formule" aus: ein Getränk, was Herzhaftes (belegtes Baguette) und ein Dessert, eine Torsade, d.h. ein mit Schokolade bestrichenes, gedrehtes Gebäck. Dazu kann ich mich an einen Tisch im Freien setzen. An einem anderen sitzt ein chinesisch aus-

Normandie

sehender Mann, der schon, als ich an ihm vorbei ging, die Hand aufhielt. Als ich mein Tablett auf den Tisch stelle, tut er es noch einmal. Er konsumiert nichts, ich schüttle den Kopf, da hör ich ihn was murmeln, was nach „salope" klingt. Das ist ein Schimpfwort, aber ich beachtete ihn nicht. Später steht er auf, macht seinen Hosenschlitz auf und steht mit offenem Türchen da. Ich belle ihn auf Französisch an, dass er schleunigst verschwinden soll, sonst würde ich die Polizei rufen. Endlich trollt er sich. Im Gegensatz dazu geht eine Oma (ebenfalls Chinesin – wo kommen die alle her?) mit ihrem Enkel auf und ab, der noch nicht richtig laufen kann, aber sich des Lebens freut und permanent auf den Boden fällt. Direkt neben dem Trottoir fahren die Autos, aber das stört beide nicht.

Viel zu früh gehe ich in den Bahnhof zurück, aber mit Koffer, Rucksack und Brustbeutel (statt Handtasche) hat man nicht so viele Möglichkeiten. Ich hänge in den verschiedenen Läden ein bisschen ab (z.B. Bücher), kaufe aber nichts, erst will ich mal Ballast loswerden. Mein Direktzug nach Cherbourg, den ich in Valognes verlassen soll, geht erst nach 16 Uhr und braucht drei Stunden; kurz vor 19 Uhr soll ich ankommen, wo Pierre, mein ehemaliger Uni-Dozent und langjähriger Brieffreund mich abholt (? hoffentlich !).

Wie dumm, dass ich seit der Grenzüberquerung, sprich seit Straßburg, keine WhatsApps empfangen oder senden kann. Um mich in das SNCF WLAN einzuwählen, hätte ich aufstehen und an den Zugwänden über den Passagieren lesen müssen, was ich eintippen muss. Der Zug ist aber ebenso gerammelt voll wie der erste. Das ist mir zu doof. Ich hätte zwar Pierre gern informiert, dass alles nach Plan zu laufen scheint, aber ich vertraue darauf, dass er nach meinen Meldungen im vorherigen Zug einfach kommt. Früher gab's schließlich auch kein Handy.

Als der TGV endlich angekündigt wird, marschiere ich schnell zum Gleis, denn da ist neuerdings eine Sperre, auf die man den Reise-Code vom Handy oder – bei mir – von einem Ticket legen muss. Alles elektronisch. Ich tue das, aber die Sperre geht nicht auf, nach drei vergeblichen Versuchen drehe ich mich um und sage zu einem der jungen Männer hinter mir: „Warum geht es nicht?" Der rät mir, es nicht so auf die Sichtscheibe zu drücken - und ES GEHT. Dank da schee (bayerischer Slang)!

Ich suche die Waggon-Nummer und den reservierten Platz - wegen der besseren Sicht habe ich in beiden Zügen den oberen Stock gewählt, was aber bedeutet, dass ich den Koffer die Treppe hinauf schleppen muss. Man kann nicht alles haben. Neben mir ein älterer Muffel, der den Mund nicht aufkriegt.

Über Caen und Bayeux komme ich wie vorausgesagt um 18:58 in Valognes an und sehe Pierre schon auf dem Bahnsteig stehen. Passt haarscharf. Ich steige aus, und plötzlich ist er verschwunden. Hab ich Hallunzinationen? Ich suche und erst nach einer Weile sehe ich ihn wieder. Er hat mich noch nicht entdeckt, und so gehe ich auf ihn zu. Er war beunruhigt, weil ich auf keine WhatsApp geantwortet hatte.

Bei Sonnenschein fahren wir die ca. 30 km nach Portbail zu seinem Haus. Als erstes muss er ein Gartentor aufmachen (und nach dem Durchfahren wieder zu) – was ich ab morgen übernehme - dann geht es ein paar hundert Meter bis zur Haustür. Das Haus ist groß, an einer Seite mit einem Turm und Spitzdach versehen, was ihm das Aussehen eines Schlösschens verleiht. Dem „Garten", durch den wir gefahren sind, wird eher der Begriff „Park" gerecht, es stehen viele exotisch anmutende Bäume drin: Eukalyptus, Pinien und manche, die ich gar nicht namentlich kenne. Auch Obstbäume gibt es zuhauf – Äpfel, Birnen, Mirabellen. Auf dem Rasen liegt noch der aufblasbare Swimming-

NORMANDIE

pool, in dem die Enkel getollt haben, Kinder-Gartenstühle und -tische stehen herum. Die Gartenmöbel für Erwachsene stehen auf der Stein-Terrasse. Wow, darauf war ich nicht vorbereitet – von diesen Ausmaßen hatte ich keine Ahnung. Ich sehe gleich, dass das Haus videoüberwacht ist; es liegt auch relativ einsam, und Pierre sperrt mehrere Schlösser an der Haustür auf. Er warnt mich noch vor dem Hund, der schon ungeduldig auf seine Rückkehr wartet und sich deshalb vor Freude fast überschlägt. So steht mir plötzlich in voller Größe ein aufgerichteter schwarzer Rottweiler-Labrador-Mischling gegenüber, legt mir seine Vorderpfoten in die Hände – bellt üüüüberhaupt nicht – und sieht mir ins Auge. Offenbar gefällt ihm, was er sieht, denn er will gleich „Nase rubbeln". Aber bei aller Liebe: abschlecken lass ich mich nicht im Gesicht. Mein Freund weist ihn auch sofort zurecht.

Wir bringen mein Gepäck in den ersten Stock, wo ich ein Doppelbett für mich habe. Das Zimmer hat ein schräges Dachfenster mit Blick auf die umliegenden Felder und den Turm, der die Wendeltreppe beherbergt und lässt sich sogar verdunkeln. Bad mit Wanne – welche WONNE, Toilette, alles darf ich allein benutzen, denn er hat alles für sich im Erdgeschoss. In diesem Stockwerk sind noch zwei weitere Doppelschlafzimmer, ein großes Zimmer mit Matratzen für die bislang vier Enkel und ein riesiges Spielzimmer mit großem Glasfenster, durch das den ganzen Nachmittag die Sonne scheint. In einem der Schlafzimmer nächtigt die Katze, die das dazu gehörende Ehepaar beim Vater/Schwiegervater für die Zeit seines Urlaubs gelassen hat – mehrere Wochen. Wobei gesagt werden muss, dass die Katze den Hund fürchtet, und er weggesperrt werden muss, wenn sie nach ihrem Umherstreichen tagsüber am Abend von der Haustür zu ihrem Lager geht. Normalerweise ist der obere Stock für ihn, Pipo, tabu.

Zum Abendessen hat mein Bekannter einen Reis-Salat und kalte Schnecken vorbereitet. Ich esse zwei davon, aber kalt ist das nichts für mich, daher halte ich mich an den Salat. Es gibt Wasser und Cidre, Käse zum Abschluss, und dann will ich nur noch ins Bett. Wir klären die Frühstücksfrage, d.h. er isst sehr früh und geht dann ca. eine Stunde lang mit Pipo in den Dünen oder im Wald spazieren, ich soll ausschlafen und mir mein Frühstück selber machen; er zeigt mir, wo ich alles finde. Dann *bonne nuit*!
Ich schlafe wunderbar in dieser Nacht.

Als ich gegen 8 Uhr wach werde und nach dem Bad zum Frühstück nach unten gehe, liegen schon frische Schoko-Croissants und Baguette für mich bereit, die er im Ort nach dem Hunde-Spaziergang eingekauft hat. Wunderbar! Ich war ja nun schon einige Jahre nicht mehr in Frankreich, da genieße ich das ganz besonders.
Da Pierre – wie ich richtig vermutet habe – auch Deutsch sprechen will (er war Dozent für deutsch-französische Übersetzung an der Uni Regensburg und hat Germanistik an der Uni Dijon unterrichtet), schließen wir den Kompromiss, jeden Tag abzuwechseln. Er lässt es sich nicht nehmen, jeden Tag zwei Mahlzeiten zu kredenzen. Meistens kocht er so viel, dass wir zwei- oder dreimal davon essen können. Ich darf mich an den niederen Arbeiten beteiligen: Kartoffeln schälen, Äpfel für eine *Tarte* putzen und dergleichen.
Für den ersten, sonnigen Urlaubstag hat er vorgesehen, dass wir nach dem Mittagessen durch Barneville nach Carteret fahren, einem eher mondänen Seebad, wo sich ein Yachthafen befindet. Das Essen besteht aus Miesmuscheln in Weißwein-Zwiebel-Soße, Baguette, Käse und Kuchen. Danach noch ein Tässchen Kaffee und auf geht's.
Carteret sieht schmuck aus, der Bahnhof ist in einem

NORMANDIE

warmen Gelb angestrichen, viele Blumenkübel machen die Promenade bunt. Gleich neben dem Parkplatz entdecke ich einen Büchertausch-Kasten. Da er so ein eifriger Leser ist wie ich, und ich in Deutschland kaum Möglichkeiten habe, an französische Bücher zu kommen (ich kann aus Platzmangel keine mehr kaufen), stöbern wir gleich drauf los. Ich nehme zwei mit, eines davon ist eine Grammatik, DIE Verb-Grammatik schlechthin; auch er bedient sich, obwohl ich im Haus ganze Bücherwände gesehen habe. Aber sie kostenlos zu lesen und wieder zu tauschen, ist einfach toll. Im Ort kaufen wir einige auf alt gemachte Postkarten, die wir später fast um die Hälfte billiger in einem anderen Ort sehen. Das war der Touristen-Zuschlag!

Wir gehen zum Strand, dort tummeln sich einige Leute im seichten Wasser bzw. schwimmen hinaus. Oberhalb befindet sich eine ganze Reihe kleiner Häuschen, die man zum Umziehen der Badekleidung mieten kann. Er sagt: „Wir gehen zum Leuchtturm." Durch Hecken führt der Pfad am winzigen Zöllnerhaus vorbei und hinauf zum Leuchtturm: die Aussicht ist grandios. Wir besteigen den Turm, da bläst ein kräftiger Wind. Dort kaufe ich im Laden den 6. oder 7. Kühlschrank-Magnet aus Frankreich. Jede Region ist halt anders.

Wir nehmen nicht den gleichen Weg zurück, sondern steigen über die Ruine der Kapelle hinab und wieder hinauf zum Ort Carteret, der am Berg liegt. An einer Felsenformation in der kleinen Stadt machen wir ein paar Fotos: am Roche Biard. Man kann über die Dächer des vornehmen Viertels bis zum Meer hinunter schauen. Es sind eher Villen, die hier stehen, meistens mitten in einem großen Grundstück.

Wir fahren zurück, und Pipo will mit mir spielen, er packt einen Ball und hält ihn mir hin, ich muss daran ziehen und so meine Kräfte mit ihm messen. Wenn es mir nicht gelingt, den Ball aus seinem Maul zu schlagen, ist er eindeutig der Stärkere.

Nach einem kalten Abendessen nehme ich ein Bad, um den Staub und feinen Sand von den Füßen zu spülen. Die Katze Jujube miaut mich manchmal an und streicht um meine Füße, ich darf ihr auch aus einem großen Sack eine Tüte mit Nassnahrung geben, die sie begeistert verschlingt. Einmal hat sich in ihrer und unserer Abwesenheit der Hund hinauf geschlichen und sowohl das Nass - als auch das Trockenfutter aufgefressen. Pierre erkannte das an der Art, wie der Napf ausgeschleckt war. Da wurde Pipo ordentlich zusammengeschimpft. Außerdem bestand der Boss darauf, dass der Hund sein abendliches Fressen erst nach uns bekam; sein Argument: „Der Hund muss wissen, dass ich (wir) der Herr bin." Ohne zu betteln oder zu bellen nahm Pipo das hin.

In dieser Nacht mache ich wieder mal Bekanntschaft mit dem Bettvorleger; obwohl zwei Betten nebeneinander stehen, wutzle ich mich im Schlaf so herum, dass ich auf dem Boden lande. Ich tue mir nicht weh, denn die Betten sind nicht hoch.

Pierre wird 68, ein Jahr jünger als ich, obwohl er mein Lehrer an der Uni Regensburg war – das liegt am französischen Ausbildungssystem, wo mit 17 Jahren Abitur gemacht wird. Ich höre ihn gegen 8 Uhr unten rumoren, gehe hinunter, die Haustür steht offen, aber ich sehe weder Hund noch Herrchen. Zum Frühstück liegt alles für mich auf dem Tisch, ich muss mir nur noch den Kaffee machen. Als um 9 Uhr noch keiner erschienen ist, frage ich mich schon, was los ist. Hat er die Flucht vor mir ergriffen? Plötzlich kommen beide, und ich kann mein Geburtstagsgeschenk überreichen. Wir fahren in den Ort Portbail, wo ich die kleine Kirche St. Martin besichtige, während er Ein-

NORMANDIE

käufe macht. Gemeinsam gehen wir zum Strand, wo ein paar Fischer angeln. Danach besichtigen wir die größere Kirche „Notre Dame", die aber nicht mehr als solche fungiert. Sie wird als Ausstellungsraum genutzt. Innen sieht man, dass sie komplett restauriert werden müsste, Schimmel und Salpeter setzen ihr zu – die Feuchtigkeit des nahen Meeres. Gratis kann man Plastiken und Gemälde besichtigen. Ein Schimpansen-Kopf als Plastik ist in verschieden Farben zu sehen: in kräftigem Blau, in Rot und in bunt, Eisbären stehen herum; ein Drahtgeflecht, welches die Welt darstellt und auf einem Kreuz ruht, unter dem ein gebeugter Mensch geht. Gefällt mir alles sehr gut. In den Gemälden sind viele nordafrikanische Elemente: Frauen mit und ohne Schleier, alle wunderschön, ob als Porträt oder Ganzkörper sowie Szenen des dörflichen Lebens.

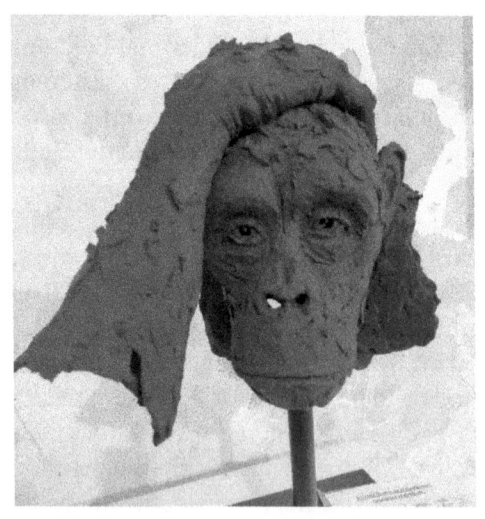

Zuhause ruhe ich mich ein bisschen aus, aber für den Chef des Hauses geht die Schufterei weiter: er kocht ein korsisches Huhn mit Oliven und Speck im Schnellkochtopf. Sehr gut.

Am Nachmittag fahren wir nach Pirou, wo ein *Château fort* aus dem 12. Jahrhundert – renoviert – auf uns wartet. Im Burggraben aalt sich eine grüne Schicht über dem Wasser, riesige Bäume stehen im Park; auf dem Gelände gibt es eine Bäckerei, eine Mostpresse, einen Raum mit langer Tafel – an den vier Wänden ist eine Stickerei gespannt, die die Geschichte der Normannen in der Normandie erzählt. In der Kapelle hängen mehrere Schiffe von der Decke – hier wurde wohl um eine gute Heimkehr von der See gebetet. Wir gehen über die Zugbrücke in die Burg; es geht enge Gänge durch viele Räume bis zum Dach hinauf, wo ein schmaler Weg außen herum führt – im Burghof steht ein gewaltiger Kastanienbaum, der aber etwas andere Früchte hat. Wir schauen beim Verlassen des Geländes in den Shop hinein - Karten gehen immer - ich nehme noch zwei hübsche kalligraphierte Lesezeichen für die Mädels mit. Ich frage nach dem besonderen Baum im Burghof und erfahre: „Ja, es ist ein Kastanienbaum, aber wenn die Früchte/Maronen essbar sind, schaut er ein bisschen anders aus." Wir quatschen ein Weilchen mit den beiden Damen an der Kasse – da Pierre fünf Kinder hat, hat er einen Ausweis für „kinderreiche Familie", der ihm meistens keine Ermäßigung einbringt (weil die Kinder nicht dabei sind?). Jedenfalls tröstet ihn eine Kassiererin, indem sie ihm ein Lesezeichen mit Angaben zur Burg schenkt.

Wir fahren zurück, und mein Freund will im Supermarkt einkaufen; ich bleibe sitzen. Ich möchte inzwischen die gemachten Bilder auf dem Handy begutachten. Ich suche in meinem Beutel, finde es nicht, dann im Rucksack, in beiden Fächern nichts. Langsam werde ich nervös, denn die beiden Sachen, die essentiell wichtig sind, sind mein Sensor für die Diabetes-Werte und das Handy. Der Sensor kommt zum Vorschein. Ich gieße den Inhalt meines Beutels auf die Rückbank, grabe in jeder Falte bis zur Naht – es

NORMANDIE

ist nicht da! Dann der Rucksack – gleiches Prozedere: der Inhalt jeder Abteilung wird einzeln herausgeholt – es bleibt verschwunden. Allmählich wird mir klar, dass ich es nur an der Kasse des Burg-Ladens liegen gelassen haben kann, als ich meine Karten bezahlt habe. Als Pierre zurückkommt, gestehe ich ihm, dass das Handy weg ist. Auch er meint, es könnte nur dort geblieben sein. Erschwerend kommt hinzu, dass es kurz vor 18 Uhr ist, wo sie todsicher schließen. Aber da ich auch ein Lesezeichen mit Angaben zur Burg bekommen habe, haben wir die Telefonnummer. Er ruft sofort mit seinem Apparat an. Wenn nun einer das Handy gesehen und mitgenommen hat, ohne dass die Damen es bemerkt haben! Bevor ich einen Herzschlag bekomme, höre ich, wie er sagt „in einer halben Stunde können wir da sein". Sie haben es gefunden und sicher gestellt, wussten auch sofort, dass es zu uns gehörte. Sie erklären sich bereit, auf uns zu warten. Wir müssen fast die ganzen 40 km zurückfahren, und es ist halb sieben, als wir ankommen. Das Holztor ist zu und auch verschlossen. Vielleicht sind sie in der Zwischenzeit doch heimgegangen? Ich linse durch die Bretter, aber es ist niemand zu sehen. Pierre ruft nochmal die Nummer mit dem Handy an. Da sehe ich eine der jungen Frauen schon kommen – ich habe bereits einen 20€ - Schein hergerichtet als Belohnung, den sie zuerst überhaupt nicht nehmen will. Pierre redet ihr auch zu, und so verspricht sie, auf unser Wohl zu trinken. Halleluja hoch 3! Ich will mir gar nicht vorstellen, was gewesen wäre, wenn ... Ein weiterer Grund, warum wir noch ca. fünf Minuten aufgehalten worden waren, war ein Anruf des Sohnes, der dem Vater mitteilen wollte, dass der vor kurzem geborene Enkel nun doch ganz gesund sei und nach Hause dürfe. Zwei tolle Nachrichten am selben Tag – und dazu Geburtstag!

Zuhause angekommen spiele ich ein bisschen Ball mit Pipo, während Pierre den Aperitif herrichtet: es gibt

Champagner (das Geburtstagskind stammt aus Reims, der Champagner-Gegend), dazu Brote mit Thunfisch-Aufstrich, Käsewürfel aus Hartkäse, *apéro-cubes* aus Weichkäse, kleine Wiener, Salamischeiben, Als Dessert frische Erdbeeren. Was für ein Tag!

Pierre hat vorgeschlagen, um 9 Uhr morgens loszufahren, um die Distanz nach Cherbourg bis 10 Uhr zurückgelegt zu haben, denn er will mir die *Cité de la mer* zeigen, wo eine Ausstellung zur ‚Titantic', eine Unterwasserwelt und ein großes begehbares U-Boot zu sehen sind. Das Wetter passt, es ist neblig und trübe, ja es regnet leicht. Das heißt aber, auch andere Touristen werden ins Museum gehen wollen. Je eher wir dort sind, desto besser. Und wirklich – vor uns ist nur eine kleine Schlange, während beim Hinausgehen die Leute bis zur Tür anstehen. Außerdem möchte ich am Bahnhof dieser größeren Stadt mein Rückfahrticket kaufen.

Mit einem Kopfhörer (wegen der technischen Erklärungen wähle ich Deutsch) betreten wir das Atom-U-Boot „*le redoutable*" (das Fürchterliche). Es liegt auf dem Trockenen, hat eine gigantische Länge und sieht aus wie ein Killerwal. Sehr beeindruckend! Es gibt mehrere Stockwerke, z. B. sieht man durch Glasplatten, dass im unteren, nicht zugänglichen Teil, ein OP-Saal ist, denn das Boot ist so ausgelegt, dass es mehrere Wochen abtauchen kann. Da möchte ich keiner von der Besatzung sein! Die Kojen sind winzig, sehr spartanisch eingerichtet (auch die des Kapitäns), eine Sportstätte gehört dazu, eine Offiziersmesse, die etwas gemütlicher aussieht, dann die Abteilung der Atomsprengköpfe. Insgesamt sind so viele verschiedene Kabel und Leitungen verlegt – für mich als technisch Unfähigen ist es unvorstellbar, wie irgendjemand sich so etwas ausdenken und in die Realität umsetzen kann - und es

Normandie

auch noch funktioniert! Zufällig hatte ich vor meiner Abreise ein Buch über einen nuklearen U-Boot-Angriff von Irakis auf Amerikaner gelesen, der das Hauptschiff inmitten eines Konvois gewissermaßen „verdampfte" – plötzlich konnte ich mir die Fiktion lebhaft vorstellen.

Dann ging es weiter zur Titanic, die in Southampton losfuhr, in Cherbourg vor Anker ging, um den Atlantik nach New York zu überqueren, bis ein Eisberg sie stoppte. Eine der Luxus-Kabinen war nachgebildet worden; sah sehr bequem aus (für die damalige Zeit sowieso) mit Betten, Schreibtisch und Récamiere – da konnte man es schon aushalten. Auch das Gewölbe vor dem Speisesaal war in Jugendstil-Manier nachgebaut, und einige Gemälde von Mucha, DEM Jugendstil-Maler, waren zu sehen. Auf einer Leinwand lief ein Endlos-Film über die Stunden und Ereignisse vor dem Untergang – ich bekam Gänsehaut. Pierre hatte mir erklärt, dass die in Cherbourg zusteigenden Passagiere mit einem Boot an die Titanic herangebracht wurden, ihre Koffer sofort auf ein ähnliches Band wie im Flughafen gelegt und die Mitreisenden von Stewards zu ihren Kabinen geleitet wurden. Die geldigen Herrschaften mussten sich um nichts kümmern. Einige wieder gefundene Gegenstände waren unter Glas ausgestellt: Haarbürsten, Gillette-Rasierklingen, Schuhe u.ä. Man konnte sich sogar in der Illusion wiegen, direkt auf dem Schiff zu sein und durch ein Bullauge aufs Meer hinauszusehen.

Dritter Punkt: die Unterwasserwelt. Ein großes Aquarium mit verschiedenen Fischen, darunter auch ein kleiner Hai, war von mehreren Seiten zugänglich, zwei lila und rosa beleuchtete Türme mit Quallen standen im Raum, in Korallen waren mehrere Seepferdchen versteckt.

Als wir nach einigen Stunden aus der Abteilung kommen, müssen wir unter leichtem Regen den Hof überqueren. Ein großer Laden mit allem Möglichen ist vor dem Ausgang postiert sowie eine ganze Halle voll kleinerer U-Boote mit einer Übersichtstafel, wann auf der Welt welches Boot wie weit hinunter getaucht war. All das war die 19 € Eintritt ganz bestimmt wert. Man hätte noch mehr anschauen können, aber irgendwann sind die neuen und vielfältigen Eindrücke nicht mehr zu verarbeiten.

So fahren wir zum Bahnhof, wo wir 15 Minuten auf die Öffnung des Schalters warten müssen. Da wir uns in den Warteraum gesetzt haben, stellen sich andere Hilfesuchende vor uns an, und wir kommen erst nach einer halben Stunde „zum Zug". Ich wähle wieder zwei Direktverbindungen, Abfahrt um 11 Uhr in Valognes, dann die nächste in Paris Est nach München, d.h. Ankunft dort um ½ 10. Das Ticket kostet ca. 30€ mehr als die Gegenrichtung in Deutschland, das liegt am Moment des Buchens: je kürzer der Abstand zur Fahrt, desto teurer.

Gegen 14 Uhr sind wir zurück in Portbail. Schon auf der Rückfahrt scheint die Sonne. Es gibt eine kalte Pilz-*tarte*, Erdbeeren mit Crème und ein Stück Kuchen. Müde sind wir beide, inklusive Pipo. Ich helfe beim Abtrocknen der Gegenstände, die nicht in den Geschirrspüler gehen.

Abends kocht der Maestro wieder frisch: Toast mit Ziegenkäse überbacken.

Seit zwei Tagen ist Jujube, die Katze, nicht aufgetaucht, und er macht sich Sorgen – sie könnte ja überfahren worden sein. Er hört sie miauen, sieht im Garten nach und findet sie schließlich im Trockenraum des Kellers, wo sie durch das gekippte Fenster hineingekrochen/gefallen sein muss und wegen der geschlossenen Tür nicht mehr herauskam. Sie hatte weder zu fressen noch was zu trinken. Dieses Trauma hält sie mehrere Tage im oberen Stock, sie verlässt das Haus nicht mehr, sondern liegt Tag und Nacht im Schlafzimmer, steht nur auf, wenn ich komme, und miaut, bis ich das Nassfutter in ihren Napf schütte, streicht um

NORMANDIE

meine Beine herum, will aber nicht EIN Mal hinunter. Ein geräumiges Katzenklo ist für ihre Bedürfnisse vorhanden.

Gestern habe ich mich entschlossen, Pierre einmal auf der morgendlichen Pipo - „Tour" zu begleiten. Meinetwegen verschiebt er sie auf 7 Uhr. Wir müssen ein Stück mit dem Auto fahren, dann darf der Hund frei herumrennen. Es ist Ebbe, und gerade geht die Sonne hinter den Dünen auf. Ein prachtvoller Anblick! Vorläufig ist keine Menschenseele unterwegs, nur ein einsames Wohnmobil mit deutschem Kennzeichen steht da. Zu unserer Rechten liegt der Ort Portbail, vor uns in einiger Entfernung sehe ich das Meer, und dahinter erkennt man klar die Umrisse der Kanalinsel Jersey. Wir laufen ca. eine Stunde am Strand entlang und durch die Dünen zurück zum Auto. Pipo ist immer wieder mal verschwunden, denn manchmal muss er Kaninchen nachjagen, die ihren Bau in den Sandhügeln haben.

Zurückgekehrt nehme ich mein Frühstück ein, lege mich danach hin und bin wohl eingeschlafen. Als ich in den Wohnbereich komme, ist keiner da. Also lese ich das französische Buch von der Tauschbörse weiter. Als beide hereinkommen, sagt Pierre, dass er draußen Pflanzen umgetopft hat.

Zum Mittagessen gibt es das korsische Huhn, einen Champignonsalat, Kuchen und Kaffee.

Heute will er mir die Windmühle zeigen, die es in der Nähe gibt und die wieder in Betrieb ist. Als wir hinkommen, findet gerade ein Fest statt; es ist Samstag, und viele Autos parken bereits dort. Er verschiebt den Besuch auf einen anderen Tag. Zuhause holen wir die Strandsachen und fahren an den Badestrand von Portbail. Über die Dünen kommen wir zum Wasser, er geht hinein, ich habe meinen Badeanzug nicht dabei, denn das Wetter ist nicht einladend. Ich laufe am Wasser entlang, finde eine Qualle am Strand und schaue mir an, was es so an Muscheln hergespült hat. Als er wieder herauskommt, wandern wir zu zweit barfuß im Wasser am Strand entlang. Dann geht's zurück zu Pipo. Siesta. Zum Abendessen bereitet Pierre *Croque Monsieur* vor (Toast mit Käse und Schinken), dazu Salat. Gegen 20 Uhr fahren wir in die Kirche von Barneville, wo ein Konzert mit gemischtem Chor und Klavier stattfindet. Fünf Männer und neun Frauen singen verschiedene Partituren, ein wundervolles Klangerlebnis. Um ½11 gehe ich zu Bett.

Nach dem Frühstück fahren wir in die katholische Messe nach Barneville. Zum Mittagessen darf ich Radieschen und Bohnen herrichten. Der Küchenchef bereitet ein Roastbeef mit Bohnengemüse vor, dazu gibt's ein Glas Rotwein. Danach Käse, Kekse (soooo gut), Kaffee. Gerne genieße ich eine mittägliche Siesta. Heute soll ein ruhiger Tag werden, daher darf der Hund mit uns zum *Port de plaisance* nach Portbail. Aber Pierre hält ihn fest an der Leine, denn Pipo will sofort zu allen Hunden, und wegen seiner Größe wirkt er auf Menschen auch manchmal furchterregend, besonders auf Kinder, die gerade mal seine Höhe haben, wenn er auf allen vieren dahin trabt. Am Strand liegt ein Restaurant, das mit „Piraten" wirbt; die mannshohe Statue eines Skeletts ist in einen Piratendress gekleidet, ich knipse ihn mit dem Hund und seinem Besitzer daneben. Ich dagegen stelle mich neben eine Freibeuter-Frau, deren Busen fast aus der Bluse quillt, und muss auch den Hund festhalten, da Pierre sonst nicht fotografieren kann. Wir bringen Pipo nach Hause und ziehen uns um für ein weiteres kulturelles Highlight in der Kirche von Barneville um 18:15; die Pianistin von gestern spielt heute allein Werke von Chopin, das klingt wunderbar.

NORMANDIE

Im Anschluss speisen wir daheim zu Abend: Salat, Wurst, kaltes Fleisch, Baguette, Cidre, Kekse.

Wir unterhalten uns: mein Freund erzählt mir beispielsweise von einem japanischen Soldaten, der sich erst 30 Jahre nach Ende des 2. Weltkrieges davon überzeugen ließ, dass der Krieg aus war. Hiro Honoda war mit drei Kameraden auf einer Insel im Norden der Philippinen stationiert, wo es nur ein paar Einwohner gab, und versteckte sich im Dschungel. Nach mehreren Abenteuern blieb er allein übrig, aber selbst als ein japanischer Zivilist nach ihm suchte und ihn zufällig fand, wollte er nicht aufgeben, sondern sagte, dass er nur, wenn sein Vorgesetzter den Befehl aufheben würde, zurückginge. Tatsächlich fand man diesen Mann, und erst als der zur Insel Lubang kam, gab Hiro seine Waffen ab und ging 1974 nach Japan zurück – wo er quasi eine Zeitreise in die Zukunft machte. Er kannte ja das moderne Leben gar nicht und kam auch nicht damit zurecht. Eine sehr spannende Geschichte!

Den Vormittag bringen wir im Hause zu, denn ich soll Kartoffeln schälen für ein Püree und einige der abgefallenen Äpfel herrichten für eine *tarte aux pommes*. Pierre schneidet sie selber in hauchdünne Scheiben – wahrscheinlich kann ich das nicht richtig ;-). Aber ich darf ein paar Hemden bügeln, weil wir abends bei den Nachbarn eingeladen sind. Das Wetter ist diesig und windig. Zum Mittagessen wird heute der im Garten befindliche Grill angeworfen: es gibt verschiedene Würstchen, Kartoffelpüree und grünen Salat, als Nachtisch den frischen Apfelkuchen. Ich bin in einem privaten Fünf-Sterne-Hotel untergekommen!

Heute will er die Besichtigung der Mehl-Mühle in Fierville nachholen, die etwa 9 km weit weg liegt. Wir schauen uns erst im Laden um, da es dort die Eintrittskarten gibt, die eine Führung einschließen. Hier liegen viele Tüten mit Papier-Bastelsachen, z.B. eine Mühle, ein Schiff ... Man muss die Teile ausschneiden und zusammenkleben; mein Bekannter ist ein Fan davon: so hat er beispielsweise den kompletten Mont St. Michel aufgebaut mithilfe seines Neffen. Der berühmte Berg steht heute noch auf dem Flügel im Salon des Landhauses – eine irrsinnige Arbeit; für mich wäre das NICHTS! Ich glaube, in Deutschland wird so etwas gar nicht angeboten, weil keiner die Geduld aufbringt. Er kauft einige Tüten für die Enkel. Ob die dafür auch so eine Begabung haben wie der Großvater?

Die Führung ist auf Französisch, ich bekomme ein Blatt mit deutschem Text, aber die Fachausdrücke verstehe ich auch auf Deutsch nicht; ich kann dem Sinn folgen, da der Mann seine Erklärungen mit den Gegenständen oder deren Funktionen und Arbeitsweise deutlich macht. Wir sind acht Erwachsene und fünf Kinder, mehr haben in dem kleinen Aufgang auch nicht Platz. Wir bekommen vorgeführt, welche Sorten Getreide vermahlen werden, wie die Spreu in andere Behälter abgeführt wird als das reine Korn, wie angezeigt wird, wann das Korn zu Ende geht und vieles mehr. Es ist ungemein interessant. Nachdem wir die Mühle verlassen haben, setzt er die Flügel elektrisch in Betrieb, vorher haben sie sich schon leicht im Wind gedreht. Sie sind nicht mit Tuch, sondern mit Kacheln bedeckt. Der Mann erklärt, dass die Mühle komplett renoviert worden ist, aber die Investition scheint sich zu lohnen: wir sehen viele Leute (eher Einheimische als Touristen) Pakete von verschiedenem Mehl davontragen, z. B. Buchweizen oder Dinkel.

Zum Schluss suchen wir den Laden noch einmal auf, ich kaufe eine *confiture à lait* (eine mit Milch gemachte Marmelade – schmeckt karamellig/inzwischen ausprobiert, Anm. d. A.). Auf dem Außengelände sind Weidenruten zu

NORMANDIE

einem Durchgang zusammengefügt – es gibt einen für Erwachsene und einen niedrigen für Kinder. Man geht wie unter einem romanischen Bogen hindurch. Des weiteren ist eine Granit-Presse für Mehl auf der großen Wiese, früher waren Esel oder Maultiere an einer Stange angebunden und mussten rund um den Kreis herumlaufen, wo durch ein weiteres schweres Granit-Rad das in der Furche befindliche Korn grob zermahlen wurde. Wie mussten die Leute und auch die Tiere früher schuften!

Daheim spiele ich ein bisschen mit Pipo; vor kurzem habe ich ausprobiert, ob ich dasselbe mit ihm machen kann wie mit dem Dackel in der Granny-Familie in Luxemburg. Ich stecke meine Hand in sein Maul, ziehe sie durch oder rüttle an seinen Zähnen. Ja, es klappt – im anderen Fall hätte ich wohl meine Hand vom Boden auflesen können. Er beißt nur ganz leicht zu, knurrt (wohlwollend), schlägt mit seinen Beinen um sich und rollt auf dem Rücken hin und her. Wenn ich da nicht aufpasse, erwischen mich seine Krallen schon mal am Arm, aber er will spielen, das merke ich ganz genau. Übrigens hat Pierre mir am zweiten Tag gesagt, dass er die Leine verloren hat und dringend eine neue besorgen muss, denn ohne sie kann er den Hund nicht spazieren führen, das wäre zu gefährlich. Wir haben also in einem Geschäft eine gekauft – ich will sie zahlen. Für so eine stabile muss man schon 25€ hinblättern. Dazu will ich Pipo eine Tüte Leckerlis mitbringen – ich würde die üblichen Stangen nehmen, aber Pierre rät zu kleineren Stücken. Als ich zum ersten Mal mit der Tüte knistere, schwant der Rottweiler-Mischung schon was – der Hund kommt zu mir und sieht mich ganz aufmerksam an. Sein Herrchen meint, er solle auch was für das Leckerli tun. Also soll er „Pfote geben". Tatsächlich setzt er sich brav hin, hält mir die Pfote entgegen, und ich gebe ihm das etwa ein-Euro-große Stück. Er nimmt es ganz brav und schnappt nicht danach. Er kriegt immer nur eins. In der Folgezeit brauche ich nur mit der Plastiktüte knistern, dann steht er augenblicklich da und hält mir die Pfote hin.

Um 19 Uhr gehen wir zu Fuß zu den Nachbarn, die um die Ecke wohnen: ebenfalls ein großes Haus in einem parkähnlichen Garten. Das Ehepaar und eine weitere Nachbarin - eine Österreicherin, die in London wohnt - erwarten uns zum Aperitif. Ich wähle einen trockenen Weißwein statt einem „Hugo", weil in letzterem viel Zucker drin ist. Es gibt Oliven, Cracker, Salami sowie die von Pierre vorbereiteten Zwetschgen im Speckmantel, die angebraten wurden. Nach kurzer Zeit setzt sich die Österreicherin zu mir, und wir reden Deutsch – leider. Gegen 21 Uhr brechen wir auf, essen noch ein Stück Apfelkuchen zuhause, und dann ist es Zeit fürs Bett.

NORMANDIE

Nach einem für mich ruhigen Vormittag, an dem ich weiter in dem interessanten französischen Buch gelesen habe, gibt es das vorbereitete Mittagessen: er wollte eine weitere Meeresfrüchte-Art kaufen und zubereiten, hat sie aber nicht bekommen. Daher gibt es noch einmal Miesmuscheln in Weißwein-Soße. Diese französische Kost scheint mir gut zu bekommen, vor allem nasche ich kaum, obwohl ich noch Proviant von der Fahrt habe, aber das kann ich vielleicht auf der Rückfahrt sinnvoll einsetzen, wenn ich wieder insgesamt neun Stunden im Zug sitze. Dazu gibt es Reis, dann Erdbeeren mit Crème und feinem Zucker, Kaffee und ein Stück Schokolade.

Um 13 Uhr brechen wir nach Bayeux auf, diesmal mit dem größeren Auto, mit dem er von Dijon gekommen ist. Wir parken außerhalb des Zentrums und marschieren zu Fuß hinein. Als erstes entdecke ich wieder eine Buch - „Tauschbörse" – da müssen wir stöbern, entscheiden aber, die Bücher bis zum Rückweg da zu lassen.

Von diesem „Teppich von Bayeux" habe ich zwar gehört, aber noch nie ein Bild gesehen und bin daher total überrascht, dass es sich nicht um einen großen Teppich handelt, der eine Wand bedeckt, sondern um einen riesenlangen, einem Relief ähnelndem, nicht zu breiten Streifen, der in völliger Finsternis hinter einer Glasscheibe beleuchtet über drei Seiten zur Schau gestellt wird. Dieser erzählt in einer Mammut-Stickerei die Geschichte von Wilhelm, dem Eroberer, in einzelnen fortlaufenden Bildern, die oben nummeriert wurden, damit man mittels Kopfhörer der Geschichte in seiner Muttersprache folgen kann.

Das ist beeindruckend, ebenso wie der Film, in dem man sehen kann, wie der Teppich gestickt wurde. Darüber hinaus ist ein Museum mit Figuren in Lebensgröße im Gebäude und Miniaturarbeiten von ländlichen Szenen oder einer Belagerung – teils mit winzigen Figuren.

Die Türme der Kathedrale waren schon vom Museum aus zu sehen; wir steuern darauf zu. Im Innern sind die Wände auf großartige Weise verziert, überall finden sich kleine Figuren, z. B. das Sinnbild für Treue: ein Mann und eine Frau, die sich umarmen. Wirklich superschön, das alles.

Auf dem Weg zum Auto bewundere ich noch einige Fachwerkhäuser, die oft geschnitzte Figuren in den Balken haben. Viele malerische Winkel bekomme ich zu sehen, darunter das „kleinste Haus" Frankreichs; überall sind kurze Brücken aus Granitstein über das Flüsschen gespannt, sogar eine Mühle findet sich wieder.

Es geht zurück nach Hause, und wie jeden Abend bin ich müde von den vielen Eindrücken; daher gehe ich bald nach dem Abendessen ins obere Stockwerk, mache mich bettfertig und lese noch ein bisschen.

Heute fahre ich nach dem Frühstück mit in den Supermarkt, um mir ein paar Sandwiches als Verpflegung für die morgige Heimfahrt zu kaufen. Zwei letzte Souvenirs in „süß" für die Mädchen kommen auch dazu.

Wieder schäle ich Kartoffeln und Äpfel, aus denen mein Freund nochmal eine Apfel-*tarte* macht sowie einen *gratin dauphinois*, einen Kartoffelauflauf mit mehreren Schichten Kartoffeln, Soße und Reibekäse. Dazu gibt es kaltes Roastbeef und grünen Salat, Erdbeeren und Rotwein.

Es ist ein sonniger Tag, und heute will mir Pierre den Leuchtturm von Goury zeigen. Das ist eine lange Fahrt, die am Atomkraftwerk La Hague vorbei geht, das man

NORMANDIE

nach Voranmeldung sogar besichtigen könnte. Wir kommen an den Strand - da sind viele Touristen aus verschiedenen Ländern zugange, was man an der Sprache hört. In einer Halle ist das Seenot-Rettungsboot aufgebockt, das auf zwei im rechten Winkel verlaufenden Gleisen zu Wasser gelassen werden kann. Verschiedene Tafeln erinnern an die Geretteten, aber auch an tot geborgene Seeleute und verlorene Retter.

Bis zum Leuchtturm kann man nicht gehen, aber das Meer ist so herrlich blau, die Sonne strahlt aus allen Rohren - einige der Kanalinseln heben sich deutlich vom Hintergrund ab. Da geht einem das Herz auf.

Pierre hat noch ein weiteres Highlight auf Lager: wir fahren in Richtung Nez de Jobourg (Nase von Jobourg), denn das Land ragt spitz wie eine Nase ins Meer hinein. Plötzlich fragt er mich: „Wir könnten doch auch zu Fuß gehen?" Ich bin misstrauisch und will wissen „Wie weit? Fünf Kilometer oder zehn?" Er meint, vielleicht vier? Na gut. Also parkt er schon ein ganzes Stück von der „Nase" entfernt, und wir laufen auf einer fast einspurigen Teerstraße bis zum Aussichtspunkt. Den gleichen Weg zurückzugehen wäre langweilig, denn da hat man das Meer nicht vor Augen, also ab in die Prärie. Wir trotten auf dem Kamm dahin, der Pfad ist sehr staubig, da es lange nicht geregnet hat, steinig, teilweise mit Wurzeln von dem umgebenden Gestrüpp/ den Hecken bedeckt; ein Glück, dass ich gefragt hatte, welche Schuhe geeignet wären. Die DAFÜR besten habe ich nicht an, aber leichte geschlossene, in denen ich gut laufen kann (man hatte mir ja nicht gesagt, dass ich quasi bergsteigen sollte!). Ich trage eine „Culotte", was in diesem Fall im deutschen Sprachgebrauch nicht „Unterhose" bedeutet, sondern eine nicht ganz knöchellange, gerade geschnittene luftige Hose und ein Shirt. Munteren Sinnes laufe ich dahin, mache ein paar Fotos, betrachte ab und zu das rechter Hand gelegene Meer, welches gischtige (Wortschöpfung d. Autorin) Wellen an den flachen Sandstrand brettert; meistens muss ich aber schauen, dass ich meinen vorauseilenden Begleiter nicht aus den Augen verliere, denn der Weg geht auf und ab und auf und ab, um die Ecke, zwischen Hecken und mannshohem Gestrüpp hindurch, und immer, wenn ich denke, jetzt kommt die Zielgerade, geht es ganz sicher wieder ein Stück hinunter, aber den Strand erreichen wir nie, denn dazwischen liegen steile, kahle Felsen. Allmählich kommt Unmut in mir auf – ja wie lang geht das denn noch? Die Sonne brennt hernieder, ich schwitze wie ..., manchmal rutsche ich auf dem Gestein aus (aber hingefallen bin ich nicht), ich habe kaum noch einen Blick für die herrliche Landschaft, weil ich auf meine Füße gucken muss, und als Pierre sagt: „Schau, das gäbe ein schönes Foto", muss ich mich zusammen nehmen, um nicht meinem Zorn Stimme zu verleihen, denn allmählich ist mir die Landschaft sowas von „wurscht" – ich will nur noch ANKOMMEN.

An diesem letzten Abend sind wir außerdem noch eingeladen – bei seiner Schwägerin, die in Carteret wohnt und ein Abendessen für uns kochen will.

Als er auch noch meint „Wir fahren am besten gleich zu ihr", haut's mir schier den Vogel raus. Waaaas? Zum Abendessen eingeladen soll ich in den verschwitzten Klamotten gehen – dezent (!) nach Schweiß und Überanstrengung duftend?? Das kann doch nicht sein Ernst sein.

Auf alle Ausflüge nehme ich immer meine Halbliter-Trinkflasche mit Wasser mit. Allmählich bin ich aber trotz sparsamen Umgangs damit am letzten Schluck angekommen und kriege die schiere Panik, wenn ich daran denke, dass ich eventuell noch weit laufen muss ohne einen Tropfen. Durch meine Medikamente habe ich die Nebenwirkung „Mundtrockenheit" zur Genüge kennengelernt,

NORMANDIE

die Zunge liegt ausgedörrt wie ein Stein in meinem Mund – ich komme mir vor wie ein Verlorener in der Wüste, und der Weg will kein Ende nehmen. Plötzlich erreichen wir inmitten dieser kargen Landschaft eine Wegkreuzung; ein Schild zeigt zurück zu „Nez de Jobourg" – 25 Minuten. Die sind wohl vom wilden Affen gebissen? 25 Minuten! Ich bin bestimmt seit zwei Stunden unterwegs und da ich mit Pierre gehe, sind wir garantiert nicht langsam. In die andere Richtung heißt es 30 Minuten – ich glaube zunächst, das müssen wir noch gehen und breche schier zusammen. Wenn die meinen, in 25 Minuten käme man vom „Nez" bis hierher, dann ist das ja noch weiter als das, was wir bisher gelaufen sind. Das schaff ich nicht mehr. Aber er sagt, es ginge jetzt nach links weg. Als ich wieder mal zu ihm aufschließe, stoße ich hervor: „Ich bin wütend." Er entschuldigt sich, dass er den Rückweg unterschätzt hat, denn er sei ihn nur ein einziges Mal bisher gegangen. Er schlägt vor, dass er zum Auto geht und mir auf dem Feldweg entgegen fährt. Von wegen! Mich hier allein zurücklassen! Es kommen uns nämlich überhaupt keine Leute mehr entgegen; als letztes war ein junges Ehepaar zu sehen; der Mann hatte den neun Monate alten Sohn in einer Baby-Trage vor der Brust, und die Frau fotografierte die Landschaft. Der Mann sieht durch das Kind ja kaum, wo er hintritt, und es gibt kein Geländer - wer zur Meer-Seite hin stolpert oder fällt, der rauscht hinunter, aber hallo! Das finde ich mächtig riskant und schon ein bisschen hirnlos, aber offenbar hat die Mutter keine Angst und der Vater erst recht nicht – das Kind weiß ja nicht, was ihm blühen könnte.

Nein, ich verweigere den Alleingang und schleppe mich hinter ihm her. Plötzlich kommt er wieder zurück und sagt: „Ich habe eine schlechte Nachricht. Das war der falsche Weg." Inzwischen bin ich so benebelt, dass ich gar nicht mehr die Bedeutung dieses Satzes realisiere, denn gleich darauf gibt er folgenden Ausspruch von sich: „Das war Spaß, das Auto ist nicht mehr weit weg." Auf dem Feldweg, der endlich direkt nach oben geht, steht ein Auto - es ist aber leider nicht das unsere. Immerhin - einige hundert Meter weiter ist es tatsächlich geschafft. Ich habe das Gefühl, den Mont Blanc hinter mich gebracht zu haben. Wir steigen ein und fahren los. Ich schließe die Augen und sage kein Wort, so fahren wir die weite Strecke in beiderseitigem Anschweigen zurück.

Da wir zwischen ½8 und 8 eingeladen sind, entschließt er sich, doch noch nach Portbail zu fahren, obwohl das die doppelte Strecke bedeutet, denn wir müssen durch Car-

NORMANDIE

teret hindurch und wieder zurück. Irgendwie tut er mir leid, denn er wollte mir was Schönes zeigen, lief genauso die lange Strecke wie ich, muss jetzt die weite Fahrt zurück machen und dann auch noch nach Carteret.

Ich habe Zeit für ein schnelles Bad und staune, was für ein Dreck runter geht, meine Schuhe aus Stoff sind von dunkelblau nach schwarz mutiert, die weiße Sohle ist braun geworden, und meine Füße geben ein braune Brühe ab, das ist der pulvrige Staub, auf dem wir unterwegs waren. Ich stelle nach dem Abtrocknen fest, dass ich auch noch braune „Söckchen" bekommen habe – die freie Haut meiner Beine ist von der Sonne gebräunt. Einigermaßen erfrischt und umgezogen freue ich mich langsam wieder auf das letzte Abendessen.

Wir kommen noch vor 8 Uhr bei der Schwägerin an – sie hat einen Champagner kalt gestellt, denn sie will mit uns Pierres Geburtstag nachfeiern und auf die Gesundheit seines vierten Enkels anstoßen nach den vielen Sorgen, die sich alle um ihn gemacht haben.

Es gibt Nüsschen und Salzgebäck zum edlen Sekt; den Aperitif nehmen wir in einem kleinen gemütlichen Raum neben dem Esszimmer ein. Das, was ich vom Haus zu sehen bekomme, könnte auch in einem Museum stehen, alles wirkt antik und sehr vornehm. Anschließend reicht die Schwägerin Kabeljau in weißer Soße mit Kartoffeln. Es schmeckt großartig, aber Pierre hatte mir schon geflüstert, dass sie sehr gut kochen könne. Sie hat sogar ein Kochbuch mit Bildern der Gerichte und dem regionalen Hintergrund herausgegeben, das er mir gezeigt hat. Als Dessert wird eine wunderbare Rhabarber-Torte mit Baiser und Beeren serviert. Darin sind die französischen Konditoren Meister; sie schaffen Torten, die wie ein Gemälde aussehen; diese haben aber auch ihren (stolzen) Preis. Endlich darf ich dauernd Französisch reden, das gefällt mir sehr zum Abschluss. Wir unterhalten uns gut über verschiedenste Themen und nach einem Kaffee kehren wir zwei Stunden später zurück.

Um 10 Uhr fährt mich mein langjähriger Freund ohne Pipo zum Bahnhof von Valognes. Es hat angefangen zu regnen und ist trübe. Der Zug kommt gegen 11 Uhr und hält nur kurz, daher verabschieden wir uns schnell, und ich suche meinen Platz. Die Fahrt nach Paris St. Lazare verläuft ohne Probleme oder Verspätung. Als ich die Metro nehmen will, geht das bei der Herfahrt gekaufte zweite Ticket wieder nicht, die Schranke lässt mich nicht durch. Dieses Mal gehe ich zum Info-Schalter und erkläre die Situation: obwohl die zwei Tickets im Zug teurer waren als die gleichen am Automaten, funktionieren sie nicht. Die Angestellte nimmt beide zurück (laut Pierre war nämlich keins davon abgestempelt) und gibt mir andere dafür. Jetzt hab ich sogar noch eins übrig.

Im Gare de l'Est muss ich nicht so lange warten wie beim ersten Mal, bis die Weiterfahrt beginnt. Erneut wird der Code des Tickets überprüft, mein Sitzplatz ist in einem der weiter entfernten Waggons. Bis Stuttgart hat der TGV eine Verspätung von 10 Minuten eingefahren – wie gut, dass ich nicht umsteigen muss! Als wir uns fast auf den letzten Kilometern befinden, bleibt der Zug auf freier Strecke stehen, es ist inzwischen dunkel geworden. Die Durchsage spricht von „Leuten auf dem Gleis" (?), wir stehen und wissen nicht, wann es weitergeht. Nach über 12 Stunden unterwegs möchte ich nur noch im Münchner Bahnhof ankommen und eine Flasche frisches Wasser trinken – meine Tochter ist leider früh von ihrer Wohnung weggegangen, dass sie mich rechtzeitig um ½10 in Empfang nehmen kann, aber auch ihr wird jetzt eine Verspätung angezeigt. Die einzig nette Abwechslung bereitet den

Normandie

Mitreisenden ein kleines Mädchen, das durch seine kindliche Art den Waggon unterhält. Mit ihrer hellen Stimme spricht die Kleine mit den Eltern und scheint trotz der langen Fahrt, wo andere Kinder quengeln und plärren, gut gelaunt. „Gell, Mami, Du bist auch ein Mädchen" tönt es von ihr.

Ich warne meine Große per WhatsApp schon mal vor, dass ich wahnsinnigen Durst habe, und sie – falls sie nichts dabei hat – schnell ein zuckerloses Getränk besorgen soll. Genau eine halbe Stunde nach der avisierten Ankunftszeit bin ich in München.

Auch heute falle ich todmüde ins Bett.

Meine Tochter, die noch der arbeitenden Bevölkerung angehört, macht bis zum Abend Homeoffice, ich lese währenddessen, dann nehmen wir den Zug nach Regen, ich bringe sie zu ihrer Schwester, wo sie übers Wochenende bleibt und fahre die letzten 40 Kilometer zu mir. Gegen Mitternacht schließe ich meine Wohnungstür auf.

Pierre, meinem Brieffreund seit gut 40 Jahren, kann ich gar nicht genug danken für alles, was er während dieser Woche für mich getan hat - in jeder Hinsicht - kulinarisch, touristisch und sprachlich.

Merci infiniment, es war Spitze!

Grönland
18.1.-24.1. 2023

Ich packe meinen (größten) Koffer schon am Vortag, da ich am 17. gegen Mittag das Auto nach Regen nehmen und dort für die Dauer der Reise abstellen will. Durch die Anzahl an Medikamenten, die ich nicht vergessen darf, Spritzen und –aufsätze, Diabetes-Messgerät sowie Sensor (mit Ersatz, falls er unerwartet vom Arm ab- oder ganz ausfällt), der Gesamtausstattung fürs „blutige Messen" (sollte der Sensor den Geist aufgeben, wie es schon passiert ist), Ladegeräte für Sensor, Handy, Schrittzähler und Kamera (die nehme ich diesmal in Reserve auch mit, sollte das Handy sich verabschieden) ist mein Rucksack schon ziemlich gefüllt. Dazu kommen ein paar Masken, Durchfallmittel, 85%-ige Schokolade, einige Snack-Riegel, Gummibärchen, Hustenbonbons, Tigerbalsam und Lutschtabletten, ein paar Aspirin – das sollte reichen. Immerhin muss ich damit rechnen, dass ich mir an meinem Zielort nicht unbedingt Ersatz besorgen kann. Eine Sonnencreme mit LSF 50 habe ich auch gekauft, aber die muss ich im Koffer unterbringen, da der Inhalt 100 ml übersteigt.

Bevor ich das Auto abstelle, kaufe ich zwei Sandwiches und zwei Kaffee und esse den ersten Teil noch am Bahnhof als Lunch. Der Zug fährt einigermaßen pünktlich ab, und obwohl ich meine, das ausgedruckte online Ticket für die erste Zugfahrt in den Rucksack gesteckt zu haben – zusammen mit allen möglichen Papieren (Vouchers für Hundeschlittenfahrt, für die Übernachtung in Kopenhagen, für die Polar Lodge, Auslandsreiseversicherung, Zertifikat zum Mitführen von allem, was ich für den Diabetes brauche) – finde ich es nicht. Ich leere auf einer Sitzbank

GRÖNLAND

die beiden Fächer des Rucksacks aus, bin froh, dass der Kontrolleur im anderen Waggon zu sein scheint – nichts! Schließlich suche ich in meiner Umhängetasche – da ist es! Na also, geht doch. Zwei Paare meines Alters haben mich beobachtet, sie waren wohl in der Nähe in Urlaub; wir kommen ins Gespräch und unterhalten uns gut. In Plattling muss ich umsteigen; es war mir nicht klar, ob ich mit dem Zugfahrschein auch den MVV benutzen kann, ich frage die Schaffnerin, aber die weiß es so wenig wie ich. Als ich den Ausdruck näher anschaue, bemerke ich eine Zeile auf einem schraffierten Hintergrund, die zwar schlecht lesbar ist, aber genau das aussagt. Ein Glück, morgen will ich ja auch noch zum Flughafen damit. Wie immer bisher kann ich einen Tag vor dem Flug den Zug benutzen und ebenso einen Tag nach dem Rückflug.

Ich finde vom Bahnhof aus problemlos zur Wohnung meiner Tochter, die dort im *home office* arbeitet. Hier komme ich am Abend in den Genuss eines Wannenbades, das ich manchmal in meiner Wohnung vermisse. Gegen 22 Uhr sind wir im Bett.

Der Wecker geht um 5:45 Uhr. Die große Tochter begleitet mich bis zum Hauptbahnhof, hört, dass es auf der S8 zum Flughafen Probleme gibt; sie rät mir zur S1, die aber länger braucht. Sie fährt zwei Stationen mit, dann muss sie zur Arbeit. Ich fahre mit der S-Bahn eine Dreiviertelstunde spazieren, aber ich liege noch gut in der Zeit. Mit einer Lufthansa-Maschine fliege ich nach Kopenhagen von Terminal 2, muss aber vorher den Shuttle-Zug nehmen. Bei der Handgepäckskontrolle finden sie ein Messer im Rucksack (ausgerechnet das Mercedes-Messer, mein bestes) – ich hab doch wirklich alles genau durchgeschaut! Der Typ bittet mich, es zu öffnen; das geht unheimlich schwer (ist schon jahrelang nicht mehr gebraucht worden) und zack! breche ich mir den Daumennagel ab. Wie schön! Feile darf ich ja auch keine im Handgepäck haben. Trotzdem: zu meiner großen Überraschung sagt er: „Die Klinge ist kürzer als 6 cm, das dürfen Sie behalten." Juhu! Ich hatte extra ein Klappmesser in den Koffer gepackt, da ich die Verhältnisse in der Lodge nicht kenne und meine mitgenommene Salami im Notfall zerschneiden muss - man weiß ja nicht, was es da zu essen gibt! Bei rohem Robbenfleisch würde ich streiken.

Im Shuttle hört man die Ansage: „Hold on. (Halten Sie sich fest)." Neben mir sitzt ein Mann, der offenbar zu den Leuten auf der gegenüberliegenden Bank gehört. Ich tu so, als ob ich seinen Arm packe und sage „hold on" – alle brechen in Gelächter aus.

Im *dutyfree shop* frage ich nach einer fettigen Gesichtscreme, denn ich bezweifle, ob die Sonnenschutzcreme das richtige ist bei der Kälte (soll ja ordentlich Minusgrade haben). Für 11,50 € kann ich eine von l'Oréal erstehen – das ist ja richtig billig.

Das Boarding findet ziemlich pünktlich statt, aber es gibt was Neues: in vier Gruppen sollen wir einchecken. Das ist vernünftig, damit die vorderen und hinteren Plätze zuerst belegt werden, aber bei Gruppe 3 meine ich, dran zu sein, lege meinen QR Code auf das Fenster, es piepst. Nein, ich bin erst Gruppe 4; wenn ich genau hingeschaut hätte, hätte ich es lesen können. Lufthansa spendiert ein kleines Fläschchen Wasser und ein Mini-Täfelchen Schokolade. Als die Stewardessen „Kaffee, Tee?" anbieten, rufe ich gleich: „Ja, Kaffee bitte." Ich kriege einen großen Becher, und die Lady sagt: „Kostet 3,50€". Na, das geht ja, aber als ich die Münzen aus meiner Börse klauben will, verweigert sie die Annahme – ich muss die Summe mit meiner Girokarte bezahlen, denn Bargeld nehmen sie nicht. Ist das alles kompliziert! Sollte ich noch öfter in außer-europäische

GRÖNLAND

Gefilde verreisen, wäre eine Kreditkarte vielleicht doch wieder angebracht.

Nach etwa 1 ½ Stunden landen wir in Kopenhagen kurz hinter dem Meer. Jetzt muss ich also laut Plan ein Taxi nehmen. Davor wollte ich dänische Kronen einwechseln. Ich hatte mich auf der Sparkasse noch erkundigt, wie ich die Zahlerei am besten erledigen sollte. „Kronen aus dem Automaten ziehen." Das ging erst mal nicht, daher habe ich von den mitgebrachten Euros im Flughafengelände einen Teil in Kronen umgewandelt.

Ein arabisch aussehender Fahrer bringt mich ins Best Western Plus in der Nähe. Der Fahrpreis beträgt – nicht wie im Prospekt angegeben – ca. 10 €, sondern fast das Doppelte. Ich lasse mir die Quittung geben.

Nach dem Auspacken auf dem Zimmer im 5. Stock, wo ich einen schönen Blick aufs Meer in der Ferne habe, gehe ich an die Rezeption und bespreche auf Englisch mit den beiden Mädels meine Geldwechselprobleme. Sie probieren meine Girocard mit ihrem Gerät aus, sie funktioniert. Ich kaufe gleich mal ein Julebryg für den Abend, ein Weihnachtsbier. Um in das Zentrum zu kommen, müsste ich die Metro um die Ecke nehmen, dazu bräuchte ich aber passende Kronen. Außerdem habe ich im Zimmer getrödelt, weil ich müde war, und so beschließe ich, lieber per pedes in Richtung Küste zu gehen. Das ist ganz einfach, erst rechts, dann immer geradeaus – ich komme an einem Park mit einer undefinierbaren Skulptur vorbei, die auch nicht näher bezeichnet ist. In der Ferne sehe ich schon die ersten Boote, links von der Straße liegen die abgehalfterten, rechts ist der „Vinterplads" (das Dänische ist dem Deutschen oft ähnlich) für die schönen, die sorgfältig eingepackt sind für den Winter. Ich gehe bis an die äußerste Landspitze vor und sehe rechter Hand ein großes Gebäude, das sich als Flughafen herausstellt, denn die Maschinen davor sind gut sichtbar. Außerdem landen ununterbrochen Flieger kurz nach dem Wasser.

Das Wetter ist bewölkt, aber es regnet nicht. Auf dem Meer stehen viele Windräder in einer Reihe hintereinander. Als ich mich anschicke, zurückzugehen, ist der Himmel ganz gelb und wird orangerot – der Sonnenuntergang. Es sieht aus, als ob der Himmel in Flammen stünde. Auf dem Rückweg schaue ich, wo ich eventuell mein Abendessen einnehmen kann. Es gibt einen Dönerstand, ein chinesisches Lokal (das will ich mir vor Grönland nicht zumuten), einen Italiener und sonst nicht viel in der Umgebung. Aber das Schild *netto* leuchtet mir entgegen. Läden in einem fremden Land interessieren mich immer, auch wenn es dieselbe Kette ist wie bei uns. Ich kaufe eine Packung Räucherlachs, zwei belegte Sandwiches, denn Semmeln gibt es nur im Achterpack. Und als Dessert eine Lakritzstange. Das verspeise ich mit dem Bier auf meinem Zimmer. Dann schaue ich fern, erst BBC, dann ARD.

Obwohl das Bett ziemlich durchhängt, kann ich einigermaßen schlafen. Als positiv empfinde ich es immer, wenn es einen Teekocher im Zimmer gibt und ein paar Beutel, sowie Kaffeeportionen. Der kommt gleich am nächsten Tag vor dem Frühstück zum Einsatz.

So gegen 6 Uhr stehe ich auf und gehe ins Frühstückszimmer – Restaurant gibt es keins im Hotel. Dort sitzen vorwiegend asiatisch aussehende Männer (teilweise in Arbeitskluft), deren Schichtbeginn recht früh ist. Als ich oben aus dem Fenster sah, fuhr schon der erste Truck weg. Das Büffet lässt keine Wünsche offen, es gibt – wie jetzt immer öfter – einen Kaffeeautomaten, wo man sich jedes Kaffeegetränk brauen kann. An Obst, Brot, Semmeln, Wurst gibt es eine große Auswahl, es gibt gekochte Eier, Rührei, gebackene Tomaten, Speck, Würstchen, sogar Waffeln könnte

GRÖNLAND

man sich backen mit einem Waffeleisen. Ich nehme mir vor, das am letzten Tag zu machen, jetzt fehlt mir die Ruhe dazu.

An einem Nebentisch lässt sich ein Paar in meinem Alter nieder. Er hat einen kahlen Kopf und gezwirbelten Schnurrbart, sie trägt das Haar ganz kurz geschnitten, aber das steht ihr gut. Als ich zu meinem Tisch gehe, spreche ich sie an, ob sie auch nach Grönland fliegen. Ja, tun sie. Gut, schon mal zwei Teilnehmer getroffen. Trotzdem kann ich nicht mit ihnen zum Flughafen fahren, denn sie brauchen den Platz für die Koffer im Taxi selber.

Also nehme ich das vor dem Hotel wartende Taxi allein. Diesmal ist der Transfer billiger, der Mann (ein Kurde, der schon 28 Jahre in Dänemark lebt – wir unterhalten uns auf Englisch) konnte anscheinend eine kürzere Route in die Gegenrichtung fahren. Am Eingang des Airports treffe ich das Paar aus dem Best Western Plus wieder, aber jeder macht sein Ding allein. Als ich mein Gepäck aufgebe, konferiert der junge Mann am Schalter mit zwei Kolleginnen, ich frage: „Stimmt was nicht?" „Nein, nein, es geht nur um den Sitzplatz." Unser Flug mit Greenland Air hat noch keine Ankündigung des Gates, er soll um 10:00 abgehen, das Gate wird ca. 1 ½ Stunden vorher bekannt gegeben. Ich laufe in dem großen Flughafengelände herum, sehe einen Laden, dessen Besitzer Lieferant des Königshofes ist, worauf er stolz mit einem Schild über der Tür hinweist. Im *dutyfree shop* kaufe ich einen dänischen Schnaps, zwei Flaschen Wasser und einen Tee in einer hübschen Dose (das wird ein Mitbringsel für die „Münchner" Tochter). Als das Gate bekannt gegeben wird, laufe ich dahin – die weiten Wege in diesen Flughäfen sollte man nicht unterschätzen, um kurz darauf zu erfahren, dass der Flug um eine Stunde verschoben wird wegen „elektronischer Probleme". Ich setze mich hin und lese. Nächste Ankündigung: auf 11:45

verschoben. Ja, wird das heute noch was? Der Blick auf den knallroten Greenland Air Jet ist frei, es laufen Monteure, Gelbjacken und Stewardessen hin und her. Haben die keinen Ersatzflieger? Was ist, wenn das Problem nicht komplett gelöst wird? Stürzen wir dann ins Meer???

In den Sitzen hinter mir höre ich plötzliche vertraute Laute – ich fress 'nen Besen, wenn das kein Oberpfälzer ist. Ich drehe mich um und rede ihn an: „Da kommt doch jemand aus der Oberpfalz." „Ja, aus Flossenbürg:" Da schau her – die zwei Männer fliegen auch nach Kangerlussuaq – ich denke, arbeitsmäßig, weil ich Gesprächsfetzen mitbekommen habe. Dann stellt sich aber heraus, dass die beiden auch die gleiche Reise gebucht haben. Ha, sind wir schon fünf! Es ist immer spannend, wenn sich die Gruppe allmählich heraus kristallisiert. Diese beiden haben aber noch privat drei Tage Kopenhagen im Anschluss dazu gebucht.

Nachdem der Flug ein zweites Mal verschoben wurde, gehe ich zu den Boarding Stewardessen und frage: *„Is it secure to fly with this plane?"* *„The captain wouldn't step into the plane if it weren't safe."* Ich: *„I am going to haunt (heimsuchen) you as a ghost if we crash into the ocean."* Sie lachen alle.

Gegen 11:30 dürfen wir tatsächlich an Bord. Der Vogel ist groß: zwei Sitze links, zwei rechts und im Mittelgang vier. Ich habe allein einen Zweiersitz am Fenster. Was für eine Bewegungsfreiheit! Und Greenland Air lässt was springen: es gibt Wasser, Kaffee, Tee, Wein, Bier, soft drinks und ein Mittagessen bestehend aus einem bunten Salat mit Putenstreifen, Semmel plus Butter und zwei kleinen Muffins. Geschmacklich ist alles erstaunlich gut. Und dazu gratiiiis! Ich wähle einen Weißwein (spanisch) zum Menü – wenn schon, denn schon. Irgendwann nicke ich eine Zeitlang ein. Auf dem Bildschirm kann ich kurze

GRÖNLAND

Filme über Grönland ansehen. Über das Land, die Flora, über die Hunde (die nicht Huskies sind), über die Bewohner, die Gletscher, Trekkingtouren etc. Ich zieh sie mir alle rein, denn der Flug dauert fast fünf Stunden, das lässt sich absitzen. Irgendwann gibt es nochmal Wasser und Wein.

Einige Zeit vor der Landung sieht man gewaltige Schneeberge, der Himmel ist wolkenlos, und die Sonne scheint. Spektakulär! Ich sehe die Landebahn unter mir und wusch! setzt der Flieger schon auf. Im Flughafen wird mir klar, warum das so schnell ging: die Landebahn ist sehr kurz. Alles aussteigen! Und nicht vergessen: hier sind sie vier Stunden zurück!

Als ich das Flugzeug verlasse – ich habe nicht mal meinen Anorak zugeknöpft - hauts mir schon die Kälte um die Ohren; es hat minus 30°. Der Weg ins Gebäude ist nicht lang, aber die Nase zeigt mir an, dass die Kälte hier so ist, wie ich sie manchmal in Kindertagen empfunden habe, als es noch richtige Winter gab. Man hat ein ganz eigenartiges Gefühl in den Nasenlöchern. Das Gebäude ist klein, die Reisenden, die mit unserer Maschine nach Kopenhagen fliegen wollen, stehen schon da. Alles ein bisschen seltsam. Die Koffer kommen im Untergeschoss an – ein etwa fünf Meter langer Streifen mit einer Metallwand am Ende! Ich frage mich, wie das mit den nicht sofort abgeholten Koffern wird. Stapeln sich die an der Metallwand, bis sie herunterfallen oder wie geht das? Es sind nur ganz wenige Leute vor diesem Kofferband – aber es waren doch so viele im Flugzeug. Offenbar fliegt ein Großteil weiter nach Illulissat oder in die Hauptstadt nach Nuuk. Es kommen mehrere Paar Skier in Umhüllung an, die ein Bediensteter, der von außen hereinkommt, schnell vom Band nimmt. Die Koffer tröpfeln so herein. Meiner ist nicht dabei. Als ich nur noch allein da unten stehe, gehe ich die Treppe hinauf, um mal zu fragen, was los ist. Da steht ein englisch sprechender *guide* vor mir, der sagt, dass er unsere Gruppe in die Lodge bringt, wo gleich eine Info-Veranstaltung zum Programm stattfinden wird. Und was ist mit mir? Ich solle mich beim Personal nach dem Koffer erkundigen, dann in den Shop gehen, wo man ihn anrufen wird, damit er mich holt. Ich weiß nicht mal, wie er heißt. „Das wissen sie schon im Laden." ??? Ich wende mich an die einzige Dame, die eventuell für solche Sachen zuständig ist, aber dazu muss ich mich in einer Schlange anstellen. Das geht ja gut los! Jetzt habe ich nur das, was ich am Leibe trage plus die Papiere in der Umhängetasche und alles dringend Notwendige im Rucksack, aber jegliche Wäsche, die zwei Paar warmen Stiefel, der Anorak, Toilettensachen, Schal, Handschuhe sind im Koffer! Als ich endlich an der Reihe bin, klage ich der Frau mein Leid und beschreibe den Koffer, der glücklicherweise nicht schwarz ist wie 90% der anderen, sondern olivgrün. Meine Bordkarte mit dem Gepäckschein habe ich auch zum Vorzeigen. Sie geht mit all den Informationen weg. Ich warte und mir ist zum „Plärren" – da fahre ich einmal nach Grönland im Winter, und mein Koffer kommt nicht an! Nach einer gefühlten halben Stunde spreche ich eine andere an, was denn nun los sei – ja, sie weiß nichts! Da fange ich diskret zu schreien an, was denn das für ein Service sei, keiner kümmert sich, so was habe ich noch nie erlebt, meine warmen Sachen sind alle im Koffer, der jetzt vielleicht nach Amerika fliegt – er könnte ja in Kopenhagen in eine falsche Maschine gelangt sein – ich bleibe nur vier Nächte hier, bis der wiedergefunden wird und auftaucht, bin ich längst wieder zu Hause. Ich muss ordentlich Eindruck gemacht haben, denn die Dame blickt mir fest in die Augen und sagt: „*Calm down.*" Die hat leicht reden – ich will mal wissen, wo die Tante hingegangen ist, die alle meine Infos gesammelt hat und dann verschwunden ist. Hier tummeln sich einige Frauen

GRÖNLAND

in Uniform – ich kenn die doch gar nicht auseinander! Plötzlich legt sich eine Hand auf meine Schulter, es ist sie, „die Tante"; sie sagt: *„Your suitcase is here."* Tonnenweise fällt mir Geröll vom Herzen, ich kann es gar nicht glauben und frage nach. Sie geht mit mir die Treppe runter zum leeren Kofferband und nach kurzer Zeit kommt er angewackelt. Sie erklärt, dass der Streifen, der den Zielflughafen ausweist, heruntergerissen worden ist (da muss rohe Gewalt am Werk gewesen sein, denn der wird ja verklebt), und man ihn anhand der Beschreibung bzw. mittels des winzigen Aufklebers an der Seite identifiziert habe. Ich falle ihr um den Hals und muss den Koffer nicht die Treppe hinauftragen, sondern sie kann mir einen Aufzug aufschließen. 10 x Halleluja! Oben steht auf einmal auch der *guide* wieder da, um mich in die Lodge zu fahren – mit Koffer! Ein ganzer Bus für mich allein und noch zwei andere Koffer. Die Fahrt ist kurz, denn das Quartier liegt nur ein paar hundert Meter weit weg. Inzwischen haben sich sieben Leute im Gemeinschaftsraum versammelt, das ist die endgültige Gruppe. Der *guide* Henrik sagt, dass die Tundra-Fahrt heute ausfallen muss, weil wir mindestens zwei Stunden später ankamen als geplant. Es wäre zu schnell dunkel. Sie wird an einem anderen Tag nachgeholt. Er erklärt uns, dass wir in diesem Raum unser Frühstück einnehmen würden von 7:30 bis 9 Uhr, für Mittag würden am Morgen sieben belegte Baguettes geliefert und fürs Abendessen (2-Gang - Menü lt. Prospekt) bekämen wir Gutscheine im Wert von 150 DKK (etwa 20 €), wo wir uns im Airport Restaurant ein Essen aussuchen könnten, denn das normale Restaurant habe geschlossen, weil zur Zeit nur wenige Touristen im Ort wären. Aha! Wir bekommen ein Blatt mit dem Ablauf der vier Tage in die Hand gedrückt, das war's. Ich erhalte meinen Zimmerschlüssel und kann mich häuslich einrichten. Es ist ein Doppelzimmer. Dass es kein Waschbecken im Zimmer geben würde und die Duschen für alle auf dem Gang wären, hatte ich vor der Abreise schon erfahren. Mein Zimmer liegt direkt neben einer von drei oder vier Toiletten mit Waschbecken. Super. An den Gemeinschaftsraum schließt eine kleine Küche an, wo man richtig kochen könnte – Geschirr, Pfannen, Gläser, Tassen, Töpfe, Ofen, Geschirrspüler, Teekocher, alles ist da. Unsere kleine Gruppe will sich um 18 Uhr treffen, um ins Restaurant zu gehen.

In meinem Zimmer ist auch ein Schreibtisch, zwei Stühle und ein kleiner Schrank. Der Raum ist wahnsinnig geheizt, vor den Fenstern ist ein Fliegengitter (das merke ich, als ich das erste Mal meinen Kopf hinausstrecken will), aber die Wärme dringt nicht sehr weit über den Heizkörper hinaus; wenn ich z.B. am Schreibtisch sitze, um meine Notizen zu machen, muss ich nach kurzer Zeit eine Decke über meine Füße breiten, weil es kalt wird. Ebenso überheizt sind die Klos, da staut sich die Wärme wegen der geringen Größe.

Die Gruppe besteht also aus einem Ehepaar aus Düsseldorf, Monika und Thomas, aus einem verheirateten Flensburger namens Rüdiger, der seine bessere Hälfte zuhause gelassen hat, aus Armin und Robert, den zwei Spezln aus Bayern, Christian, dem Youngster (en Kölsch Jung) mit 39 und mir. Den schnapp ich mir, er könnte mein Sohn sein. Der Flensburger lässt sich nur ab und zu in der Gruppe sehen, beim vereinbarten Programm, beim Frühstück, aber sonst zieht er sein Ding durch – er geht jede Nacht auf Polarlichtersuche – z.B. steigt er in der ersten auf einen Berg rauf, obwohl der *guide* uns davor gewarnt hat, allein irgendwo hinzugehen, ohne mindestens die Route zu hinterlassen – selbst zu anderen Jahreszeiten verschwinden Leute und tauchen erst als Leichen wieder auf bzw. werden gefunden. Später erzählt Rüdiger mal, dass er schon

GRÖNLAND

einen Teilanstieg des Himalaya hinter sich gebracht hat, dort aber die Kälte weit weniger empfunden hat als hierzulande. Ich frage ihn, ob es denn nicht glatt gewesen sei bei dem hiesigen Anstieg, worauf er antwortet: „Ja, schon." Ein Irrer, aber es gelingt ihm, viermal die Nordlichter zu sehen. Na, um jeden Preis muss ich das nicht haben.

So gehen wir zu sechst – der Schleswig-Holsteiner hat sich schon abgesetzt – dick eingemummt die paar hundert Meter zum Airport Restaurant. Vor dem Eingang steht hinter Glas ein mächtiger ausgestopfter Moschusochse. Dazu passt der „Moschus-Burger" auf der Speisekarte – den nehm ich, Christian auch. Die Spezln nehmen beide ein Steak, Thomas den panierten Fisch, Monika sucht sich einen Teller voll Kuchen zusammen, dafür gibts mehrere für etwa 20€. Man geht also wie in jeder Kantine mit seinem Tablett an den Getränken, dem Kuchen und Salaten vorbei, und wenn man ein warmes Gericht will, muss man es sich auf Schiefertafeln, die an der Wand angebracht sind, aussuchen, an die Kasse gehen und alles bezahlen. Dann kriegt man für die warmen Gerichte eine rote Scheibe, die blinkt und rotiert, sobald man sie abholen kann. Kluges System! Mein Bon reicht sogar noch für ein Stück Schokokuchen. Prima.

Die Scheibe leuchtet, ich geh hin, „Cheeseburger?" „No, musk ox burger." Ist nicht dabei. Christian steht inzwischen auch hinter mir, aber sein Ochsenburger ist genauso wenig da. Mir nehmen sie die Scheibe ab, ihm nicht. Wir sollen uns wieder setzen. Ich frage, „woher weiß ich dann, wann der Burger fertig ist?" Die Verständigung ist nicht ganz einfach, denn manche der grönländischen Miezen können vielleicht Dänisch, aber kein Englisch. Ein Mann dolmetscht, dass ich den Burger an den Tisch gebracht kriege – *all right*! Inzwischen knabbern alle anderen vier an ihrem Essen herum, wir haben nix! Außerdem flachsen wir mit Christian, dass er wahrscheinlich gar nichts kriegt, denn seine Scheibe leuchtet nicht mehr, während mein Burger dann doch gebracht wird. Ich sage, „Du kannst ihn dir wenigstens anschauen." Da er ein ordentliches Bäuchlein hat, kann ich seinen Magen förmlich knurren hören. Als letzter wird ihm sein Essen schließlich auch serviert. Das Fleisch ist „pulled ox", sehr weich und schmeckt wie Rindfleisch, was bei „Ochse" ja typisch ist. Es liegt grüner Salat auf der Semmel, meiner Meinung nach Rotkraut und Tomaten, und dazu werden Pommes gereicht. Echt gut; die Steak-Esser sind auch zufrieden, und Fisch ist eben Fisch.

Auf dem Rückweg zur Lodge vereinbaren wir (Vernünftigen) eine Nachtwanderung aus der Stadt heraus, vielleicht sehen wir ja da, wo keine Lampen brennen, das Nordlicht.

Wir legen noch eine Lage Kleidung drauf, dann marschieren wir los, etwa 2 km weit. Natürlich sehen wir nichts außer Schwärze. Ich sag, ich kehr jetzt um, die beiden Bayern wollen noch ein Stück weiter hinausgehen. Sollen sie. Beim Umdrehen merke ich schon den Wind, der uns bisher auf den Rücken gegangen ist. Pfui, ist das kalt! Ich werde immer schneller, die anderen drei kommen mir kaum noch nach. Mein Schal, den ich umgewickelt habe, bekommt durch die Atemluft Schneekristalle, nichts wie rein in die warme Stube! Beruhigend ist außerdem, dass neben der Lodge eine Politi – Station ist (nicht Politik, sondern Polizei).

Als Chris kurz nach mir die Eingangstür der Lodge schließt und sein Stirnband von sich wirft, ist er knallrot im Gesicht bis auf die Stirn, wo das Band einen völlig bleichen Streifen hinterlassen hat. Mir tränen auch die Augen, das einzige, was nicht bedeckt war. Schnell raus aus den Klamotten und dann Tee kochen. Das Paar aus Düsseldorf wirft eine große Flasche weißen Rum in die Runde, mit der wir den Tee zum Grog umfunktionieren. Nach 20:30

GRÖNLAND

Ortszeit (00:30 in Deutschland) gehe ich ins Bett und schlafe recht gut.

Da ich das Handy als Wecker benutze, klingeln auch die WhatsApps „mitten in der Nacht" durch, weil ich es nicht auf lautlos stellen will. Vielleicht klingelt dann der Wecker auch nicht? Bevor die anderen zur Arbeit gehen bzw. nach dem Aufstehen, schreiben sie mir, nicht bedenkend, dass es bei mir erst 4 oder 5 Uhr morgens ist. Aber die biologische Uhr lässt sich nicht von heute auf morgen umstellen; um 5 Uhr bin ich munter, stehe auf und wasche mich am Waschbecken im WC nebenan, ziehe mich an und mache meine Notizen am Schreibtisch. Ein Buch habe ich dabei, ebenso ein Sudoku und nach dem Schreiben lege ich mich angezogen nochmal ins Bett zum Aufwärmen.

Ab 7:30 gibt es Frühstück im Gemeinschaftsraum in Büffet-Form. Thermoskannen mit Kaffee und heißem Wasser stehen auf den drei großen Tischen, ebenso Milch und Zucker, Marmelade in Döschen, sowie Nutella, Honig und abgepackte Butter, Brot oder Semmeln liegen im Korb, daneben Streichkäse in Döschen, Orangensaft, Haferflocken, Cornflakes und Haferflocken mit getrockneten Früchten (diese Haferflocken verfolgen mich überallhin!), und dann gibt es noch ein Käse-Maschinchen. Ein Block Käse liegt auf einem Brett, man muss mit einem Draht, der an einem kleinen Pflock festgemacht ist, darüber fahren, dann schneidet man eine Scheibe ab. Ich probiere es vorwärts, rückwärts – geht nicht. Gleich kommt einer aus der Gruppe und zeigt es mir. Man muss ganz rundherum, also praktisch einen Kreis „fahren", dann ist die Scheibe abgesäbelt. Ha, wieder was gelernt! Zu dem Honig sei noch gesagt, dass er weder cremig noch beinhart bzw. flüssig ist: er schmiegt sich ans Messer, rollt sich dort auf, geht nicht runter auf die Brotscheibe, eher hat man das Brot zerrissen. Ich habe ihn schließlich mit dem Löffel aus dem Döschen gekratzt, den Löffel abgeleckt und das Butterbrot dazu gegessen.

Da wir erst um 11 Uhr einen Programmpunkt haben, Chris aber vorher auf die Post wollte, um Marken zu kaufen – und bereits gestern herausgefunden hat, dass die um 9 Uhr öffnet, schließe ich mich ihm an. Ha, es ist 9 Uhr, aber die Post ist noch verschlossen – so genau gehts hier offenbar nicht. Also machen wir wieder kehrt, um den einzigen Supermarkt im Ort aufzusuchen, der sich glücklicherweise gleich gegenüber befindet. Da gibts so ziemlich alles; mich interessiert sofort, ob sie auch Lakritz haben, vielleicht sogar in Schokoladenumhüllung. Dazu muss ich fragen, auf Englisch natürlich, aber die eine Verkäuferin muss die andere holen, weil sie mich nicht versteht. Also eine Sorte haben sie, die ich mitnehmen und probieren will. Nächster Versuch bei der Post: jetzt ist geöffnet, wir kaufen ein paar Briefmarken und haben dann noch Zeit für verschiedene Souvenir-Shops. Da gibt es allerhand zu entdecken: aus Rentier-Geweih geschnitzte „Wichtel" – nicht billig, die kleinsten 239 DKK, etwa 34€, je nach Kurs (so einen nehme ich schließlich mit). Ein Eskimo mit Speer (Holzspieß) in der Hand kostet etwa 70€. Naja, erst mal schauen, für 70€ kauf ich nichts, man kann ihn ja auch fotografiert mit nach Hause nehmen: enorme Kostenersparnis! Das nächste Geschäft ist ein Pelz-Laden: Handschuhe, Muff, Mäntel, Mützen, auch Eskimo-Stiefel, deren Pelz nach innen gekehrt ist, die „Haut" nach außen und bemalt; von den Preisen dafür will ich gar nicht reden. Im Flughafen gibt es Ansichtskarten, nicht viele Motive und auch nicht besonders neu aussehende, aber Magnete aus verschiedenen Materialien (ich vermeide Porzellan oder Ton, denn wenn sie runterfallen, sind sie hin): Eisbär, Moschusochse, Landkarte von Grönland, Eskimo in Stie-

Grönland

feln, Eskimofamilie usw. Nett fand ich den mit drei Verkehrszeichen: „Vorsicht, Schlitten", „Vorsicht, Eisbär", „Vorsicht, Moschusochse" und dem Text darunter „Greenland is the coolest place on earth". Der hat es bis nach Hause an mein Brett geschafft. Dann kehren wir in die Lodge zurück, das Tageslicht hat sich von anfangs bläulich in ein helleres weißes verändert, und da es ein klarer Tag ist, erscheint langsam die Sonne hinter dem Berggürtel ringsum. Ein prächtiges Schauspiel. In der Lodge ist die Tüte mit den sieben Baguettes angekommen, die wir mit in den Bus nehmen, denn es geht zum Inlandseis, eine Fahrt von 45 km, die lt. Klaus, unserem dänischen Busfahrer, zwei Stunden dauern wird. Die Straße ist nicht als Teerstraße erkennbar, sondern durchgängig weiß mit platt gewalztem Schnee. Unterwegs könnten wir meinen, die letzten Überlebenden zu sein, denn selbst im Ort sieht man nur wenige Leute, außerhalb überhaupt niemanden, auch kein Auto, geschweige denn Touristen. Klaus spricht wie alle Skandinavier ein gut verständliches Englisch und erklärt uns alles Mögliche, vor allem weist er uns auf Rentiere hin, die wir Greenhorns zunächst gar nicht sehen. Ich habe schon einige in Lappland, Schweden und Finnland gesehen, aber die hatten ein braunes Fell. Die grönländischen sind so gut getarnt – sie sind weiß mit braunen Flecken, sodass man sie von den kleinen Büschen im Schnee kaum unterscheiden kann. Wenn sie sich nicht bewegen, sind sie quasi unsichtbar.

Zu unserem Ausflug nehmen wir noch fünf Leute aus der Old Lodge mit – na, die dort wohnen, sind wirklich von allem abgeschnitten. Es ist ein weiter Weg bis dahin, wo sich das (magere) Leben abspielt: Restaurant, Supermarkt etc. Das Wetter ist superklar und sonnig, der Himmel strahlend blau, teilweise weht der Wind. Bevor wir losgefahren sind, hat Robert mich gefragt, ob ich eine

Creme gegen die Kälte bräuchte. Aber da konnte ich verneinen, habe ich doch in München noch meine fetthaltige Creme erstanden. Ohne die im Gesicht aufzutragen, gehe ich nicht vor die Tür. Als wir am Haltepunkt vor dem Fußmarsch ankommen, bietet derselbe Robert mir einen seiner Walking Stecken an – den nehme ich gern, aber Klaus, der Fahrer, hat auch einige dabei. Wir stapfen los in der klirrenden Kälte, bei jedem Schritt hören wir das Knirschen des Schnees. Der Boden ist uneben, wir bewegen uns auf Schnee, in den wir teilweise bis zur Wade einsinken. Da hilft der Stecken, die Balance zu halten. Nachdem wir einen kleinen Hügel hinauf getrabt sind, sagt Klaus, wir müssen umkehren, denn da könnten wir nicht weitergehen. Plötzlich geht er zu Monika, stülpt ihr das Mundtuch über die Nase und sagt, sie müsse sofort zum Bus zurückkehren, ihre Nasenspitze sei schon weiß, das deute auf eine beginnende Erfrierung hin. Ihr Mann Thomas hat auch große Schwierigkeiten, seine Brille ist durch das Mundtuch ständig angelaufen, er läuft praktisch blind durch die Gegend. Als wir am Bus anlangen, sage ich, als

GRÖNLAND

ich den steilen, eisigen Weg bergauf sehe, „Danke, nein, ich bleibe auch im Bus." Chris tut es mir nach, und der Flensburger kommt ein bisschen später in den Bus. Da der Fahrer uns gezeigt hat, wie wir die Tür öffnen und schließen können, sind wir nicht „eingesperrt", haben es mollig warm im Bus und verzehren unseren Anteil an den Baguettes. Der Motor des Busses läuft eine ganze Stunde lang durch, bis die anderen wieder auftauchen, die zum Point 660 gelaufen sind – das bezeichnet die höchste Erhebung des Inlandeises. Aber vom Bus aus sehen wir ebenso das riesige Eisfeld in einiger Ferne, denn es leuchtet bläulich herüber; wir können auch aussteigen und uns in der Nähe umsehen, was Chris und ich machen und uns gegenseitig vor dem Eis fotografieren; als ich ihn bitte, mich zu knipsen, sagt er: „Da musst du jetzt zwei Minuten warten, ich muss erst meine Finger wieder auftauen." Ja, auch ich habe gemerkt, dass in der kurzen Zeit, wo die Finger ohne Handschuhe waren zum Bilder machen, meine ersten drei Finger der rechten Hand gelitten haben – die nächsten drei Tage werden sie weh tun, sobald ich ein bisschen Druck darauf ausübe. Als alle wieder im Bus sind, und wir abfahren, bemerke ich ein rotes Dreiecksschild, das vor einem Nikolaus samt Rentierschlitten warnt. Und das habe ich übersehen, als ich draußen herumspaziert bin! Ärgerlich – ich will den Bus auch nicht extra anhalten lassen. Schade! Offenbar ist es niemandem aufgefallen.

Wir halten noch einmal bei Sonnenuntergang auf der Rückfahrt und haben u.a. einen Blick auf den Russell Gletscher. Unterwegs haben wir Rentiere und Moschusochsen weiden sehen, d.h. sie fressen das an dürren Grashalmen und Zweiglein der Büsche, was sie noch finden. Nach einiger Zeit gewinnt man eine gewisse Sicherheit im Auseinanderhalten von Steinbrocken und Moschusochsen. Im übrigen macht jeder die anderen darauf aufmerksam, wenn ein Tier gesichtet wird. Klaus erzählt während der Fahrt von Eisbären, wovon sich so alle paar Jahre mal einer in die Nähe der bewohnten Siedlungen verirrt oder nach Nahrung sucht. Der wird dann regelmäßig erschossen und verspeist. Beim letzten Stopp schenkt Klaus heißen Kakao aus der Thermoskanne aus, das tut und schmeckt guuuut. Da praktisch jeder die Tür des Fahrgastraumes öffnen und schließen kann, machen das nach dem dritten Stopp die Männer vorne. Thomas steht schon vor der Tür und will raus, Armin verschließt sie direkt vor seiner Nase. Erst schaut Thomas verdutzt, dann setzt er sich wieder auf seinen Platz; Chris und ich haben das beobachtet und lachen uns halbtot. Als Chris dann zu Thomas sagt, „Das war wohl nicht in deinem Sinne", antwortet der: „Nein, Armin ist nicht mehr mein Freund". Es gibt noch mehr Gelächter, als ich Robert sage, dass meine Finger so druckempfindlich geworden sind. Ihm gehts genauso. Ich: „Erfrierungen?" Er: „Vorstufe davon." Geteiltes Leid ist halbes Leid, darum frage ich Chris auch, aber dem tun die Finger nicht weh. Doch davon später mehr.

Gegen 17 Uhr erreichen wir die Lodge, jetzt ist es stockdunkel. Mit Tee wärmen wir uns auf, bevor Chris und ich als erste ins Selbstbedienungsrestaurant im Airport zum Abendessen gehen. Die anderen kommen nach. Ich nehme heute den panierten Fisch und ein Stück Schokocremetorte. Regelmäßig meldet sich in Grönland mein Piepser: zu viel weißes Mehl, kein Obst, kein Gemüse. Die anderen, die ich aufgeklärt habe, lachen schon, weil ich trotzdem immer ein Stück Kuchen nehme.

Im Restaurant essen auch einige andere Leute, eher Einheimische, die im Inland woanders hinfliegen, z.B. nach Nuuk im Süden oder Illulissat weiter nördlich. Eine große Inuit-Familie sitzt weiter vorn, die Kleinste läuft im Restaurant hin und her – ich lache sie an. Später ist sie schon

Grönland

im dicken Schneeanzug, als sie nochmal zu mir läuft und am Tisch stehen bleibt. Ich streichle ihre Wange, während der Opa sich aufmacht, um sie einzufangen. Sie hält ganz still, dann dreht sie sich um und läuft zur Familie zurück.

Um 21 Uhr ist heute Abfahrt zur Polarlichtersuche. Alle außer Chris sitzen im Bus. Wir warten kurz, dann laufe ich in die Lodge und klopfe an seine Tür (nahe bei meiner). Er öffnet ganz verschlafen und ist sehr dankbar, dass wir ihn nicht zuhause gelassen haben. Wir fahren los, aber zuerst halten wir an einem Haus, wo uns ein Film über die Entstehung der Lichter gezeigt wird. Es sind Sonneneruptionen, deren Teilchen von ihr weg geschleudert und von den Polkappen angezogen werden. Je nach dem Gas, mit dem sie sich verbinden, erscheinen sie lila, rosa, grün oder gelb. Dazu macht uns Klaus einen „Greenland Coffee" – ähnlich wie der Irish Coffee – erst Whisky, der für die Kraft und Stärke des Mannes steht, dann Kahlua (Kaffeelikör), der die Frau symbolisiert, Kaffee (die lange Dunkelheit), flüssige Sahne (Schnee und Eis) und dann wird Grand Marnier flambiert darüber gegossen. Das schmeckt wunderbar, macht warm und wird uns die Enttäuschung überwinden helfen, sollten wir die Lichter nicht zu Gesicht bekommen. Als wir nach dem Greenland Coffee wieder im Bus sitzen, frage ich Chris in aller Unschuld: „Tun dir die Finger auch so weh?" Er schaut mich belämmert an und sagt: „Das hast du doch vorhin schon gefragt." Ich kriege einen Lachanfall „echt jetzt?"– das war mir vollkommen entfallen – oder ist die Kälte schuld? In den nächsten Tagen ist es der *running gag*, wenn ich Chris sehe und zu ihm sage: „Du, mir tun die Finger immer noch weh."

Total beschwingt und locker fahren wir so aus dem Lichtkegel der Stadt hinaus, zunächst ein Stück wie heute morgen, dann biegt Klaus auf einen Feldweg ein und schaltet die Lichter des Busses aus. Martin, ein zweiter Führer, ist bei uns, und während wir ein Stück vom Bus weggehen, sagt er schon: „There they are, the polar lights". Ja, wirklich, am Sternenhimmel sehen wir gelb-graue Streifen, die sich ständig verändern, erst sieht es aus, als ob ein Dschinn sich aus der Flasche herauswindet; also schnell das Handy gezückt, aber Pustekuchen, das Display bleibt schwarz. Auch Armin und Robert, die ihr Stativ und Kameras mitgebracht haben, können das Phänomen nicht ablichten. Als ich so in den Himmel starre, sehe ich plötzlich eine Sternschnuppe. Wie schön. Wünschen kann ich mir nichts, weil sie ratzfatz weg ist. Danach gehe ich den Pfad ein Stück weiter; es gibt übrigens kaum Bäume in Grönland – am Vormittag haben wir ein paar einzelne gesehen, die extra eingepflanzt wurden. Dann gehe ich langsam zum Bus zurück, Monika folgt mir, kurz danach der Rest. Es geht zurück.

In der Lodge wird erst mal für heißes Teewasser gesorgt, dann müssen wir den Rum weiter vernichten. Die Männer trinken das hier im Supermarkt angebotene 0,33 l Bier. Zusammen sitzen wir bis um 24 Uhr *local time*, d.h. es wäre 4 Uhr morgens. Ich geh ins Bett – die anderen sind angeblich bis 3 Uhr geblieben.

Alle sitzen um 7:30 beim Frühstück außer Chris. Hat er wieder verschlafen? Nein, er hat ausgiebig geduscht, und schließlich ist ja bis 9 Uhr Frühstück. Der hat auch einen Tick: er trinkt kein warmes Getränk, keinen Kaffee, keinen Tee, nur kalte Milch – oder Bier, aber nicht morgens. Robert wiederum sammelt Bieraufkleber – da wird er hier in Grönland fündig, alle Männer überlassen ihm die Bierflaschen, von denen er dann die Etiketten ablöst. So hat halt jeder seinen Vogel – bei mir ist langsam kein Platz mehr für die Magnete aus aller Welt.

Grönland

Bis 4 Uhr habe ich gut geschlafen, danach war ich öfter wach. Zum Frühstück gibt es ein sehr gutes weiches Körnerbrot, auch Semmeln, ich hau ordentlich rein, denn ich hab immer viel Hunger hier.

Um 9 Uhr ist heute Abfahrt mit Klaus und Martin – lt. Programm wäre „Eisfischen" dran; das hab ich in Schweden mal gemacht, aber da war es erstens nicht so kalt und zweitens war das Fischen eingebunden in eine Art Picknick im Freien neben dem gefrorenen See mit Tipi, Feuerstelle und Braten der gefangenen kleinen Fischlis auf dem Rost darüber. Wenn „Eisfischen" nur bedeutet, die Angel in ein Loch zu halten und sich zwei Stunden lang den Popo abzufrieren, kann ich locker darauf verzichten; der Meinung sind auch die anderen. Und juhu: Eisfischen ist abgesagt, weil das Eis im Fjord nicht trägt – wegen der Unterströmung durch das getaute Gletscherwasser. Stattdessen machen wir eine Fahrt zum Hafen am Fjord von Kangerlussuaq, der weit über 100 m in die Insel hinein reicht. Auch ein paar kleinere Schiffe sind dort eingefroren, einige Gebäude, die jetzt nicht benutzt werden, stehen herum. Keine Menschenseele ist zu sehen. Klaus erklärt uns, dass immer im Juni die Vorratsschiffe mit „fuel" (Brennstoff) ankommen, um die Speicher aufzufüllen für den Jahresbedarf der 750 Einwohner der Stadt. Kangerlussuaq wurde im 2. Weltkrieg als „American base" angelegt, dort waren die Soldaten stationiert, die die Flugzeuge auftanken und warten mussten, bevor sie weiter nach Europa flogen. Sie haben Gebäude zurückgelassen, die allmählich verfallen, auch eine Forschungsstation ist zwei Jahre lang hier gewesen. Ich kann die Forscher nur bewundern, dass die das zwei Jahre lang in dieser Einöde ausgehalten haben – kein Wunder, wenn man da Alkoholiker wird. Danach machen wir noch eine „Stadtbesichtigung" im Bus; es ist eine Ansammlung von farbig angestrichenen Häusern, darunter das Rathaus, ein Kindergarten, eine kleine Kirche, ein Hotel, eine Bar – aber viiiel zu weit weg von unserer Lodge - bis hinaus zu dem Gelände, wo die Schlittenhunde in mehreren eingezäunten Arealen gehalten werden. Ist das ein Gebell und Geheule! Sie haben eine Kette um den Hals und können nicht viel umherlaufen. Ich frage, warum die Kette so kurz ist, Antwort: „Sie würden sonst miteinander kämpfen und sich verletzen." Ich lasse auch ein Foto von mir als Hundeschlittenführerin machen. Dann fahren wir zurück zum Haus, wo wir gleich unser Baguette in Empfang nehmen und verspeisen. Robert spendiert eine Runde Schokotäfelchen als Dessert. Um 13 Uhr gehts auf zur Tundra-Tour, die am Tag unserer Ankunft geplant war, aber wegen der verspäteten Ankunft verschoben wurde. Es wird sonniger, und wir bekommen Mitfahrer, eine Inuit-Familie mit Sohn und Tochter – Klaus erklärt, dass die Frau seine Grönländisch-Lehrerin ist.

Wir halten zum ersten Mal bei der Brücke von Kangerlussuaq am anderen Ende des Ortes, die neu gebaut wurde, nachdem die vorherige durch Eisbrocken überflutet und weggerissen worden war. Ein Amerikaner kam dabei zu Tode, sie waren zu dritt auf einem Boot, zwei konnten sich retten, der dritte wurde weiter weg tot gefunden. Eine Gedenktafel erinnert an das Geschehen. Es handelt sich um einen Schwemmkanal für das Gletscherwasser zum offenen Meer.

Dann führt die Straße recht steil bergauf – ich frage Chris: „Und da müssen wir nachher wieder runter?" Er: „Wahrscheinlich." Oje. Der Riesenbus und die schneeglatte Straße bergab, die noch dazu kurvig ist.

Rechts vom Bus ist ein Berghang, wo wieder Rentiere weiden, ebenso sichten wir Moschusochsen.

Am höchsten Punkt halten wir, die Sonne kommt gerade ein bisschen über den Kamm und beleuchtet das Inlands-

GRÖNLAND

eis. Ein gigantischer Blick! Weiter unten ist der nächste Aussichtspunkt über die Stadt, aber inzwischen hat es sich eingetrübt, denn die Sonne schafft es noch nicht ganz über die Berge, und Nebel zieht auf.

Dieser Klaus ist ein super Fahrer, ohne auch nur im Geringsten zu rutschen, bringt er uns den Berg wieder hinab und zurück zur Lodge. Als erstes gibt es immer Tee zum Aufwärmen, dann geh ich aufs Zimmer. Zum Abendessen ist nichts verabredet, daher mache ich mich um 18 Uhr allein auf den Weg zum Restaurant, außerdem habe ich Hunger. Heute entscheide ich mich für die Thai-Box, weil ich mal Reis statt Pommes haben will. Gemüse ist hineingemischt und eine Menge geschnetzeltes Fleisch. Als ich schon esse, kommen die anderen daher und rufen: „Da ist sie ja, wir wollten dich schon mit der Polizei suchen lassen." Ich: „Na, es war doch nichts ausgemacht."

Nach dem Essen wollen Robert und Armin noch einmal auf Nordlichtsuche gehen, der Rest bleibt in der Lodge. Mir reicht die Kälte für heute, und ich liege schon um ½ 9 im Bett. Ich schlafe auch ohne den allabendlichen Grog sehr gut.

In dieser Nacht sind tatsächlich die Polarlichter direkt vor dem Haus zu sehen, sie leuchten grün-gelb und lassen sich fotografieren.

Wieder bin ich um ½ 5 wach, mache mich fertig, schreibe und lege mich erneut ins Bett. Heute kommt mein persönliches Highlight: die Hundeschlittenfahrt. Christian und ich sind zusammen auf einem Schlitten eingeteilt, wir machen die erste Tour von 10:15 bis 13:45. Das hört sich gewaltig lange an und hat das Ehepaar abgeschreckt von der Zubuchung. Aber wir werden noch sehen, dass die Fahrt selber nur 2 Stunden dauert.

Ich sponsere zum Frühstück meine mitgebrachte Salami zur Hälfte, weil Thomas sich beklagt hat, dass es nicht mal Wurst gibt. Der findet immer wieder etwas zum Meckern. Zum Beispiel: „Im Prospekt stand ‚Zwei-Gang-Menü am Abend', und wir müssen uns den Kantinenfraß holen." Dabei konnte man bisher gegen das Essen überhaupt nichts vorbringen. Hätten sie ihm doch blutiges Robbenfleisch vorgesetzt! Also wirklich! Dabei wissen wir durch das abendliche Beieinandersitzen, dass er und Monika schon überall waren, z.B. wochenlang auf den Philippinen mit ihren damals kleinen Kindern, da muss man doch was aushalten! Robert und Armin erzählen auch von Rucksack-Touren zusammen in Nicaragua und sonstwo – da hab ich es bisher zivilisiert gehalten, aber als Frau allein wären sie wohl auch nicht dahin gereist. Von Armin gibts ebenfalls noch eine Geschichte: als ich mit meinem wiedergefunde-

GRÖNLAND

nen Koffer ankam, wollte er seinen öffnen, was aber nicht ging, da sich irgendwas im Schloss verkeilt hatte. Er wollte einen Hammer – naja, irgendwie haben ihn die Männer dann zusammen aufgekriegt und „für den Rückflug habe ich ein Kofferband", sagte er. Robert und ich fragen uns täglich nach dem Schmerz in den Fingern, so lang es bei ihm auch anhält, bin ich beruhigt.

Gegen 10 Uhr werden Chris und ich von einem älteren Inuit im Kleinbus abgeholt. Ich habe eine Strickstrumpfhose an, ein paar Kniestrümpfe und wollene Socken, damit mir nicht die Zehen abfrieren. Außerdem bekommen wir für diesen Anlass ja Kleidung gestellt. Der Mann fährt uns zu einem Lager mit Seehund-Anzügen und Stiefeln. Er sagt auch, wir könnten nichts auf den Schlitten mitnehmen, also Rucksack, Tasche etc. Daher habe ich nur mein Handy zum Fotografieren, den Sensor und Taschentücher in die Anorak-Tasche gesteckt. Als erstes fällt mir in dem Lager ein einteiliger Seehund-Anzug für ein Kleinkind ins Auge. Sieht das niedlich aus! Wir Erwachsenen bekommen eine Latzhose und eine Überzieh-Jacke. Er mustert uns kurz, dann wirft er jedem ein Stück hin. Ich habe im Stiefelregal Gr. 43 gesucht, damit ich meine Fußlappen alle unterbringen kann und stehe schon drin. Ich soll die Latzhose anziehen, das geht aber nur, wenn ich die Stiefel wieder ausziehe. Also noch mal von vorn. In diese Latzhose passt sogar mein dicker weißer Anorak hinein. Perfekt. Chris sagt, seine Hose zwickt ihn, er weiß nicht, ob er sich setzen kann. „Have you got a bigger one?" fragt er den Inuit. „No, biggest size." Oha, vielleicht sollte man den Bierkonsum etwas einschränken. Er: „Naja, wird schon gehen." Dann bekomme ich das Oberteil zum Hineinschlüpfen. Auch das hat gewaltige Ausmaße, ich stecke drin wie in einem Tunnel und kann mich nicht mehr orientieren, wo der „Ausgang" ist. Eine leichte Panik bemächtigt sich meiner. Schließlich finde ich doch die drei Löcher und da stehe ich – wie ein Seehund-Weibchen. Das Oberteil hat eine weite Kapuze, eine kleine Reißverschluss-Tasche über der Brust und einen eingebauten „Muff" in Bauchhöhe, wo man die Hände hineinstecken kann. Jetzt muss ich wieder in die Stiefel, aber ich kann mich nicht mehr bücken mit den vielen Lagen. Ich hole den Inuit, der die Stiefel quasi auf meine Füße hämmert. Auch Chris bekommt noch andere Stiefel verpasst als die, die er sich ausgesucht hat; statt der Gummistiefel soll er welche mit Fell nehmen. Und Fäustlinge gibts sogar noch für mich. Etwas steif bewegen wir uns aus dem Lager und die fünf Stufen hinunter zum Kleinbus. Darin wird uns erst mal mächtig heiß. Er fährt zum Hunde-Areal, wo das Leben tobt. Das ist ein Gebelle und ein Herumgespringe der Hunde, die schon an der Leine sind, aber völlig durcheinander. Die grünen Leinen wirken wie Wäscheleinen (sind es vielleicht auch), unsere Musherin, eine Inuit, heißt Franziska und ist 24, sagt der

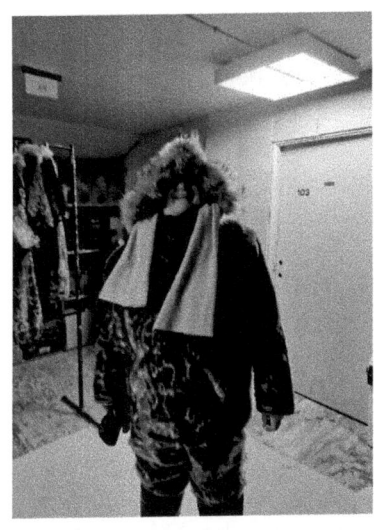

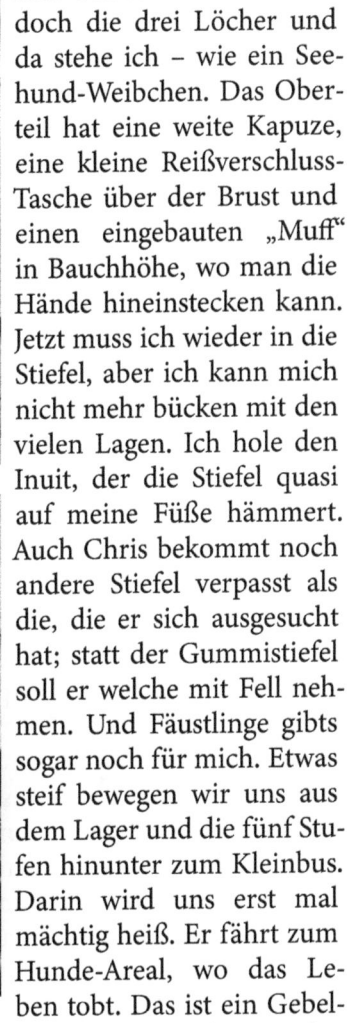

Grönland

Mann. Sie entwirrt das Knäuel zusammen mit einer anderen Frau. Wir sollen noch sitzen bleiben, solang der Vorgang dauert. Puh! Es wird immer heißer in den Klamotten. Ich denke mir, das wird nie was, denn kaum ist ein Hund eingeordnet, hüpft er schon über die Leine seines Nachbarn, und wieder ist alles durcheinander. Irgendwann ist es doch soweit, wir sollen aus dem Van aussteigen. Chris sagt, „ich kann gar nichts fotografieren, denn mein Apparat ist in meiner Jacke, da komme ich nicht mehr ran." Wir müssen uns halb auf den Schlitten legen, auf dem Felle ausgebreitet sind, Chris hinten, ich vor ihn (da bleibt mein Rücken warm, sehr gut! Dafür wärme ich seinen Bauch und Oberkörper). Vorher hatten es sich ein paar Schlittenhunde auf den Fellen bequem gemacht und sie sozusagen vorgeheizt. Solange sie nicht drauf gepinkelt haben! Eine Kufe ist nämlich schon knallgelb von gefrorenem Urin. Das ist eben NATUR pur!

Wir müssen die Beine spreizen, Franziska setzt sich quer vor uns, gibt Inuit – Kommandos (die ich leider schon wieder vergessen habe) und los geht die wilde Jagd, vierzehn Hunde haben sie uns vorgespannt! Wussten die, dass Chris ein Schwergewicht ist? Für mich hätten sie höchstens drei gebraucht. Mann, ist das ein Vergnügen! So jagen wir dahin am rechten Rand des Fjords. Ich frage, „fahren wir schon auf dem Wasser?" „Nein, auf Sand." Es ist ja alles weiß von Schnee, da kann man das nicht sehen. Nach einer Weile hält Franziska die Hunde an und sagt, sie will das Wasser im Fjord fotografieren, das noch nie mit solcher Geschwindigkeit aufwärts (zur Stadt) geflossen ist. Tatsächlich sehen wir schnell fließendes Wasser auf dem Eis rechts vor uns. Ha! Brechen wir jetzt gleich ein? Sie sagt, wir kehren jetzt um, fahren aber auf der anderen Seite zurück; das bedeutet, wir müssen den Fjord überqueren. Rechts sehe ich aber auch Wasser stadtwärts strömen. Ich: „Sollten wir nicht vielleicht schauen, dass wir da rüberkommen?" Chris muss sich hinten auf das Brett stellen als Bremser, sie treibt die Hunde an, ich laufe nebenher. Er steht schon bis zum Knöchel im Wasser.

Wir kommen auf der gegenüberliegenden Seite an, fahren ein Stück, dann gibts die richtige Pause mit warmem Tee und Himbeersaft aus der Thermoskanne. Schmeckt sehr erfrischend. Die junge Dame raucht – na, das gibt Minuspunkte! Sie erkundigt sich ein bisschen, wo wir herkommen. Ich sage wie immer, „München". Ja, da war sie am Flughafen, als sie im Herbst nach Teneriffa geflogen ist. „Bigggg airport" – das kann man sagen, wenn man nur den von Kangerlussuaq kennt. Ich streichle einen der Hunde mit der bloßen Hand, das gefällt ihm, er will mir auch die Nase ablecken. Ein anderer kriecht zwischen meinen Beinen durch und sucht seinen Anteil an den Streicheleinheiten. Sie haben ein ganz dickes Fell, das merke ich beim Streicheln.

Wir fahren an den Bergen entlang und wieder erblicken wir ein Rentier, aber auch der Hund ganz rechts entdeckt es und will da hin. Sie hat eine Peitsche dabei und gibt ihre Kommandos, aber so ganz leicht gibt er nicht auf. Franziska zeigt auf ein erfrorenes Rentier am Fuß des Berges – sie meint, es sei verhungert. Heute haben wir übrigens Glück mit der Temperatur, es hat nur -16°, die gestrige Fahrt war wesentlich kälter. Das Seehund-Fell ist optimal, ich friere kein bisschen und ich schwitze nicht.

Insgesamt zweimal verheddern sich die Hunde und werden von den anderen mitgeschleift. Sie kommen sehr nah an die Kufen, Franziska wirft sie dann auf den Schlitten und irgendwie bekommt sie sie wieder frei.

Wir sind zurück auf der Hundefarm. Als wir absteigen, möchte ich noch ein Bild von ihr und den Hunden machen. Wir bedanken uns, der Inuit fährt uns zum Lager, und wir schälen uns aus der Kleidung heraus. Das war toll! In der

GRÖNLAND

Lodge warten schon Robert und Armin, die als nächstes dran sind – sie haben Zuwachs bekommen, eine junge Frau fährt auch noch mit – wo sie die wohl platzieren?

Wir essen unser Baguette und trinken Tee, dann will Chris in den Ort zum Fotografieren. Ich sage, ich komme mit, weil ich das Bushäuschen knipsen will, aber so weit wie er will ich nicht gehen. Wir packen uns wieder ein in unsere Klamotten und marschieren los. Wir kommen an der Eisbär-Bar vorbei, dem Kindergarten, gehen bis zum Rathaus, und es wird allmählich frostig. Ich gebe zu bedenken, dass es vielleicht eine Abkürzung gäbe, aber Chris meint, da liegt das *airfield*, das ist sicherlich abgesperrt. Also gehen wir dieselbe Strecke wieder zurück. Das war ganz schön weit! Ich leg mich ins Bett, um mich aufzuwärmen. Um 18 Uhr gehen wir alle ins Restaurant. Zum Abschluss nehme ich heute das Steak, aber ein kleines, mit Salat und Pommes. Als ich es anschneide, ist es bei weitem nicht *medium*, sondern *raw*, das esse ich nicht. Ich gehe hin und gebe es zurück, bald darauf bekomme ich ein anderes, das besser durch ist, aber sehr flachsig. Das war nicht das Gelbe vom Ei, auch Chris sagt, dass er eine Menge Sehnen drin hatte. Zum Trost habe ich noch ein Stück Kuchen und einen Mandelbogen gekauft, damit ich den Bon ausnutze.

Die Männer haben herausgefunden, dass über dem Restaurant eine Flughafen-Bar ist; die müssen wir natürlich ausprobieren. Zu viert, drei Männer und ich. Jeder trinkt ein gezapftes Jule Bryg, das dänische Weihnachtsbier.

Um ca. 5 Uhr stehe ich auf und packe meinen Koffer. Zum Frühstück um 7:30 bringe ich die zweite Hälfte der Salami aufgeschnitten mit. Um 9 Uhr fahren unsere Koffer zum Flughafen, Chris und ich laufen die paar hundert Meter. Wir geben sie auf. Dann gehe ich zurück zur Post, um meine restlichen Kronen in grönländischen Briefmarken anzulegen; die nette Frau vom ersten Mal gibt mir eine Menge verschiedene – ich will auch Pierre welche schicken, der freut sich bestimmt darüber – sind ja gewissermaßen exotisch. Ich setze mich im Wartebereich neben eine Inuit, die gerade ihren Sohn stillt. Er läuft noch nicht, ist aber ganz schön proper und hüpft auf ihren Knien herum. Ich rede sie auf Englisch an und frage, wie der Kleine heißt. „Alex", kommt die Antwort, er sei sieben Monate alt, und sie fliege nach Nuuk. Er hat nichts zum Spielen dabei, deswegen gebe ich meinem Herzen einen Stoß, mache den roten Nicki-Frosch von meinem Rucksack ab, der mich die letzten 10 Jahre auf fast allen Reisen begleitet hat (ein Werbegeschenk des Bankers der Granny-Familie in Paris) und gebe ihn dem Jungen. Der versucht als erstes, dessen Kopf in den Mund zu stecken und beißt herzhaft darauf herum. Ich sage ihr, dass er aus Paris kommt, und ich ihn dem Kleinen schenke. Sie bedankt sich. So wird der Frosch ab jetzt bei Alex in Grönland zuhause sein, wenn er ihn nicht schon auf dem Flughafen verloren hat.

GRÖNLAND

Das Flugzeug, mit dem wir nach Kopenhagen fliegen sollen, hat schon eine Dreiviertelstunde Verspätung, daher verschiebt sich der Abflug von 11:55 auf 12:40. Nicht schon wieder! Mit der Zeitumstellung kommen wir dann erst nachts in Kopenhagen an. Das gibt mir die Muße, im kleinen *dutyfree shop* nach weiterer Lakritze zu suchen. Ich kann mit Euros zahlen, aber da sie keine Münzen annehmen, müsste ich mit Scheinen bezahlen, die weit über den Preis hinausgehen. Ein Däne mischt sich ein und dolmetscht auf Englisch: „Do you agree to getting the rest in Danish crowns?" Ja, sicher, es ist sowieso alles so teuer im Norden, da kann ich mir vielleicht noch ein Wässerchen kaufen. Tatsächlich wird es eine Ansichtskarte von der dänischen Hauptstadt, denn für ein Wasser reicht es nicht mal.

Wenigstens geht es heute wie vorhergesagt los; mein Platz ist links am Fenster, hinter mir sitzt Chris, neben mich kommt ein junger Däne, ein Prinz-Harry-Verschnitt: semmelblondes Haar und Schnurrbart, Alter etwa gleich. „Mein Prinz" ist aber sehr nett und unterhält sich gleich mit mir auf Englisch. Er käme aus Nuuk, wo seit Samstag ein Schneesturm herrsche, weshalb alle Flüge ab jetzt gestrichen seien, und er den letzten Bus erwischt habe. Das klingt ja dramatisch. Er habe für eine Jugendorganisation eineinhalb Jahre auf Grönland gearbeitet und will wissen, ob mir der Aufenthalt gefallen hat. Das kann ich uneingeschränkt bejahen, was ihn zu freuen scheint. Beim Abflug habe ich einen schönen Blick auf die kurze Landepiste von Kangerlussuaq. Während des Fluges schaue ich wieder kleine Filmchen über Grönland an, schlafen kann ich nicht. Eigenartigerweise will Prinz Harry während des langen Fluges nicht mehr reden, obwohl er vorher so gesprächig war. Aber er murmelte beim Abflug etwas von „Flugangst" und hat die Augen geschlossen.

Als der Bildschirm anzeigt, dass wir Island überfliegen,

taucht unten plötzlich eine schneeweiße Küste auf – ich kann sie fotografieren.

Zu essen bekommen wir in etwa dasselbe wie beim Hinflug, im Salat ist das Fleisch durch Räucherlachs ersetzt. Das schmeckt auch sehr gut. Dazu ein Weißwein-chen und als Dessert eine Schoko-Mousse.

Alles verläuft problemlos, wir kommen nach 20 Uhr in Kopenhagen an, ich verabschiede mich von den anderen am Gepäckband: das Ehepaar sehe ich eventuell morgen beim Frühstück im Best Western, denn sie wollen tagsüber noch die Stadt anschauen, weil ihr Flug erst am Abend geht. Armin und Robert wollen drei Tage bleiben, und Chris fliegt mit dem Düsseldorfer Ehepaar abends - er hat ein Hotel im Stadtzentrum gebucht.

Ich nehme ein Taxi ins Hotel, bekomme den Schlüssel zum – meiner Meinung nach – gleichen Zimmer im 5. Stock, trinke lediglich das Bier, das ich aus dem Flieger gerettet habe, verzichte aufs Abendessen und will nach der Dusche einfach nur ins Bett.

Um 7 Uhr steh ich auf, wasche mir in der Zivilisation die Haare und genehmige mir ein ausgiebiges Frühstück. Wie bei der letzten Übernachtung sehe ich wieder asiatisch aussehende Männer in Arbeitskleidung, die hier wohl einen länger dauernden Einsatz haben.

Ich esse von fast allem und mache mein mir gegebenes Versprechen wahr, die Waffel-Maschine auszuprobieren. Glücklicherweise ist eine Serviererin da, ich frage sie, wie das geht – sie hilft mir. Es ist ein Waffeleisen, aber man muss es auch irgendwann komplett umdrehen. Erst macht sie es sauber von den Krümeln, die der Vorgänger zurückgelassen hat, dann spritzt sie aus einer Flasche den flüssigen Teig auf, „not too much", sonst läuft es über, und erzählt mir dann, dass sie hofft, es würde was „Gescheites"

Grönland

werden, denn sie hat es noch nicht oft gemacht. Sie komme aus Ungarn. Was man da nicht alles für Leute trifft! Die Befürchtungen waren unnötig – eine perfekte vierteilige Waffel kommt heraus. Die lass ich mir jetzt schmecken mit Nutella und Marmelade, damit der Sensor wieder was zu meckern hat!

Als ich ins Zimmer komme, rumort es in meinem Bauch. Und dann habe ich Durchfall auf der Toilette! Ja, so ein Glück, dass mir das in dem eisigen Grönland nicht passiert ist. Ich nehme zwei Immodium und ein Stück 85%-ige Schokolade, das muss genügen. Ich wüsste auch nicht, womit ich das provoziert hätte. Ich leg mich nochmal hin, Zeit habe ich ja, aber der Schlaf flieht mich. Also packe ich meine Sachen zusammen und verlasse das Zimmer. Auf dem Gang treffe ich Monika, die in den Frühstücksraum geht; der Gatte säße schon drin. Ich richte einen Gruß an ihn aus und gehe aus dem Hotel, wovor immer ein Taxi wartet. Heute fährt mich ein Pakistani. Mein Gate ist noch nicht angeschrieben, der Koffer aber aufgegeben, so schlendere ich mit meinem Rucksack noch im *dutyfree* herum, setze mich und notiere den Rest der Reise. Um 13.15 soll der Rückflug mit LH starten, aber der Flieger kommt auch verspätet (hat der Flugverkehr die schlechten Gewohnheiten der Bahn inzwischen übernommen?), daher erst Abflug um 13:40, mit Rückenwind nur 1'20 Stunden. Es gibt ein Wasser und ein Minitäfelchen Schokolade wie beim Herflug. So landen wir kaum später als vorgesehen in München.

Ich habe per WhatsApp die Tochter über meine Daten informiert, sie meint, ich käme für eine weitere Übernachtung, aber ich will eigentlich nach Hause. München, Kopenhagen, Kangerlussuaq, Kopenhagen – ich will den Koffer nicht noch einmal aufreißen, und da ich gut in der Zeit bin, suche ich gleich die Haltestelle von Bus 635 nach

Freising. Dort kaufe ich eine heiße Wurst in der Semmel, ein Wasser und einen Kaffee. Der Zug nach Plattling geht in etwa einer Stunde, bis dorthin holt er sich eine Verspätung (!), aber der Schaffner gibt durch, dass die Anschlusszüge warten werden. Der Lift in Plattling scheint mir zu langsam, so schleppe ich meinen Koffer dort die Stufen hinab, aber hinauf nehme ich den Aufzug. Die Waldbahn steht da wie eine Eins. Letzte Strecke bis Regen – auch das Auto hat brav auf mich gewartet, Schnee gibt es keinen, alles bestens. Ich wuchte den Koffer hinein und fahre nach Hause. Eigentlich wollte ich meiner Nachbarin Bescheid geben; seit ich München verlassen habe, weiß sie nichts mehr von mir, aber heute - denke ich - überrasche ich sie, indem ich einfach an der Tür klingle.

Genau so mache ich es: als sie öffnet, sagt sie: „Waaas, Sie sind schon wieder da?" „Es war nie anders geplant, höchstens noch eine Nacht in München." „Wenn ich das gewusst hätte, hätte ich doch die Heizung aufgedreht." Oje, das lässt nichts Gutes vermuten, auch wenn ich in der letzten Woche kalte Temperaturen erfahren habe. Ja, es ist ziemlich frisch in Wohn- und Schlafzimmer, aber lang will ich mich nicht aufhalten, sondern nur schlaaaaafen.

Ingeborg Treml

Ingeborg Treml, Jahrgang 1953, wurde im Fichtelgebirge geboren und lebt seit 40 Jahren im Bayerischen Wald, wo sie eine neue Heimat gefunden hat.
Ihr Leben lang ist sie viel gereist und konnte durch die Beherrschung mehrerer Fremdsprachen Kontakt zur einheimischen Bevölkerung aufbauen. So war es ihr immer ein Anliegen, auch in Ländern, deren Sprache sie nicht konnte, wenigstens das Wort für einen Gruß und die Entsprechung für „Danke" zu lernen.

Das unfassbare Leben des Hansi L.

In diesem Buch schildert Ingeborg Treml das facettenreiche Leben des Hansi L., so wie er es erzählt hat: angefangen von der Kindheit auf dem Lande über die Ausbildung zum Koch, die Jahre bei der Seefahrt mit den damit verbundenen menschlichen Abgründen. Er verschweigt die kriminellen Handlungen nicht, die er in seinem Leben begangen hat und berichtet freimütig über seine vielfältigen Erlebnisse als Gastwirt. Offen spricht er über sein Verhältnis zu Frauen, über seine schwere Erkrankung und den darauffolgenden Kampf zurück in ein relativ normales Leben.

ISBN 978-375970339-2
Paperback: € 15,90
https://buchshop.bod.de

Abenteuer als Granny Aupair

Leben wie Gott in Frankreich???

Als Granny aupair in Paris
74 Seiten, Softcover
ISBN 978-375974256-8
€ 8,00
https://buchshop.bod.de

Von Vollmond zu Vollmond

Als Granny aupair in China
118 Seiten, Softcover
ISBN 978-375838215-4
€ 9,00
https://buchshop.bod.de

Alle Bücher aus als e-book erhältlich!